ANDONG DE HAIZI 叶长青 著

北方联合出版传媒(集团)股份有限公司
春风文艺出版社
·沈 阳·

图书在版编目（CIP）数据

安东的孩子/叶长青著. —沈阳：春风文艺出版社，2022.2（2023.8重印）
ISBN 978-7-5313-6094-0

Ⅰ.①安… Ⅱ.①叶… Ⅲ.①长篇小说—中国—当代 Ⅳ.①I247.5

中国版本图书馆CIP数据核字（2021）第275134号

北方联合出版传媒（集团）股份有限公司
春风文艺出版社出版发行
沈阳市和平区十一纬路25号　邮编：110003
永清县晔盛亚胶印有限公司印刷

责任编辑：姚宏越	助理编辑：周珊伊
责任校对：陈　杰	封面设计：郝　强
印制统筹：刘　成	幅面尺寸：155mm×230mm
字　　数：245千字	印　　张：18
版　　次：2022年2月第1版	印　　次：2023年8月第2次
书　　号：ISBN 978-7-5313-6094-0	定　　价：50.00元

版权专有　侵权必究　举报电话：024-23284391
如有质量问题，请拨打电话：024-23284384

谨以此书献给为和平、为友谊、为爱情、为伟大前程，而流血、牺牲和生存下来的，鸭绿江的孩子们……

第一部

一

壮壮从睡梦中惊醒,爬上自家的后山,太阳正从东方冉冉升起。他看见太阳照在鸭绿江上是金色的、银色的,周围的山、河畔的柳、两座彩虹似的桥,倒映在水面上,呈现的就像一幅油画;那飞驰的列车、游弋的客船、往返的飞机、翱翔的鸥鸟,简直就是精彩的电影画面。此时,壮壮兴奋极了,因为他要追赶两支即将"决战"的队伍。

很少寂静的树林,又刮起了一阵旋风。当阳光穿过树梢洒到大地的时候,爱沙浪村的孩童们着意化装后,提着木制大刀、长矛、棍棒、双节鞭、七节鞭,已经从四面八方向林中聚集;当一束束强烈的光线刀削般穿透树的缝隙把练兵场照个通亮时,孩童的领袖王小平站在高台石桌上,亢奋地说:"绿林好汉们,今天我们不搞鲁智深大闹野猪林,不搞吴用智取生辰纲,更不搞堂吉诃德式的征战……"大家听不懂,纷纷起哄。他接着说,今天分成"敌我"两方,各自武装,夺取驴头山制高点,取回在那里深藏千年的一本"天书"。任务明确,阵线分明,王小平和徐吉龙各带一支人马,边打边向驴头山高地强攻。那打斗声、喊杀声响彻山林。

"战斗"结束后,孩童们从高山密林中冲杀出来就不分"敌我"了,汇成一体直奔鸭绿江而去。在一片鹅卵石铺就的岸边,他们甩掉手中的长矛、大刀,抛弃头上用柳条编成的帽子,卸下绿草、荷叶裹身的彩服,脱光衣服,一个个赤条条地钻进水里。领袖人物王小平及徐吉龙、曲文忠,因年龄大其他孩子六七岁,羞于赤裸,穿着短裤,最后跳入水中。孩子们鲤鱼似的在水中嬉戏。然后又纷纷跃进停泊在岸边的几艘小船,摇橹划桨,口里念着"南边来个跶达跶,不脱裤子就下海。下了海,就扎猛,捉条小鱼喂崽崽"的童谣,像箭一般进了芦苇荡里,抓鱼、摸蟹、捉虾。王小平、徐吉龙、曲文忠撒旋网捕鱼。而后集中在王小平的大船上,将捕获的河蟹鱼虾下锅,闻到香味扑鼻时,就开锅猛吃一顿。完后打一阵响嗝,齐刷刷地站在船头撒一泡尿,就狂风般又钻进江里,到中流击水去了。

王小平站在船头感慨万千,碧绿、温存、善良的鸭绿江啊,你年年、月月、日日地流淌,滋润哺育着我们茁壮地成长,你是我们当之无愧的母亲河……

壮壮是群童中较小的一个,平素无论是去山上打猎,还是在江里捕鱼,抑或去外村打群架,王小平、曲文忠还有壮壮的哥哥徐吉龙都不愿意带他去,说他是"小崽子"、是"臭狗蛋子"、是"跟腚虫"。虽然这么说,但每次都甩不掉他,好事、坏事准有他参加。有时气得徐吉龙踢他两脚,每每此时王小平就袒护壮壮,说:"一只羊也是赶,两只羊也是放,有他,人多势众,还能当个通信员使用。"于是壮壮就成了他们之中的一员。新中国成立初期国家急需人力，不久边城招工，徐吉龙、王小平就去市铁路机车车辆段当了工人，曲文忠到区卫生防疫站当了一名防疫员。

真乃"山中无老虎，猴子称大王"，"跟腚虫"壮壮就成了当下孩子们的小领袖。他时不时地带领着年龄相仿的孩子们去后山树林中网鸟、套兔子、捉田鸡，去驴头山捉蝈蝈到城里去卖。不仅如此，还聚在父辈建造的看管庄稼、蔬菜的小茅屋里，看《三国演义》《西游记》《水浒传》等小人书。那时壮壮才知道王小平说的鲁智深大闹野猪林、吴用智取生辰纲是怎么回事。至于王小平说的那个堂吉诃德，壮壮是读高中时从《魔侠传》知道的。王小平说的那本神秘的"天书"，几次攻打驴头山也没取回。王小平说的"天书"是什么，壮壮一直想知道，可王小平就是不说。

壮壮在小茅屋待久了，烦倦时就把孩子们组织起来，分成"敌我"两方，用当年王小平的传统武器武装起来，进行抢占驴头山制高点的战斗。他的办法是：战败一方背胜者下山。每每此时，他就感到十分的惬意和自豪。有时还扩大范围去邻近的村庄，帮别人打群架，扩大自己的影响。打胜仗的时候，他们就打着自制的小红旗返村；打败仗时不是伤痕累累落荒而逃，就是举着白旗向对方求饶。有一次壮壮一伙在两方混战时不知谁打掉了对方的一颗门牙，被对方家长找上门来。壮壮父母连连向人家赔礼道歉，并带人去医院修牙。壮壮不敢回家，跑到市里三马路姨妈家躲了两天。就这样也未逃过父母一顿毒打。没过几天，他又惹了一场大祸，父母不但向人家赔礼道歉，又拿出好多钱让对方住院。为此壮壮又挨了一次毒打。事情是这样：他好打抱不平，班里的男生宝力常欺负女生，比如骂、打，拽人家小辫子，往人家头上撒纸屑，画个王八贴在人家后背上，操场上女生踢毽子他就去捣蛋，见此，壮壮就指着宝力鼻子骂："你有尿向你爹、你娘撒去，为什么老欺负女生？"宝力不服，两人就厮打起来，最后还是壮壮占便宜。壮壮经常用拳头教训宝力，宝力就想伺机报复。这天下午放学，宝力手攥着削铅笔的小折刀在路上堵住壮壮，两人打斗中，壮壮夺下了刀，宝力三个手指破了，鲜血直流，回家后被其父送往医院。

  壮壮的大名叫徐吉壮，5岁前小名叫两个字——壮壮，5岁后就叫壮壮壮了。壮壮壮是他爹喊出去的，因为他调皮捣蛋，不听话，不干活，喊他一声两声他不答应，他爹就狠命地多加一个"壮"字，成了"壮壮壮"。音节是壮，壮，壮——喊到第三个"壮"字，就是骂，弄不好就是打的意思。壮壮一听这三个字，就耳根发热，就烦，就害怕。有一天他上学路过村西同学家时，一条狗也是朝他"汪，汪，汪"连叫三声，而且最大、最强音也是落在第三声上，也是那么可怕。此时，他忽地发觉，妈呀，这不是自己的名字吗？他越想越像，越想越上火，越想越不能容忍。狗吠的"汪，汪，汪"和父亲喊的"壮壮壮"如出一辙，使他彻夜未眠。耻辱，简直是莫大的耻辱。这些年不但他爹喊，有时他娘、他哥也这么喊。现在发现狗似乎也这么喊他。他实在受不了，于是就向老爹提出抗议，说："再这样壮壮壮、汪汪汪地叫下去，我就不上学、不抓鱼，就去后山的后山，云里的云里，当和尚去！"壮壮爹当即斥骂："小崽子，从小你就这么吓唬人，长大还了得！"殊不知，壮壮爹还真没镇住他。有一次壮壮几天没回家，城里姨妈家又没去，这下可吓坏了全家人。撒下人马到处找，最后还真的在驴头山后山云里雾里的破庙里找到了他。到了1949年9月，他上小学二年级时才恢复了"壮壮"二字。

  13岁的壮壮，人长得比一般孩子高大，且结实、有力，那有棱有角黑黑的脸庞泛着红润，两只眼睛炯炯有神，微微上翘的嘴唇上方端坐着一个通天美鼻，说起话来带点铜声、铁音。总之，人们都说壮壮这孩子虎头虎脑，壮实得像头小公牛，脑门子都刻着"精灵鬼头"四个字。壮壮住在离边城很远的郊外爱沙浪村。村背靠群山，面朝鸭绿江，又处于两村之间的接合部，系孤家散户，但景色秀美，使壮壮家久住不厌。那一带除了少数人在城里上班外，大多数的人家都养着"尖嘴子""对锭子"艚船，在江上打鱼或搞运输。壮壮家是一条比"尖嘴子"稍大一点的船，不搞运输，专用捕鱼。壮壮哥徐吉龙去城里工作前，除了读初中外，整天和父亲徐大天在江里捕鱼。吉龙一走，徐大天少了帮手，就想起了壮壮。开始觉得壮壮还小，舍不得用，后来见壮壮整天和村里一帮小子鬼混在一起，而且还打掉了人家的门牙，豁开了人家手指，于是产生了与其放任壮壮打架，还不如帮自己下江捕鱼的念头。于是在与老伴马桂菊商量后，就命令壮壮正式上船帮他打鱼了。

　　壮壮水性极好，人送外号"水鸭子"。他时常在父亲不注意的时候，赤条条一个猛子扎进水里，就可摸到江里的大蟹、江蛤等，不亚于别人家的鱼鹰。故此，徐大天逢人便讲壮壮简直就是《水浒传》里的浪里白条——张顺。所以壮壮爹很愿意带壮壮到很远的鸭绿江口捕江里的特产面条鱼和江海混水的梭鱼、鲈鱼等。但次数最多的还是驾船在江桥墩下打鱼，因为那里生长着金钱鲤鱼，个头大又漂亮，每次去总有十条八条入账。打上的鱼，除了到城里卖个好价钱外，每天留一条放到烀玉米饼子的锅里炖，油汪汪、亮晶晶的，鱼鳞都翻卷着蹦起来了，别说吃着多么香腻可口，就是鼻子上前一闻，那香气就能把人撂倒。壮壮爹每到这时就喝上二两白干，醉翁般倒炕便睡，鼾声里都能喷出鱼香味来。

　　壮壮家的主要生活来源就是打鱼，日子过得平稳、踏实、滋润。但壮壮身下没有弟妹。原因是壮壮娘子宫生了病，新中国成立前兵荒马乱，医学又不发达，就错断为癌，结果做了子宫切除手术。因为没有生孩子的能力了，壮壮娘就大动肝火，埋怨壮壮爹那时性急，为了个人那点事把闺女都给丢了，等等。壮壮爹每每被数落后，也后悔莫及。

徐大天是后悔莫及，他后悔莫及的事多着呢。在渔民中，只要有人说起老徐，都说他是识文断字的人，人又长得高大，牌子（长相）亮，又有主见，怎么干起我们这些粗鲁之人打鱼摸虾的营生来？徐大天就吹牛似的说，要不是从小跟老爹在江上放木排、拉纤，而是老早参军，打完三大战役后，在部队里也能混个营长、团长干干；又说，不当营长、团长也罢，要不是打鱼，而是在乡下积极参加革命，现在也是一名乡领导了；等等。渔民说，那倒不是吹，你后悔了不是？徐大天一仰头："妈的，怎么不后悔！"

　　徐大天白天听这些令他后悔的话就生气，晚上回家就找壮壮娘的碴儿，寻机打架。这一天徐大天又跟壮壮娘吵了起来。原因不是后悔，而是徐大天喝了二两烧酒急着要与壮壮娘睡觉。壮壮娘累了一天正心烦、气短呢，一看要干这事，马上就翻脸，骂他不是人。

　　壮壮娘骂道："你这个死鬼，就知道睡觉，再怎么睡觉，还能睡出个闺女不成？"

　　徐大天瞪了一眼，说："你个臭老娘儿们，怎么，不生闺女就不睡觉啦！"

二

　　9月中旬的一天，学校放学天已大黑了，壮壮送了一程谭老师后就拐进了村子。他想把老师刚才讲的关于江那边打仗的事赶快告诉家人，于是他加快了脚步。当壮壮路过街村时，突然从胡同里蹿出一团白白的、亮亮的、前头还放射蓝色绿光的怪物，摇着尾巴嗖嗖地向他扑来。他断定这是从坟茔地袭来的鬼火。他有些胆怯，后退了几步。此时，一声"汪汪汪"才使壮壮意识到是狗，迎上去定睛一看，果然是一条白花花的狗。壮壮听到这"汪汪汪"的叫声，心里就激发起了昔日的耻辱、仇恨，他精神一抖，做好了与其搏斗的准备。壮壮走夜路总拎着一根棍子，棍子二尺长，蜡木的，又硬又韧，一头钻个眼，用牛皮绳拴着套在手腕上。狗扑上来时，他就抡起棍子向狗头、狗背、狗腿打去，打一下，狗就汪汪一声。汪汪十声后，狗被打痛了，就疯狂地咬住壮壮的裤脚往下撕。近距离棍子不好使，壮壮顺势哈腰拾起一块砖头向狗头砸去。壮壮见狗头出血了，就又连续砸了十几下。狗松开了口，躺下了，不汪汪汪了，变成了如牛似的哞哞声了。壮壮看了一眼被撕碎的裤子，摸黑回了家。

壮壮一进门，壮壮娘就责问壮壮是否又在学校跟同学打架了。壮壮说不是。壮壮娘说："不是脸咋那么难看，又回来这么晚？准是又耍了驴脾气，被老师扣在学校了。你呀，真让娘不放心。"壮壮不语，放下书包，手也不洗就坐在炕上吃饭。

"是不是呀？"壮壮爹也问。

壮壮瞪了一眼爹，还说不是。

"不是，裤子咋撕成这样？！"爹问。

壮壮不语。

"老死头子，你就整天死盯在江上打鱼吧，孩子死活你也不管，就不能去学校问问谭老师孩子咋成这样？"壮壮娘斥责。

"说我，你干吗不去呀？！"壮壮爹不耐烦地说。

壮壮一看不好，这才道出他被狗撕咬的事。

壮壮吃完了饭，把筷子一放，把碗一推，揩了一把嘴说："谭老师说江那边打仗了，美国人要打过来。"

壮壮爹听后，皱着眉头半信半疑地说："能吗？……扯淡！"

壮壮娘说："那是朝鲜自个儿打自个儿，哥儿俩打起来了，关我们啥事呀？老师也是的，弄得孩子心惊肉跳，这么晚才放学！"壮壮说："谭老师很认真很严肃讲的。"壮壮娘又说："壮壮，谭老师才大你几岁呀，她懂个啥？老师再讲这些没影的屁事你就不听，老早回来帮你爹收拾鱼，早晨也好到集市上卖个好价钱，听到没有？"

壮壮一听娘骂老师，立刻脖筋就鼓胀起来，大声道："我不许你这样骂我的老师！你太没有教养啦！"

壮壮娘愕然，"我，我这是骂她吗？"

壮壮说，"屁"就是骂！壮壮娘说："你就护着谭老师吧，我一提谭老师，你就和我瞪眼，本来活得好好的，瞎说什么打仗，喊！"

还未等壮壮反驳，壮壮哥徐吉龙从外面进屋，气喘吁吁地说："爹、娘，壮壮说得对，仗很快就打到鸭绿江边了。"

"是真的？"壮壮娘惊讶地问。

壮壮爹开始沉默不语，听着听着就把酒盅摔到地上，愤愤地说："这是不让我们过安稳日子！"

徐吉龙喝了口水，娘让他吃饭，他说吃过了，然后建议道："城里不少厂矿企业都迁到山沟里去了，老百姓也都疏散到了乡下或更远的地方，咱们家是不是也到沈阳姑妈家躲躲？"

老半天没说话的壮壮，听到哥哥也这么说，便理直气壮地说："看，我没瞎说吧，哥也这么说。"

"这可咋办，他爹，要不咱也走？"壮壮娘不知如何是好，嘟囔道。

壮壮爹说："城里人胆小怕死，乡下人不怕！当年我们放木排时，土匪持枪抢劫我们财物，还不是被我和你爷爷打入滔滔的江水里了。在海上打鱼，经常遭到渔匪打劫，我们照常把他们扔进大海里喂鳖。躲什么躲！再说也不能这么快就打到我们家门口。"

壮壮娘鄙视地说："喝上点马尿又吹起来了。当年是当年，现在是现在。情况都不同了，还怎么比较？"

壮壮爹说："美国人还多长一个脑袋？他不怕死？美国人更怕死！"

壮壮娘叮咛道："龙儿，别听你爹的，不行你就回来，咱不在城里干了。"

徐大天一听让吉龙回来，便火冒三丈，"什么，让吉龙回来？闭上你那臭嘴！"少顷，又说，"好歹在城里找个工作，还要回来。

吉龙，你要是回来，看我不打断你的腿！"

吉龙认为爹说得对，就对娘说："我爹说得在理。那么些工人也不是就我一个，人家不怕，咱能怕吗？"

壮壮娘不言语了。停了一会儿，又说："你一个人在城里要小心，多长点心眼，干什么别一条道跑到黑。"

徐吉龙答应了一声，回头摸摸壮壮的头说："听爹和娘的话。现在任务很紧，我得马上赶回去……爹、娘，我看你们还是到沈阳躲躲好。"说着消失在黑夜里。

徐吉龙的一番话，并没有引起壮壮爹的重视，也没有使他惊恐万状。他根本不讲去不去沈阳的事，他还是在江上照常下网捕鱼。这天，他站立船头，仰望天空，觉得天依然那么温润湛蓝；俯视江水，江水依然那么平静碧透；看远山依然那么青翠挺拔，于是他深深地吸了一口气，说了句"净扯淡"，就把旋网撒向了水中，直到快日落了才鱼虾满舱地回家。

壮壮今天放学很早，天没黑就回到了家，一进门就对正在喝酒的爹说："美国军队很快就会打到我们这儿了。"壮壮爹放下酒盅："你是说一袋烟、一泡尿的工夫？"壮壮吃了一口鱼，说："对，就是活鱼变死鱼的工夫。"壮壮爹说："那是吹牛。"他喝下那半盅酒后，说："老美也是个熊包，别把他吹得那么神气、可怕。"壮壮瞪着小眼珠说："你咋知道这些事？"壮壮爹说："我是听侯洪一说的。"壮壮说："他说你就信？"眼看爷俩越说越来劲儿，这时，壮壮娘说："饭菜也堵不住你们爷儿俩的嘴。不过，要说很快就打到鸭绿江边也不是瞎话呀。"壮壮爹有点醉意，问："怕啦？又想去沈阳？"壮壮娘说："反正得早做准备。"壮壮爹说："双方打仗要想拿下一个山头没有半月二十天不行，朝鲜有成千上万个山头，我看没有三年五年工夫，打不到这儿！"壮壮娘说："壮壮快吃饭，别听你爹瞎说。"壮壮爹说："明天不上课，帮我出趟江。"

早晨，风和日丽，阳光普照。壮壮和父亲扬帆划桨向江心驶去。站在临风的船头，壮壮突然觉得自己长高了、长大了，周围的一切似乎都变矮了、变小了。随着潮水汹涌地上涨，整个江面就如同一盆水似的满满的、高高的，似乎快要溢出堤岸，使人感到心胸宽阔和丰润；那江水绿得叫人恬静；那蓝天上飘的朵朵白云，让人十分惬意；那远处江上的两座铁桥，像彩虹一样壮观。这时，分别挂着中朝两国国旗的客船、轮船、驳船，在江中擦肩而过，互相招手致意后向远方驶去。诸多小型渔船三三两两在自己选择的捕鱼区域撒网打鱼。壮壮爹说："这哪像要打仗的样子，分明是一片和平景象嘛！"壮壮也同意父亲的看法。

壮壮同意父亲的看法是因为在这样一条美丽的江上，在1904年爆发的日俄战争之后，不该再有战争和苦难，应该有永久的和平和幸福才对；就如同以往那样和伙伴们冬天在江上滑冰，春天在江上打野鸭子，秋天帮父亲往栅栏上晾晒成筐的鲤鱼。他特别爱过夏天，夏天是最让人裸露、最让人惬意和酣畅的季节。他回忆前几年，他跟随王小平他们一起驾船经常停靠对方岸边或在江上与朝鲜船只帮靠在一起，互登船只，不是说话唠嗑儿，就是小聚会餐，以物易物，然后各自回港。还经常游泳到对岸柳林中去，捉麻雀，打水鸭子，在岸上拉屎撒尿，没人管。有时还好奇地到老百姓家串门要水喝，赶上饭口主人挽留也在人家吃过。酒足饭饱，各自打几个响嗝，再游回来。有时还帮助朝鲜渔夫拉纤、抛锚、往岸上卸鱼等。壮壮感到这条江给他和他的朋友带来了无与伦比的快乐、友谊和梦幻；带来不少财富、幸福和憧憬，使他整天就像一条鲤鱼似的生活在水里，觉得是那样的自由自在、温馨惬意。然而，他不明白美国为什么要发动这场战争，为什么还要打到鸭绿江边呢。

壮壮爹不知道此时壮壮在想什么，他只关注网中的鱼。他用力拽了拽网，发觉很沉，意识到这不是鱼，而是网被挂住了，他示意壮壮下水。壮壮明白爹的意思，他脱光衣服一个猛子扎进水里。在水下，他像鱼鹰一样睁大了眼睛，围着旋网转了一圈，最后发现网被水下的树根缠绕。他蹿上水面大吸了一口气，又潜到水底，将网与树根分离。他看清了网中的鱼互相冲撞，拼命挣扎。他浮出水面，说："爹，渔网挂在洪水留下的树根子上了。不过网里的鱼还真不少。"

壮壮边从网上往下摘鱼，边指着眼前的鸭绿江上下两座桥，问他爹知不知道两座桥的历史，徐大天说不知道，只吭哧吭哧地摘鱼。壮壮问急了，徐大天说："管它呢，桥墩下有鱼就行，历史不历史的没用！"壮壮说："俺老师说了，江边的人都应该知道桥的历史，不知道就不是边城人！"壮壮爹不耐烦道："我就不知道，我不是边城人？笑话！你愿讲就讲，别耽误摘鱼！"壮壮兴奋地给父亲讲述了两座桥的建筑历史，讲到兴奋处免不了一阵手舞足蹈。徐大天听得挺过瘾，但又不好认输，只是一个劲儿地摸壮壮的头，说："谭老师不好好教算术、国文，教教唐诗也行，干啥让背这玩意儿！"

三

壮壮接到王小平和哥哥从城里的来信，看着看着便想起他俩的故事。

王小平和徐吉龙是情同手足生死与共的一对好兄弟、好朋友，这在爱沙浪村早已是家喻户晓的佳话。能成为佳话，是因为他俩年龄相同，都是20岁；长相相同，都是浓眉大眼；个头相同，都是一米七八；志向相同，都是离开农村进城工作，有所作为。有点差异的是王小平性格开朗，思想活跃，徐吉龙则性格稳重，腼腆内敛；王小平是聪慧睿智，行侠仗义，徐吉龙是思维敏捷，善解人意。但这并不妨碍两个年轻人结下深厚的友谊，因为他们有着相同的患难经历。当年，小小年龄的王小平、徐吉龙，就随他们的爷爷、奶奶、叔叔、姑姑，逃荒到桓仁县。走在荒郊野外，经常遇见狼，他们就和大人们一样或敲着讨饭的钵子或笼起一堆篝火驱赶野兽。路过破损的山神庙，大人们就进去给庙里的泥胎叩头，嘴里念念有词，说些保佑孩子别冻死、别饿死的祷词。王小平、徐吉龙不进庙不跪拜，站在庙外看树上的鸟、天上的云。每到一个村子，他俩一块儿挨门逐户地要饭。遇到狗吠，他俩不后退，与狗对视并大声呵斥，只要声音盖过狗声，狗就有点怕；遇到厉害的，他俩也吃过亏，王小平的裤子被撕得粉碎，徐吉龙的鞋被狗叼去一只。后来再遇到狗，一个佯装哈腰捡石头，一个挥舞木棒，狗就吓跑或钻进窝里。大人们说他俩机灵、胆大，有股爷儿们气。

有一天可把他俩吓坏了。他们夜宿村头一间破屋，早晨一看满墙满地都是血。屋外草沟里有一颗人头，血脸獠牙，瞪着青蛙一样鼓出的青紫眼珠，向他俩示威，他俩吓得瑟瑟发抖。进堡子听老百姓说，才得知前几天在那儿打了一仗。

王小平和徐吉龙1950年年初一起到边城铁路当工人，起初徐吉龙不想进城，觉得自己大了应该帮助爹顶起门户。王小平就说："你个没出息的，你能在家种一辈子地，打一辈子鱼？进城才有奔头，城市的影院多、书店多，演戏的也多，再说当工人挣的是现钱，铁路工资还高，现在正要人，不去你这辈子可就完蛋了！"听王小平这么一讲，加上老爹整天训斥、逼迫，徐吉龙就跟王小平进城了。王小平喜欢文学，当工人时经常在机务段黑板报上写些小报道、小自由诗、顺口溜，领导看他有出息，就把他调到宣传科工作。后来写些报告文学和小说，经常在《铁路工人》刊物上发表，所以领导愈加器重他，他很快转干并入了党。最近几天，根据党委要求，他积极宣传抗美援朝、保家卫国的事。徐吉龙是一个自信心、责任心、上进心很强的人。那天他从家连夜赶回铁路时，就投入了检修机车、排查路轨、警卫大桥的工作中去。与此同时又做好了随时抢修、焊接桥梁的准备。有一天徐吉龙和工人们正对鸭绿江上下桥进行铁轨加固，对枕木进行拆旧换新时，领导宣布："今天回家和老人、老婆孩子打个招呼，从明天起，我们将进入一级战备。同志们要服从命令，听从指挥，一刻也不能脱离自己的岗位。"徐吉龙听得十分认真。

走在回家的路上，徐吉龙在想，战火一旦烧到鸭绿江边，那后果将不堪设想。现在城里又有一批企业迁往内地，居民也大批转移。自己家虽在农村，相对而言比城里安全一些，但也会遭到威胁。娘让我弃城回乡是爱我，爹不让我回乡是他想要我去实现他为我规划好的人生之路。不管怎么说，这次回家还要进一步劝说他们去沈阳姑妈家躲躲。这样自己才能安心工作，安心备战。他决心在火线上加入中国共产党。

徐吉龙回到家里与爹、娘、壮壮吃了一顿他许久没有吃到的大饼子、鱼和干野菜。娘让他多吃点，他说："从明天开始就不能回家了。"爹、娘和壮壮都吃惊地看着他。他说，现在战事很紧，上级传达说，麦克阿瑟给美军参谋长联席会议主席布莱德雷将军发电，要求派飞机轰炸江桥。壮壮爹一听麦克阿瑟，抢先说："对，就是这个叫什么阿瑟的，当年就是他在菲律宾吃了败仗！他呀，他根本就不是个打仗的玩意儿，别听他咋呼！"吉龙说："咱还是到沈阳去躲躲。"壮壮娘说："龙儿，这么说你就不能回来了？"吉龙"嗯"了一声，接着说："爹，你硬是不走，就不要到江上打鱼了，壮壮也不要上学了，在房后挖个防空洞，挖个地道更好，这样一来就安全多了。"爹在吧嗒吧嗒抽烟，烟在锅里吱吱地响。娘就呆呆地看着吉龙。吉龙叮嘱壮壮听爹娘的话，听老师的话，千万不要任着性子到处乱跑，要照顾好爹娘。

徐吉龙回单位后就找到了王小平。二人讨论了一下目前的形势，说了自己的打算，都一再表示要当兵，要亲自到前线去，要在这场血与火的战斗中接受洗礼，保家卫国。组织答应了他们的要求。但在体检时，王小平合格，徐吉龙因视力问题被淘汰。

在铁路应征入伍的大会上，领导激情昂扬地说："你们这批应征入伍的青年，是有抱负的一代人，是第一批带工资的志愿兵。你们是我们铁路工人的自豪和骄傲，也是全市人民的光荣！希望你们不要辜负家乡父老乡亲的厚望，到抗美援朝前线立功，家乡人民等待你们传来胜利的喜讯……"王小平的胸脯剧烈地起伏着，他兴奋地环视了一下会场，亢奋地高呼："打倒美帝国主义！保卫家乡，保卫全中国！"

爱沙浪村的秋天来了，这是一个充满活力、充满辉煌的秋天。

王小平参加中国人民志愿军，打破了爱沙浪村往日宁静平和的气氛，使这小小的渔村立刻增添了无数的光环。这天打鱼的也不扬帆了，收割庄稼的也弃镰了，干什么？全村人到村头为王小平送行。

王小平1947年逃荒到八里甸子那两年，因饥寒交迫，弟弟和妹妹先后死去。妹妹死的时候，全家痛哭不已。王小平至今还记得，妹妹病的那几天他和吉龙没要着一口饭，妹妹快要咽气时从土炕上抬到地上，爸爸又将她抱到炕上，不行了，又将她抬到地上，几经反复妹妹才闭上眼。她是裹着破炕席走的。父母太伤心了，之后再没有要孩子。王小平喜欢文学是受父亲影响。他父亲是乡中学语文教师，对古文学很有造诣，对司马迁的《史记》很有研究，对先秦文学很崇拜。他从小就叫王小平读《三字经》，背诵唐诗宋词什么的。王小平很用功，父亲对王小平寄予厚望。后因积劳成疾，父亲得了肺病，长期在家休息。娘身体也不好，总是病恹恹的。但父母有一点很高兴很满意，就是王小平工作了，提干了，入党了。这次儿子又要去当兵，心里着实有些不是滋味，但为了孩子的前途，为了国家的利益，他们支持。

以壮壮为首的小伙伴们见王小平就要当兵走了，个个哭鼻子抹泪舍不得。他们记得在王小平的带领下，孩子们一年四季的活动丰富多彩，他们个个心花绽放，茁壮成长。虽然他进城工作了，但还经常回村和他们在一起玩，并指导他们的活动。要走了，壮壮拉住王小平的手不放，其他人也拥上来摸王小平的军装，摸王小平胸前的红花。此时，壮壮激动地要求王小平把他也带上。王小平搂着壮壮的脖子说："这不是在村里我可以带你到处乱闯，这是到前线真枪实弹地打仗！"壮壮说他不怕。王小平说："这不是怕不怕的问题，是你太小不够年龄。等你这个'跟腚虫'长大了，哥带你去。"壮壮高兴地说："真的？一言为定！平哥，你这一走，我心里怪不好受的，我们什么时候才能再见面？"王小平也激动了："打完了美国鬼子，我当然就回来了，咱们再去鸭绿江像立地太岁阮小二、短命二郎阮小五、活阎罗阮小七那样，弄它个翻江倒海！"这时王小平的父母走上前，不知是喜还是忧，眼角挂着些许泪水。他们为王小平整理军装，抚摸着儿子胸前的大红花，一句话也说不出来。此时王小平流泪了，他扑通一声跪在父母跟前说："儿不孝，等儿从朝鲜回来好好孝敬二老……"壮壮在一旁说："平哥，你走了我就是大娘、大爷的儿子。"王小平的父母把壮壮拉到自己的怀里。

一辆军用卡车停在村头。王小平向父母，向乡亲们挥手告别。

壮壮一直牵着王小平的手，流着泪把他送上了车。

四

11月的边城和边城之郊的爱沙浪村，已经寒意逼人。太阳每天都是懒懒的、凉凉的，从山后有时也从鸭绿江里露出淡淡的、灰灰的小脸。天空不时还有些雾，飘浮着，笼罩着远山近水。

徐大天这几天总睡不好觉，他总在想，趁现在战火没有波及这里，多打些鱼，好应付战火、应付过冬。

天还没亮，徐大天就在被窝里掐了一把壮壮娘的大腿，让她给他装一袋烟。壮壮娘"哎呀"了一声,骂道:"老不死的,你掐我干吗?"徐大天觉得没脸,自己装了一袋烟趴在炕沿上抽起来。"快起来做饭,把壮壮也叫起来。""干啥?""吃完饭去打鱼。"壮壮娘吃惊地问:"打鱼?"徐大天说:"趁没有啥动静,能打还得打。"壮壮娘说:"不打。"徐大天说:"不打吃什么?喝什么?不打,有钱给他哥儿俩盖房子,有钱给他们娶媳妇吗?"壮壮娘说:"早知打鱼昨晚干什么坏事呀,好像还能鼓捣出一个姑娘似的。"徐大天喷出一口烟说:"怎么,不生姑娘就不快乐啦?"壮壮娘烦得慌,说:"要打鱼自己去,别拽着壮壮。""为什么?""你说为什么,孩子这两天感冒了呗。"徐大天又吐出一圈烟:"一个头疼脑热的,到江上吹吹风就好了,孩子不能惯。""这叫惯吗?你不能把孩子当驴使,再说朝鲜那边很紧,一旦飞机来了咋办?老大在城里,说不定哪天也和王小平一样过江打仗,死活也不好说,你要是再把壮壮弄个好歹,我跟你没完!"

  天刚亮,徐大天就把壮壮喊起来,吃了早饭,他整理好渔具,壮壮背着鱼篓,爷儿俩就往江边船坞走去。起了锚,船箭一般划破了晨雾向江桥桥墩方向驶去。在距江桥200米处,爷儿俩在氤氲的寒雾中,精心而熟练地向江中撒网。他们将30多米长的挂网下到了水中。一串串白白的水漂,宛如夜间数盏亮亮的灯一样,在晨雾中像珍珠一闪一闪的。下网之后,他们又驶向离江桥50米处,不间断地轮番向江中抛撒着旋网,试图在方圆10米的网中见到金钱鲤鱼的身影。然而一次次地落空,别说金钱鲤鱼未见一条,就是一般的鲤鱼、胖头鱼、小杂鱼也未见进入网中。爷儿俩有些气急败坏了,壮壮朝大江骂了句"他娘的",徐大天则收起网具也跟着骂了句:"他娘的,都死光啦?!"然后他们向挂网驶去。当他和壮壮一米一米地将挂网从水中拽上来时,也不见一条鱼。壮壮气得直踢船板。徐大天则一屁股坐在前舱板上,掏出老旱烟闷闷地吸着。壮壮问爹怎么回事，壮壮爹边抽老旱烟边在心里疑惑起来：也许今天不是吉日是忌日？也许天气突然变冷，鱼都游到温暖的地方，或是沉入水底不肯上来？也许不到发情期而发情，不到产卵期而去鸭绿江上游产卵去了？但根据他多年的打鱼经验，这一切的"也许"，也许都是错的。但究竟是什么原因呢？徐大天百思不得其解。

壮壮没心思再熬下去，想回家，就嘟囔道："早晨我还没吃饱饭呢，我没劲打鱼！"但徐大天不肯就此罢了，于是骂道："小兔崽子，回家，回家干什么?!"壮壮不敢吱声，他怕今天会出现"壮壮壮——"来。

7时许，一阵江风把雾霾吹得由浓变薄了、变淡了，一会儿飘散了。壮壮和爹的心情顿时轻松了许多。爷儿俩不甘失败，要重整旗鼓。于是他们调换了区域重新布网，然后又一次的等待。他们像其他捕鱼者一样，等待的是激情、冲突、兴奋感，等待的是人和鱼之间的较量。然而收获的惊喜并没有到来，就发生了一场令壮壮爷儿俩从未预料，完全没有经历过的人间悲剧。8时许，天空出现了怪声，首先传入他们耳中的是一阵像无头苍蝇的嗡嗡声，接着又像是地震前的隆隆声。徐大天拍了一下自己的黑脸，没打着什么苍蝇；又滚动一下眼珠，瞅了一下江面，也未看到地震后的海啸。正纳闷时，瞬间就见近百架美国飞机乌鸦群般出现在头上，把雾霾散去的天空遮蔽得似乎没了一丝间隙。这时，地面炮火撒网似的向空中打去，数十架飞机腾空而起，在空中与"乌鸦"交战。此时，壮壮和爹才反应过来，美国飞机是来炸桥的。地面炮火和空中打击，迫使"乌鸦"逃离了一些，剩下的在空中盘旋一阵后又飞回来，一字排开或列队，铺天盖地地对新义州狂轰滥炸。新义州顿时浓烟滚滚，火光冲天，火海一片。突然，3架飞机从壮壮和爹的头上呼啸而过，直奔江桥。徐大天见势不妙，弃网起锚，扬帆摇橹向中方岸边急速驶去。天上的飞机向他们扫射，子弹打在水面上，掀起半尺多高的水花，一片片、一条条的。

　　飞机不再追逐他们。9时许，有9架飞机轮番轰炸扫射两座江桥。壮壮和爹亲眼看见第一座桥（下桥）被拦腰炸断，炸弹爆炸声、桥梁断裂声雷一样滚过江面。壮壮的船像瓢一样在江中上下起伏，颠簸欲翻。船还未靠岸，壮壮发现靠江桥下游不远处，一只木船被炸弹掀起的巨浪打翻，船底朝天，一阵机枪扫过，船被打出几个大窟窿，开始下沉。不远处，一个人在水中上下翻滚。壮壮惊恐地喊着他爹，示意浪中有人。壮壮爹视若无睹，头也不回直往岸边冲。壮壮坐在船头，心急如火，几次喊爹，爹不回头，他便脱掉衣裳，一个猛子扎进水里，向那人游去。壮壮爹回头一望，壮壮已经远去，他怕壮壮出事，掉头追上壮壮，壮壮上了船，船向现场驶去。不远处，爷儿俩发现是一个小女孩儿在浪中翻滚挣扎。在离孩子5米处，壮壮一个猛子扎进水里，向落水的人潜去。当他露出水面时，女孩儿又在旋涡中挣扎。壮壮上前一把抓住小姑娘的衣领，却被浪涛冲开，小姑娘又沉入水中。不一会儿，小姑娘的头随着翻滚的浪又露出水面。壮壮被浪呛了几口水，一把抓住小姑娘的手，拖着向船靠近。徐大天怕出问题在船上喊："不要抓手，要抓住头发。"壮壮松手，一翻身，抓住了小姑娘的头发。随即赶到的徐大天也跳进水中，拦腰抱住了小姑娘，并叫壮壮上船接应。壮壮上船后，徐大天将小姑娘高高举过头顶，壮壮在船上拉住小姑娘的右手，小姑娘被救到船上。一上船，壮壮发现小姑娘几乎没有了呼吸，就将她从侧舷抱到稍高的前甲板上，大头朝下，一边控水，一边做人工呼吸。壮壮爹上船后，就摁小姑娘的前胸、腹部，末了又摁小姑娘的人中。

　　奄奄一息的小姑娘有了呼吸，又过了一会儿，小姑娘气喘得有些匀了，四肢开始扭动了，眼睛慢慢地睁开了。眼睛睁开的一刹那，小姑娘惊骇地看着眼前两个陌生人：一个是赤条条满手是血，一个是赤臂老人。当她完全恢复了记忆后，就将目光投向了已经翻扣在波浪里的自家船,哭喊着:"阿巴基!阿巴基!"壮壮爷儿俩虽不懂朝鲜语,但能听懂"阿巴基"就是汉语里的"爸爸",意识到翻船里还有小姑娘的爸爸。于是他们把小姑娘安顿好后,就向翻船驶去。靠近后,壮壮抄起板斧似的铁锹,跳进水中,上了翻船,他将船底劈开一洞,只见一股血水喷射出来。那血水是鲜鲜的,腥腥的,热热的。壮壮趴在船底听船里没有一点动静,断定人死了。小姑娘无助的眼神从壮壮爷儿俩身上移开后,爬到船舷边,望着周围的血水,微弱地叫了一声"阿巴基"之后,昏倒在船上。

船还未靠近岸边,成批的美国飞机又出现在天空,除向新义州投下大批炸弹外,又向江桥俯冲、轰炸。江桥又腾起一股黑烟。也就在壮壮他们上岸抛锚时,小姑娘的船被一颗炸弹炸得粉碎,船板飞向天空。壮壮、徐大天、小姑娘,痛苦地回望着。

新义州市的浓烟一半遮住了天空,一半向江桥飘去。壮壮和爹站在江边回望时,发现大批的人从桥上、桥下,向被炸毁桥的现场奔去。后来他们从徐吉龙那儿才知道,那些人是铁路职工前来扑灭大火抢修大桥,是从本溪、灌水抽调抢修通信线路的260名工人。徐吉龙还说,那天他提着焊枪,戴着焊帽,跑在最前头,冒着轰炸、扫射的危险焊接被炸断的桥梁。他的战友则急速撤换被炸毁的铁轨和木枕。桥下的人在抢修被炸塌的桥墩。11月9日至21日,敌机连续轰炸、扫射,他们就连续抢修、维修。徐吉龙的胳膊就是在那时不幸被子弹穿透的。

徐吉龙讲的这些事让壮壮听得津津有味。

五

新义州已经变成了一片火海,一堆堆瓦砾;断壁残垣中,火还在燃烧;街头巷尾的电线杆子,耷拉着半截电线,在寒风中摇曳。成千上万无辜的百姓，遭到涂炭和杀戮。整个城市在悲鸣、在哭泣，在向热爱和平的人揭露和控诉。处在新义州市郊的义州郡，虽然没有遭到如同新义州市那样毁灭性的摧残，但也伤痕累累，满目疮痍。

一个女人，一个身着民族服饰的女人，冒着浓浓硝烟冲出家门，越过一片玉米地，只身向江边跑去。她，就是那个被救小女孩儿的妈妈——朴真实。在江边的树林还在燃烧、野草已经烧尽的岸边，她伫立在自家船只停泊的码头上木讷地望着：码头是空空的，凉凉的，一个拴船用的铁钎还牢牢地扎在泥土里。站在瑟瑟寒风中，她不禁打了个寒战，惊悸的目光扫向远方还未平静的黑色的江水，她的心在流血、在颤抖。在焦虑不安中，一种前所未有的不祥征兆向她迅速袭来。她想，往日准时回家的丈夫，今天怎么啦？人无影，船无踪，他和顺姬一定是遭到了大难。无助无望使她倒在荒草丛中。这时邻居金顺子来到她的身旁，用她那肥胖的手臂扶起并喊醒了朴真实，急切地说："姐，你疯了！这儿多危险哪，还不赶快回家躲起来？"朴真实似乎从噩梦中醒来，看见金顺子就一头扑到她怀中泣不成声："金顺子，我的好妹妹，他们不见啦！昌浩不见了，顺姬不见了……"金顺子当然知道她在说什么，安慰着说："不会吧，是不是爷儿俩躲到什么地方去了？回去吧，不少乡亲已经躲到深山里去了。"朴真实哭着说："死了，他们一定是死了。早晨我怎么劝昌浩他也不听，非要去打鱼不可。也怪了，顺姬这孩子也非要跟着去，说是桥墩下鱼多，中国船也在那儿打鱼，没事。什么没事，准是被炸死了！"金顺子刚要搀扶朴真实离开，这时两架美国飞机又向村庄扫射，金顺子一下把朴真实摁在自己身下。

朴真实虽已四十开外，但气质不减。她是乡村小学教师，家住在离江边三华里的高山坡下密林之中。回到家里，朴真实宛如丢了魂似的坐在炕上一动不动。尽管金顺子还在劝她离开这里，她仍无动于衷。不一会儿，她蓦地坐起来，爬到地桌旁，将墙上被炸弹震歪的全家福照片摘下来,拍了拍、吹了吹相框上的灰土,边看边流泪,神经质地在空寂的房间里呐喊:"美国佬,还我昌浩!还我顺姬!……你们都走了,我也不想活了!"

新义州市的大批难民,已经涌向了农村。

朴真实居住的村子,大部分居民也已逃进了深山老林中。从城市来的难民,见村子已空,也不敢久待,不少人拖儿带女涉水过江向中方逃难。

金顺子还是劝朴真实离开这儿,和她一起去谷涧水洞里暂时躲避一下,朴真实仍眼泪汪汪地直摇头。朴真实被劝急了,就说:"我现在也不怕死了,死了倒也干净。"金顺子说:"你这是想哪儿去了,要是顺姬他们还活着呢?"朴真实说:"还活着?都好几天不见人影了,还活着?"金顺子说:"是死是活咱也无法知道,还是跟我一起去山里躲躲吧。"朴真实还是坚决不走,金顺子说:"你不走,那我也不走,我不能把你一个人扔下不管,要死咱们死在一起。"朴真实生气地喊道:"你走哇!你不要管我!走哇,走哇!"

金顺子紧紧地抱着朴真实。

六

11月8日清晨,壮壮娘送走了壮壮爷儿俩去打鱼后,心里和往日不一样,总觉得毛毛的、悚悚的、慌慌的、乱乱的,总感到不踏实。她很快收拾完碗筷,鸡也不放,猪也不喂,平素很干净、很利落、很漂亮的一个女人,此时,披头散发鬼一样追出去。见爷儿俩没影了,她又追到码头,抬头一看船已驶去很远很远。她无奈地呆立岸边,遥望江上那浑浊的雾。正在她焦灼不安时,隆隆的飞机声由轻而重,散了雾的天空布满了飞机,不一会儿就听到一连串的爆炸声,接着便是漫天飞舞的黑烟。这时新义州已浓烟滚滚,暗无天日。她见江上一股浓烟顺流而下，巨蟒一样向她扑来，她倒在地上昏了过去。醒来时，她在光秃秃的江边，心急如焚地翘首张望着远方的江面。此时，江上没有一只船在行，没有一只鸥在飞，只见几块破碎的船板，从上游漂了下来。霎时她失神了，她害怕了，眼睛看不见什物，耳朵听不到声音，心在怦怦乱跳。她认定那船板就是她家的船板，那鱼篓就是她家的鱼篓，那血水就是她家人的血水，一切都是她家的。她脑袋爆炸了，嘴在颤抖，喃喃地说："莫非他们爷儿俩……"她又昏了过去，倒在地上。

　　船靠岸后，壮壮就跳下水把岸边的桥板搭在船上。他上船要背小女孩儿下船时，遭到她强烈的反抗。小女孩儿狠狠地咬住壮壮本已受伤的左手食指不放，血顿时流了下来。壮壮疼得弯下了腰，一屁股坐到船舱里。壮壮爬起来，比画着要她自己下船。她哭肿的眼睛看了一下壮壮，双手紧紧抓住船舷，眼望着出事地点一动不动，两行热泪又流了下来。壮壮扒开她的双手，背起她就走。她在肩上捶打着壮壮的头。下船刚走几步，壮壮发现娘倒在水边，便急忙把小姑娘放下，把娘叫醒。壮壮娘揉了揉眼睛，定睛一看是壮壮，就问："你爹呢？"这时壮壮爹拴好了船来到她身边，见状责备道："这儿多危险，你跑到这儿干什么？！"壮壮娘一看爷儿俩还活着，就说："你们没死呀！没死呀！"壮壮爹吼道："死？臭老娘儿们，你想叫我们死？快回家！快回家！"这时壮壮娘回头见壮壮背着一个小姑娘，便问："这是咋回事？"壮壮爹说："少啰唆，快回家！"

　　路上，徐大天才明白吉龙几次回家的警告、劝告和壮壮传达谭老师的话，不是空穴来风、子虚乌有，战火真的烧到鸭绿江边了。他和壮壮娘和壮壮一起回了家。

　　进了自家院里，壮壮娘的心才平静下来，心想：不管怎么说，全家人一个没死，没死就好，我的妈呀，这一阵子可把我吓死了。进屋后，壮壮娘看了一眼呆若木鸡的小姑娘，心里又想：爷儿俩没打一条鱼，安全地回来也就罢了，怎么还弄回来一个小姑娘，听说话是朝鲜人，敢情是从新义州被炸过来的？还是在逃散的过江难民中拾到的？壮壮娘用审视的目光看着小姑娘。当壮壮说了事情的全过程后，壮壮娘恍然大悟，立即上前抚摸小姑娘的额头。发现小姑娘浑身湿透，打着哆嗦，惊悸的目光不断地扫视她的时候，壮壮娘边安慰小姑娘，边将其抱上炕，找了壮壮穿过的衣服给小姑娘换上。开始小姑娘不穿，感觉冷得不行了，才勉强穿上。在脱衣服时，壮壮娘发现小姑娘手上、脚上也有中国端午节小孩子扎的五彩线，脖子上挂着一个"执莲童子"（宋代）玉坠时，就惊叫起来："小姑娘，你是中国人？"小姑娘不语。又问："你是中国人朝鲜族？"小姑娘不答。又问："你叫啥名？"小姑娘仍不回答，只是用警觉的目光一个劲地盯着她。壮壮娘没有再问下去，给小姑娘拿些吃的东西，然后就去外屋为小姑娘烧姜汤去了。

小姑娘不吃不喝眼里总含着泪花，显出茫然忧郁的神色。小姑娘感到这不是她的家，眼前壮壮娘不是自己的"阿妈妮"，院外的壮壮爹也不是自己的"阿巴基"，壮壮也不是自己的哥哥。因为她从未有过哥哥。

这下可愁坏了全家。

壮壮娘做什么好吃的好喝的，小姑娘就是不吃不喝；壮壮爹怎么劝她，她不但不吃还用怀疑的眼神看着他；壮壮把雪白的米饭和炖得焦黄的鲤鱼送到她眼前，她仍无动于衷。壮壮娘说："这孩子是不是个哑巴？"壮壮爹说："胡说，在船上还喊'阿巴基'哩，怎么会是哑巴？""不是哑巴咋这样难伺候，这不是捡回个妈嘛！"壮壮娘生气地嘟哝道。他俩的对话，尤其壮壮娘的酸酸辣辣的话，小姑娘都听懂了，但她不争辩，只是用不屑一顾的眼神看着他们。壮壮批驳娘的话："你说的话太不像一个妈妈啦！叫我，我也不吃。"壮壮娘边往下收拾饭菜边说："我说啥，她听得懂吗？"没办法，壮壮就上山打核桃、采栗子、摘山梨蛋子给她。她不吃，只是看，细心地看，又瞅着壮壮，看着看着，眼角又挂上了一丝泪花。

这几天，她不但不吃，经常还一个人跑到江边站着、蹲着、坐着，无神地遥望还在冒着黑烟的对岸。她在想，妈妈是否也被美国飞机炸死啦？她养的那条大黄狗旦旦是否也被炸死啦？她的秋千是否也被炸飞啦？这里虽也有像她家的山、树、房子和门院；也有鸡、鸭、猪羊，但这儿不是自己的家。她要的是自己的家。尤其看到大江和大江边树丛中的船坞及木制的船，就想起了爸爸那鲜红的血水从船底冒出来的惨景。想着想着就又哭了起来。来到她身边的壮壮猜到她的心思，用手擦干她脸上的泪，给她披上自己肥大的衣裳，一个劲地劝她回家，说："江边风大，别感冒了。"她不语。她蓦地掰开壮壮的手，看到救她时被船钉划伤的手和后来又被她咬破指尖的手，心如刀绞，泪顿时流了下来。壮壮把眼光投向远方，发现远处江面上有一群人或划船或在水下扶船从对岸游来。壮壮说，可能是那边的难民。姑娘听后，又难过起来：难民里会不会有自己的母亲？

家里的壮壮娘、壮壮爹像热锅上的蚂蚁一样，晕头转向不知如何是好。壮壮娘急了，说道："你在院子里转悠什么，还不赶快找他们去！"壮壮爹说："到江边去了。"壮壮娘说："这丫头，多危险，到那儿去干什么？"壮壮爹说："是不是想她爹、想她娘啊？"

壮壮娘这两天火上得不轻，嘴起了大泡，嗓子也化脓了，她说："他爹，这不吃不喝都两天了，再这么下去……"

"没想到这丫头这么倔。"

"这要是有个三长两短，可咋办？"

"也是，你说咋办？"

"你这不是弄回个祖宗嘛！死了，我看你咋办？"

"咋办，咋办，想办法救人嘛！"

"也不会说个中国话，谁知道她整天在想什么。"

"要不咱划船再给送回去？"

"送回去？你这不是往火坑里推嘛。"

"救也不对，送也不对，你说咋办？"

"要不咱就送到村里去？"

"尽扯淡，村上能管这事？"

"要不就送给派出所，派出所总得管。"

"好歹救上来的，又要送走？还送给派出所，这……"

"我也不忍心。不送，不送能眼瞅着她死在咱家？"

"能吗？"

"还能吗，真要是死在咱家，你就是一个罪人，政府还不把你抓去判死刑枪毙呀？"

在江边，壮壮见劝不走小姑娘，索性就挽起了裤脚，下到没膝盖的水里，摸到了几只蟹子。小姑娘嘴角有了笑意。壮壮拾些干枝、野草，燃起了篝火，将蟹子烤得焦焦的红红的，递给她吃。一股久违的香气直往她鼻里钻。她接过来刚要吃，壮壮娘从身后过来拽他们回家吃饭。

那顿饭，小姑娘只吃了壮壮给他烤的一只蟹钳。

第二天一早，壮壮娘就给小姑娘换上来时穿的朝鲜衣服。壮壮爹备好了驴车。小姑娘失神地坐在车上，眼睛充满了忧郁，她不知道她要去何方。车在山坡路上行驶。

壮壮见小姑娘喜欢蟹子，虽然只吃了一个蟹钳，他也很高兴。早晨他起了个早，到江上抓了一篓子蟹子，高兴地往回走。进屋一看，爹不在，娘也不在，小姑娘也不在；出门一看，车不在，驴也不在。他意识到不好，扔下蟹篓，跑到山上，发现驴车已经走得很远很远了。他下了山，飞过了小桥，向驴车奔去。

徐大天赶着驴车超过了前面的一辆马车，飞快地向前驶去。他是怕小姑娘反悔，又怕半路遭坏人劫持，使劲地抽打着驴屁股、驴背,即使驴放屁他也不顾。车快,壮壮娘吓得紧紧搂抱着小姑娘,斥责徐大天不能慢点,翻车咋办?徐大天让壮壮娘闭上嘴,说:"你个丧门神,慢点,人死了我看你咋办。"说是说,车还是慢了下来。壮壮娘说:"他爹,我总感觉这是把人往死里送。去派出所送给警察,是凶是吉?"徐大天说凶多吉少。

在车上,小姑娘警惕着,不说一句话。

壮壮抄近道追赶驴车。在翻过一座小山后,壮壮才气喘吁吁地追上了驴车。他上前一把拽住驴的笼头,左右开弓咣咣打了驴脸数巴掌,驴嗷嗷大叫。壮壮朝爹娘大吼:"你们这是干什么?!要干什么?!"

驴这般物,主人用鞭子抽用棍子打,它知道是咋回事,但扇它的嘴巴未曾有过。于是它受惊了,开始尥蹶子,在原地打转,腾起一阵土后,就开始放屁、拉屎。

徐大天从车上跳下,勒住驴头,刹住车闸,吼道:"你小子不在家看门,跑来干什么?!"

壮壮娘吓得紧紧抱住小姑娘,"壮壮,你疯啦!"

壮壮扫了一眼,"你们要把她送人?送人是吧?!"

壮壮娘心疼地说:"你没看她不吃不喝的,不送给派出所,死了咋办?"

壮壮惊呼:"交给派出所?她得先养病才行!"说着上车从娘的怀中夺回小姑娘。

依偎在壮壮娘怀里的小姑娘知道了要把她送到派出所,她忽地从壮壮娘怀里挣脱出来,喊着:"哥哥,哥哥,救救我,救救我!"说着就扑向了壮壮。

壮壮抱着她下了车,手拽着姑娘的手,就向家的方向奔跑。

这时呆若木鸡的徐大天、壮壮娘惊愕地你看看我,我瞅瞅你,几乎同时惊叹:"她会说话,她会说中国话!"

多少天，大家没吃上一顿正儿八经的饭。当天晚上可好，壮壮娘高兴地做了一桌好菜，把壮壮抓的大蟹子，放点盐煮了一半，蘸上辣椒烤了一半。全家人吃了顿饭。吃饭时，壮壮娘不断往小姑娘碗里夹鱼、夹肉。小姑娘流着泪，哽咽着："……对……对不起阿姨。是我……是我不好……"壮壮娘一听，眼泪唰的一下夺眶而出，将她搂在怀里说："都是我不对，我不对，我寻思，不送你走，好好的一个人，不吃不喝咋整，死了咋办？这是一条人命啊。其实阿姨没那么狠心……"

小姑娘"哇"的一声，钻到壮壮娘的怀里大哭起来……

秋风阵阵，江水滔滔。小姑娘的心如同江水一样，没有完全平静下来。这天，她趁壮壮去上学，大人又不注意时就独自来到江边。拐了一个小山头，她看了看江的那头是那么熟悉而迷惘，就蹲下来用树枝在沙滩上画了一条小船，画了她家的房子，画了树下的秋千和狗。她站起来，拾起一块鹅卵石就向水里掷去，水并没有泛起涟漪，她很失望。这时她看见一只小船从对岸划来，她欣慰地想：莫不是家乡的人来接我？她顿时脸像花儿一样绽放，还不时向他们招手。

她看不清船上的人，听不清船上人在说些什么。她凝神张望着等待着。

船上的两个人并没有发现小女孩儿。他们俩嘀咕着什么。酒糟鼻子说："难民都是一家一户的，孩子总是不离开大人，不好下手。"留山羊胡子的人道："必须寻找落单的。"酒糟鼻子说："我们不是送过去两个了嘛！"山羊胡子说："那边老板要的是年轻貌美而又精明的丫头，弄到手和上次一样，有人用快艇来接。"小姑娘还是听不清他们说什么，但观察他们的做派，意识到这两个人不是好东西，就想往回跑。

这两个家伙正说着，发现了岸上的小姑娘，观察周围没有动静，就快速靠了岸。看到小姑娘长得苗条漂亮，穿的是朝鲜服装，又留着一头短发，便认定十有八九是朝鲜孩子。见四周没人，酒糟鼻子就用汉语问小姑娘多大了，为什么一个人在这儿，为什么还哭丧着脸，是不是爸爸、妈妈打你啦？小姑娘瞪着他们不吱声。酒糟鼻子又说："你一定是逃难过来的，想家了吧？我们送你回朝鲜。"姑娘又骂了他们几句后，说："我不是从朝鲜过来的。"山羊胡子示意下手，酒糟鼻子拦腰将小姑娘抱起往船上跑。小姑娘在肩上拼命地咬他的脖子，脖子出了血，酒糟鼻子狠狠把小姑娘摔在地上。观察情况断后的山羊胡子见状抓起小姑娘双腿，与酒糟鼻子一起把小姑娘扔到船上。小姑娘一个鲤鱼打挺翻到水里，在水里呼喊着："哥哥快来救我！"那两个人快速地把小姑娘弄上船，装进了麻袋。

壮壮每天放学都是小跑回来，而小姑娘每天也都在半路等他。今天壮壮不见她来，就飞快地跑回家。进门一看她不在，就问娘。娘说："不是跟你去学校了吗？"壮壮一听撒腿就往江边跑。这时，山羊胡子的船已经离开岸边。壮壮发现船不是他家的，那两个人还慌不择路的样子，又隐隐听见小姑娘的喊声，断定是出事了。就在壮壮往江边跑时，壮壮爹和娘也拼命往江边跑。壮壮把可疑情况说完，就和爹上了船全速向那只船追去。因为太远，他们改道穿过一片芦苇，很快就接近了那只船。劫人的船发现后面有人追，拼命地划。他们不知是从哪儿偷来的船，船底很快就透水了，船开始不稳，加上小姑娘挣扎，船就左右摇晃。壮壮他们快靠近那只船时，山羊胡子掏出手枪向壮壮他们射击。由于船晃得厉害，没有打中。壮壮扎进水里，一翻身上了船就与划船的酒糟鼻子搏斗起来。酒糟鼻子用船桨劈壮壮，壮壮闪身抢过船桨，厮打后，两个人一起滚到水里。壮壮爹见势，挥起船桨向山羊胡子劈去。山羊胡子又朝徐大天开了两枪。小姑娘从麻袋里钻出来，用水桶扣住钻出水面的酒糟鼻子并往水里摁。那人在水里冒了几个泡就不见了。徐大天躲过了子弹，趁船摇动时用船桨将山羊胡子的枪打掉落入水里。这时，壮壮上了船,不由分说,一头把山羊胡子顶进水里。壮壮把小姑娘救到自己船上。山羊胡子水性很好,自己爬上了那条船。

徐大天、壮壮和姑娘看着那条破船慢慢地沉入水中。

急坏了的壮壮娘见姑娘回来了,一把将她搂在怀里哭起来,"孩子,娘差点看不见了你。"小姑娘紧紧依在壮壮娘胸前。徐大天对姑娘说:"往后不要到江边去了,听见没有?"又对壮壮说:"放学老早回来,要不就甭去学校。"

七

徐大天在码头整理船只时,忽然发现了小姑娘在沙滩上的画。这孩子是想家呀!想家是想家,这儿多危险哪!徐大天想着想着,无心整理船只了。

徐大天要干两件事。

徐大天从很远的朝鲜族小学请来了金爱贤老师。经金老师和小姑娘用朝鲜语对话,才知道小姑娘叫李顺姬,8岁,上小学二年级。家住新义州和义州郡之间靠山的江边。父亲叫李昌浩,是打鱼的,母亲叫朴真实,是乡村小学教师。当顺姬提出要回朝鲜,要回自己家看爸爸、妈妈时,金老师爱抚地说:"孩子,现在是战争时期,美国鬼子把新义州炸成一片废墟,炸断了江桥,炸碎了船。义州郡也被炸平了,你家人可能不在了。"顺姬听到亲人可能被炸死了,就"哇"的一声哭起来,挣脱了金爱贤向外冲去。"我要妈妈,我要爸爸!"那哭声,令在场的人无不动容,流下了眼泪。壮壮拦住顺姬,用袖管为她擦泪。金爱贤上前抱住顺姬,"好孩子,不要哭了,看哭得多伤心哪!……你觉得在这儿不方便,说话又听不懂就到我家去住好吗?"顺姬拉着壮壮的手,摇摇头。金老师见状便说:"顺姬,是他们两次把你从江里救上来的,这就是你中国的妈妈、爸爸,壮壮就是你的亲哥哥。"顺姬翕动了一下嘴唇,揩了一下眼泪用中国话说:"我知道,谢谢爸爸,谢谢妈妈,谢谢哥哥……"大家发现顺姬的中国话说得这么好,一是惊奇,二是高兴得不得了。壮壮娘一下子就把顺姬搂在怀里,"顺姬呀,我的好孩子,你会说这么好的中国话,咋不早说呀,看把娘急的……"壮壮兴奋地跳起来:"我有一个会说中国话的朝鲜妹妹啦!我有亲妹妹啦!"壮壮娘含着热泪说:"顺姬,壮壮是你二哥,大哥叫徐吉龙,在城里铁路上班,等叫他回来认你这个亲妹妹。"顺姬点点头。徐大天心里有数,蹲在地上只顾抽他的老旱烟。

送金老师时,壮壮娘一再说:"金老师,你是好人,你是俺全家的恩人。顺姬的事,您可千万不能对任何人讲啊,我求您啦!"金爱贤握住壮壮娘的手,心领神会地笑着说:"你放心。"

徐大天要修房。

徐大天家背靠一座小山,房子坐北朝南,有三间红瓦房、两间厢房,厢房做仓库用。徐大天要改造的是两间厢房。徐大天把去年割的芦苇编成帘子拓宽房檐,用稻席子苫在房顶,用草拌黄泥把墙体抹平,干了就涂上一层白石灰。院内一棵山楂树,他就拴上两根绳子当成秋千。大功告成后,全家站在院内欣赏。顺姬乐得合不拢嘴,然后就与壮壮一起荡秋千。

徐大天的创意让顺姬感到快活,但徐大天似乎有些后悔。为什么?这不很明显吗,朝鲜式的住房一落成,壮壮娘怕顺姬一个人住孤单、害怕,就与顺姬住在一起。这三五天还可以,时间一长,徐大天就受不了。他就找壮壮娘的碴儿,说什么他住的像狗窝,吃的像猪食,还指责壮壮娘不按时喂鸡、喂猪,惹得鸡叫猪嚎不得安生。为此,两个人经常斗嘴架。壮壮娘半个月不搭理他,他受不了,就直截了当地说:"你就死在下屋吧,你还有没有我这个大活人?"一天,壮壮娘动情地说:"顺姬毕竟才是一个八九岁的孩子,哪能承受得了没有父母的打击。白天有壮壮陪着、玩着还好些,一到夜深人静时顺姬就哭,做噩梦。梦见她和父亲一起在江上打鱼,梦见母亲扶她荡秋千;梦到听父亲给她讲女娲造人和补天的神话;听母亲给她讲嫦娥奔月、牛郎织女的故事。梦见爸爸、妈妈被炸死时,就吓得大哭起来;梦见船上那两个抢她的坏人,就鬼掐似的喊壮壮。每每这时,我就将顺姬搂在怀里,为她叫魂,为她摩挲前胸,为她揩泪……"徐大天不吱声了。说归说,骂归骂,壮壮娘还是答应搬回上屋。壮壮娘回了上屋,就说顺姬咋办。徐大天说,让壮壮去陪。壮壮娘说:"这哪行!"徐大天说:"小孩子懂个屁!"壮壮娘也觉得没办法,也就勉强同意了。由于家穷,壮壮和顺姬盖的是一床被,是吉龙在家时和壮壮盖的那床被。

顺姬穿着壮壮的旧衣服,在家出出进进,简直就是一个假小子。再加上朝鲜小姑娘习惯留一头齐耳的板凳式短发,就像壮壮一个多月不理发一样,分不清是小子还是闺女,不知道的人还以为壮壮又有了一个弟弟似的。说归说,像归像,但顺姬毕竟是个姑娘家,皮肤白皙,身材苗条,瓜子脸,双眼皮,大眼睛。壮壮娘想:这样一个俊秀的姑娘,整天穿着壮壮的破衣裳,这不是糟蹋人嘛,简直是委屈了顺姬。于是壮壮娘冒着天上飞机的轰鸣,匆匆进城去商店买了一套精美的朝鲜族女孩秋冬季穿的衣服,又扯了不同花色的两块棉布,为顺姬定做了两套汉族姑娘穿的花衣服。试衣服那天,顺姬说她不愿意穿娘给买的民族服装,说那衣服过节穿行,平时上学、玩、干活穿,又肥又大,不利落;穿汉族衣服,合体,舒服,随便,还暖和。当顺姬穿上娘给做的粉红色带小白花的上衣、蓝色的裤子和壮壮娘连夜纳制的白边青布鞋时,立刻明亮了起来,又可爱又可亲,楚楚动人。顺姬整天和壮壮形影不离,简直就像一对龙凤胎。

顺姬成了壮壮家一个重要成员后,甭提全家有多高兴了。徐大天虽然不敢再去江上打鱼,但天天在苇塘边摸肥蟹给顺姬吃。有时壮壮多吃一个,他都狠劲地瞪壮壮一眼,甚至用筷子打壮壮的手。壮壮不生气,有时辩解,他也是为顺姬拿的。壮壮在学校经常不上最后一节课,偷着跑回来牵着顺姬的手到后山上用弹弓打鸟,爬树掏鸟蛋。在下第一场雪之后,与顺姬到自家的谷场上用箩筐扣麻雀,堆雪人。壮壮又在院子里扫出一块空地,将皮筋一头拴在驴槽腿上,另一头拴在椅子腿上,教顺姬跳皮筋,边跳边唱:"小皮球,香蕉梨,马莲开花二十一,二五六,二五七,二八二九三十一,三五六,三五七,三八三九四十一……"天太冷出不去,壮壮就在炕上与顺姬打玻璃球、翻手绳、抓猪骨头仔儿(满语发音为嘎拉哈)玩。猪骨头仔儿,是猪后腿膝盖部位的那块骨头。一猪两骨,两口猪才能凑四个,四个为一副,嘎拉哈分驴、马、坑、肚四面。玩时,将一个装入粮食粒的小口袋,上抛数次,将嘎拉哈翻成或驴或马或坑或肚相同一个面,最后一次抛布袋,必须一次将四个骨头都抓在手,布袋落入骨上,再抓住布袋才算赢。像顺姬这样纤细的小手,有时就抓不住四个子儿。但将四子儿三下抓成一样的面是顺姬的拿手好戏。她将布袋抛得高高的,瞬间用拇指食指将骨子儿捏住,手腕一翻就成。有时用食指一按一翻也成,而且非常娴熟。这一招壮壮望尘莫及。不管怎样,他俩一玩就是一上午。有时壮壮娘也来抓几把。娘却不行,快50岁的人了,手指关节有些僵硬不听使唤,输的时候多,输了就朝顺姬腼腆地笑。

外边炮火连天,不敢进城洗澡,壮壮娘就在家烧水给顺姬洗澡。搓洗时触摸顺姬身上,像揉着一团白面似的,光滑而细腻,亮泽而红润。细心看,顺姬身上没有一颗痣,无一丝瑕。壮壮娘说,娘从小可没你这样的好皮肤,顺姬不好意思地笑了。壮壮娘又说:"顺姬,这五彩线和这块玉,娘给你保管好吗?"顺姬说:"娘,我早就不想戴这小孩子戴的玩意儿啦。"于是,壮壮娘把顺姬脖颈上的玉摘下来,又剪断手脚上的五彩线,庄重地放在顺姬洗干净的旧衣服里，精心地珍藏起来。

爱沙浪村不少人以为顺姬是壮壮在沈阳的姑姑的孩子。那年冬天，顺姬插班上了朝鲜族小学二年三班。朝鲜族学校的学生除了节日、演出或参加大型活动外，一般不穿本民族的服饰，所以顺姬也就穿着和同学们一样的汉族服装。顺姬聪明好学，漂亮稳重，格外得老师和同学的喜欢。就这样，顺姬和壮壮在临近的两所小学，一起上学，一起放学。如果壮壮提前放学，总是在教室外等着顺姬，然后，两个人手牵着手回家。朝鲜族学校也教汉语，顺姬又爱学，所以进步很快。

壮壮有了美丽的妹妹，掩饰不住心中的喜悦。这天他来到铁路机务段，向正在工作的哥哥吉龙述说顺姬的事。吉龙一听喜出望外，心想：爹娘凭空有了个闺女，天意呀，天意！他怕壮壮出事，催他赶快离开机务段。吉龙请了假，即刻回了家。吉龙的出现让爹、娘大为吃惊，也顾不得询问吉龙如何抢修铁路，也忘了看吉龙的伤口。壮壮娘拉着吉龙的手进了厢房，合不拢嘴地说："这就是顺姬，你妹妹！"顺姬甜甜地叫了声"吉龙哥"。吉龙将自己买的新书包、文具盒、格尺、铅笔和糖果等，送给了顺姬。

全家吃了一顿团圆饭。饭后吉龙说："爹、娘，我是请假回来的。维护江桥的任务更重了，我得马上回去。"这时壮壮爹才想起要看看吉龙胳膊上的伤。吉龙说："没事，一点擦皮伤。"壮壮爹说："你是公家的人了，爹说多了也不管用，干什么事悠着点，别傻乎乎的！"壮壮娘也叮嘱吉龙几句，然后又说："不行咱就不干啦，不能去送死！"壮壮爹瞪了一眼，"你瞎说啥？你说了算哪？"吉龙认为爹说得对，回头对娘说："娘，我都是候补党员了。"临走时，吉龙拉着壮壮和顺姬的手说："爹和娘，全靠你们俩了。"壮壮和顺姬点了点头。吉龙舍不得离开他们，看了一眼顺姬，对壮壮说："你要好好对待顺姬妹妹，她是咱家的宝贝。"

八

　　1951年的战争形势更加严峻。美国轰炸机的狂轰滥炸致使钢梁被炸弯，钢板被炸出洞，铁轨扭曲，江桥上一时间浓烟滚滚。供电线路被炸断，电话线、电缆被炸毁。轰炸刚结束，徐吉龙就出现在桥上，与工友一起冒着烈火，冒着生命危险开始工作。他们撤换铁轨，焊接钢梁。电业、电话部门的职工在桥上抢修被炸断的输电线路和通信设施。快到中午时分，从中国桥头拥来大批机关干部、厂矿职工，给抢修人员送水、送饭、送毛巾、送手套等。壮壮、顺姬他们挤不进去，就随同上百名的学生一起，乘船到桥下，给工人送水果、送饭团。吉龙在桥上发现了壮壮、顺姬，大吃一惊，高喊着："壮壮，顺姬，快回去！快回去！这儿有水雷，危险！听见没有！"（水雷是美国飞机从空中投下来的，体积不大，沉到水底后，到一定时间就自动浮出水面，当物体触及时就爆炸）就在吉龙喊壮壮、顺姬他们赶快撤离时，前方200米处就有几颗水雷爆炸了。为了安全，指挥部组织群众很快撤离了现场。这时，美国飞机又向桥面扫射，徐吉龙、刘玉才不幸中弹倒下。刘玉才当场牺牲。徐吉龙头部被飞来的弹片击中，血顿时喷向钢梁。医护人员紧急抢救。在危重时，他还念念不忘让壮壮和顺姬赶快离开现场。他睁开眼睛向天空望去时，一架美国飞机被我空军击中，拉着长长的黑烟，发出刺耳的怪声，从空中坠落在山后。徐吉龙喊着："美国飞机被打下来了，打下来了。"被抬上担架时，徐吉龙用极其微弱的声音对领导说："不要告诉我爹、我娘，壮壮、顺姬他们撤离了吗？"

　　吉龙牺牲了，被追认为中国共产党正式党员。

　　在徐吉龙和刘玉才的追悼大会上，领导悲痛地说："徐吉龙、刘玉才同志是为抗美援朝，保家卫国，为保卫世界和平牺牲的，这是一种国际主义精神，是爱国主义精神。"见同志们情绪激昂，又说："同志们，我告诉大家一个振奋人心的消息，从去年12月31日到现在，志愿军已发动了第三次、第四次战役，共歼敌67000余人。在朝鲜前线，我们节节胜利，这和我们后方大力支持是分不开的。我们要发扬徐吉龙、刘玉才不怕牺牲的精神，用生命和鲜血，保卫、捍卫这条炸不垮打不烂的钢铁运输线。中朝必胜！美帝必败！"

徐吉龙的遗体在徐大天的要求下，安葬在吉龙家乡面朝鸭绿江的向阳山坡松树林下。在壮壮娘、壮壮、顺姬的一片撕心裂肺的哭声中，徐大天在徐吉龙的坟前低下了头，此刻他也许想到了当初要听老婆的话，让吉龙辞去城里的工作，就不会发生这惨痛的事。然而，他还是说："龙儿，你做得对，做得好！"壮壮娘长时间跪地不起，悲痛欲绝地哭喊："我的好龙儿，你睁眼看看娘啊，你叫娘咋活呀，娘还没给你娶媳妇就走了……"壮壮磕完了头，站起来大把大把地向天空抛撒着纸钱。

顺姬跪在壮壮娘身旁，流着泪说："吉龙哥，我还想吃你买的糖……"

九

吉龙一死，徐大天整个人就像没了魂儿似的，里出外进，坐立不安。一连几天，每当天空出现美国飞机时，他就只身站在院中央，指着头上的飞机不停地叫骂，直到把飞机骂跑了、骂掉了为止。壮壮娘见状就说："他爹，你是彪了，还是傻了，叫飞机扫着咋办？"徐大天叹气道："他娘，我……我心里难受哇……"壮壮娘有同样的感受，但还是安慰道："人已经死了，再想也活不了了。"徐大天点头后，一个劲地长吁短叹。壮壮娘说完这番话，偷偷地擦了一把眼泪，说："等孩子放学回来别在他们跟前再提龙儿的事，孩子们也经不住这打击。"

壮壮、顺姬放学后就去了王小平家,不是担水就是帮小平娘把池塘里的鸭子、前山的牛赶回家。小平爹说:"孩子,回去吧,大人在家急着哩。"小平娘则说:"吃完饭再走吧。"这时壮壮就牵着顺姬的手,一溜烟地跑了。路上,壮壮说:"小平哥去了战场,也不知咋样。"顺姬说:"我们天天来,大娘、大伯心情还会好点。"

爱沙浪村的天空飘起了雪花。

看演出的村民已挤满了会场。壮壮的同学毕建华、侯乃寿来到壮壮家,要和壮壮、顺姬去村上看剧。壮壮娘死活不肯,说什么美国飞机专找人多的地方轰炸、扫射,你们谁也别去!壮壮不听,拉着顺姬就跑,被娘一把拽住,一手拽一个把壮壮、顺姬推进了屋,把门关上。壮壮在屋里一个劲地砸门,壮壮娘有些烦,一开门,壮壮拽着顺姬从娘的腋下跑掉。壮壮娘气得一屁股坐在台阶上。

栾开义和徐大天进了会场。

村长栾开义严肃地说:"市宣传委员会何坤科长,带着边城文工队来到咱爱沙浪村演出抗美援朝歌剧《鸭绿江边》,望老少爷儿们、妇女姐妹们,给点掌声。"

演出很成功,很令人震撼。爱沙浪村人亢奋了,愤怒了,台下响起了雷鸣般的掌声和呐喊声。徐大天振臂高呼:"打倒美国强盗!血债要用血来还!"顿时,咒骂声、谴责声响彻云霄。何坤扫视群众,激情满怀地说:"我们在美国发动的'夏季攻势'中,取得了节节胜利。但志愿军在军火、食品、日用物品等上,都很困难。有的部队,经常在战斗中吃不上饭,经常把整穗的干苞米下锅煮;有的连队冒着风蘸着雪啃着馒头;有的战士冬天还未穿上棉鞋;有的负伤还来不及救治,情况非常严峻。"这时,台下群众说:"今天又演剧又讲话,直说你想干什么吧!"何坤说:"我们爱沙浪村徐吉龙同志光荣牺牲了,王小平同志早已奔赴战场了,他们都是我们的榜样。全国著名豫剧表演艺术家常香玉捐献了'香玉剧社号'飞机；西安小学为'中国儿童号'飞机捐款；宋庆龄和天津妇女为'天津妇女号'飞机捐款；回族群众为'中国伊斯兰号'飞机捐款；藏族群众为'中国佛教号'飞机捐款；爱国华侨陈嘉庚、王宽城、霍英东为支前捐款。我们就不能为'边城号''爱沙浪村号'飞机捐款吗？我们农民、渔民要积极支持前线，所以也要有钱出钱，有物出物，有力出力！"

徐大天回家后，将歌剧的内容讲给壮壮娘听。壮壮娘说："壮壮、顺姬也去了，现在还没回来。市里也是，这时候到乡下演什么剧，不怕扔炸弹！还不赶快去找壮壮他们去？"徐大天嘿嘿一笑。正说着，壮壮、顺姬回来了。接着徐大天把动员大会的精神和表扬吉龙的事说了一遍，又说："乡亲们都行动起来了，咱们也不能在家穷等。会上不提吉龙还好，一提吉龙我心都要蹦出来啦。"壮壮娘一听"吉龙"俩字，禁不住眼泪汪汪，说声"这仇是得报"。又说："昨天进城，城里都动起来了。在反美游行中，高举着永恒的真理的旗帜，高呼'母亲们，行动起来，保卫祖国，保卫和平，保卫孩子们'！他爹，为了壮壮和顺姬，我们也不能落后，好歹咱也是军烈属了。"徐大天问咋办，壮壮娘说："那咱就捐50万元（东北币）。"徐大天万万没想到壮壮娘会这么慷慨大方，大惊道："好！老婆子，还是你厉害！"少顷又说："那可是吉龙攒的娶媳妇钱！50万元那是多大一笔钱哪，这……"

壮壮娘抹了一把泪说："就遂龙儿的心愿吧，龙儿活着也会捐出去。"徐大天深思了一下，点点头。壮壮娘从被罩里取出了红包，将钱交给徐大天。徐大天接过，含着泪仔细地看了又看，最后又还给壮壮娘，说："还是你去村上交吧，我在家把稻子脱脱皮，明天也能交上几百斤。"壮壮娘应了一声，拉着顺姬的手就走，见壮壮跟在后头便说："帮你爹脱谷去！"

完事,壮壮和顺姬去了学校。他们往教室玻璃上贴"米"字纸条;帮谭老师修桌椅板凳;顺姬在墙上张贴"打倒美帝国主义"标语。回到家里,壮壮、顺姬也在家里贴"米"字,又在自家的后山坡挖了个防空洞。壮壮、顺姬累得满头大汗,双双躺在山坡上,望着家乡的蓝天、白云……

壮壮娘在昏暗的油灯下踩缝纫机赶制鞋垫。顺姬把鞋垫整齐地码起来,壮壮将鞋垫装进麻袋里。油灯的光开始跳动,壮壮娘没再添灯油,催孩子们早点睡觉。俩孩子揉揉眼说不困。此时,壮壮娘忽地感觉到一夜工夫孩子们都长大了,懂事了,心里感到无比的喜悦。

壮壮娘正在用缝纫机赶制一批军用棉衣,壮壮爹进屋神秘兮兮地说:"老婆子,今晚村里有事,我可能一宿不回来。晚上就让壮壮、顺姬回上屋睡。"壮壮娘问咋的了,徐大天说外面有坏人。壮壮娘知道村里今晚要过江送一批货,说道:"老死头子,当我不知道是吧?还鬼头鬼脑的。初三水、十八汛,今儿个是大潮,过江小心点!"徐大天听后很高兴,在壮壮娘的脑后弹了一下,就出了屋门。

徐大天是爱沙浪村支前车队副队长,他赶着装满粮食和其他物资的马车,在队长栾开义带领下,和村里的十多辆马车一起出了村子。大约出了村子三四里地,最后一辆的侯洪一急促地跑到壮壮爹跟前道:"老徐,你的宝贝儿子在后面跟着呢,还有一个小女孩儿,这……"徐大天一听,耳朵嗡的一声,手中的马鞭差点掉了。他稳定了一下身子就向车后飞快地走去,果然发现壮壮、顺姬尾随其后。他便不分青红皂白照壮壮屁股连踹了几脚,骂道:"小兔崽子,你给我回去,回去!"他见壮壮不动,顺姬也不动,气不打一处来,像抽马一样举起鞭子抽了两下壮壮的后背。顺姬火了,上前夺鞭子,徐大天说:"好闺女,快跟哥哥回去。"

壮壮不敢跟随车队走了,站在黑夜里,他茫然望着天空可以数得清的几颗星星:"我什么时候才能为哥哥报仇哇!"

支前车队在靠山靠水的乡道上静静地前行。途中，中等身材，干瘦，偏膀子，但精神十足的栾开义，不断下达口令："跟上，别掉队，不要打手电，不要甩响鞭子，要镇静，注意敌情，有情况立即报告。"徐大天的马车行在中间，他除了紧跟前车外，还不时地向后车传达各种口令。徐大天每传达一次口令都觉得很庄重、很神秘、很神圣，觉得自己虽未参加过抗日战争或东北解放战争，但这种支前的情景，夜间的急行军，着实就是军事行动，就是保证胜利的秘密军事行动。他越想越觉得自己伟大，越感到自己是一个革命军人了。

在漆黑的夜里，在快到志愿军过江的浮桥桥头时，发现有几个亮点从天际向他们飞来。他们认为这绝对不是星星，这一定是美国的飞机。在"有敌情""注意隐蔽"口令下达不久后，隐隐听见了飞机的轰鸣声。这时我方的高倍探照灯在夜空中扫描，交叉定位在移动的亮点上。此时，特务向天空打信号弹。敌军飞机速度很快，胡乱投下两颗照明弹后，还未来得及轰炸，就在我方高射炮的打击下，狼狈地逃了。

十几辆满载物资的马车顺利通过了江上浮桥。在华侨第一支前物资转运站站长卢明德带领下，十几辆马车进了朴真实家。当他们进院后，杨淑花的支前车队的物资已经卸完。临走时，杨淑花还与朴真实说些什么。徐大天他们卸下的物资，很快被开来的卡车运走。由于情况紧急，栾开义他们喝了几口水就紧随杨淑花的车队、担架队之后，连夜返回了爱沙浪村。

十

何坤科长来到爱沙浪村对栾开义、徐大天说，形势对我们是有利的，我们还要继续做好支前工作，要加强村自身安全防范工作，特别是学校，要格外上点心。

壮壮被爹踢了几脚、挨了两马鞭子后,那条青紫色的"龙"还盘踞在后背上,尽管顺姬每天都在壮壮背上吹吹凉风或按摩几次,但壮壮仍疼痛难忍。

壮壮好几天没上课,引起谭老师的注意,她登门来看壮壮。壮壮娘说孩子病了。谭老师到了厢房,见壮壮躺在炕上。老师问为什么没上课。壮壮坐在炕上不语。谭老师说,现在正是期末考试复习阶段,落一节课都不好补。谭老师说完搂着壮壮说:"明天就去补课。"谭老师这一搂,疼得壮壮"哎哟"一声。谭老师看见鞭痕,吓了一跳,问:"这是咋啦?"壮壮不语,一头扎进老师怀里哭了起来。老师问:"是不是又跟人打仗啦?"顺姬在一旁说:"哥哥要跟支前车队一起过江,被俺爹发现了,用马鞭子抽的,俺爹真狠!"老师心疼地说:"是狠,这哪像个爹呀,我去找他!"说着就要出屋。壮壮拦住老师,说:"不怨我爹,他是不愿意让我冒险。"谭老师明白了,说:"那好,明天到学校我给你补补课。"

壮壮的学校叫枫林小学,爱沙浪村周围几个村的孩子都在这儿念书。它的一墙之隔就是朝鲜族小学,顺姬在那儿上学。

小雪过后,村子清洁,空气清爽。几阵小风把雪吹跑,余者被阳光融化。学校的后山是一片树林。远处飞来几只喜鹊,落在树上、房顶上。一群麻雀在墙根啄食。

谭老师在办公室为壮壮补课。

谭老师叫谭小蕊,因家境窘迫,师范未毕业就只身从边城来到爱沙浪村当小学教师。她年龄不大,刚到二十,体小瘦弱,但白皙俊秀,给人一种纯朴无华、温文尔雅的感觉。谭老师不住校,住在姑姑家。姑姑家离校三里地,有一条河,河上有独木桥,过河就是芦苇塘,再过一段青纱帐才能到家,白天走还行,夜行就有点瘆得慌。有一段时间,天黑了才放学,壮壮就偷偷跟在老师后面护送她回家。老师知道后不让他送,还批评他不守纪律。壮壮明白这是老师疼他。谭老师也生壮壮的气，嫌他爱打人。他虽然打的都是那些欺负女生的男生，但男生吃亏就找老师评理。有时家长还找上门闹，还说些难听的话，什么"没有三块豆腐高怎么能当老师？熊蛋包一个！再不管管壮壮这野蛮小子，我们就不客气啦！"谭老师怕惹出大事，就找壮壮谈话。壮壮说："老师管不了那些臭小子，我管，揍是最好的办法。"老师批评壮壮，好两天，过后还是那样。谭老师很无奈。

　　枫林小学和志愿军炮兵阵地只一山之隔，山不是太高，距离有十里八里。美国飞机干扰了学校的正常教学，加上校舍年久失修，学校就化整为零，老师带领学生到山坳树林里，到谷场水渠旁上课。每到这时，壮壮就为老师背黑板，背学生的作业本。

　　有一天，警报响起，空中又出现大批美军飞机，在炸高射炮阵地时，学校黄泥砌成的围墙倒塌了一面，未塌的地方也出现了裂口。轰炸时，教室板壁被震得嘎嘎作响，左右摇晃，孩子们吓得面色苍白、瑟瑟发抖，谭老师和壮壮指挥学生钻到自己的课桌下。壮壮见老师还在忙活，就将老师推进了她的讲桌下。他冲出教室，翻墙来到顺姬的教室。看到顺姬惊恐的面孔，便安慰着、鼓励着顺姬不要害怕要坚强。谭老师见壮壮跑出教室，就追了出去。没有发现壮壮，她顿时晕了过去，倒在地上。炸弹巨大的爆炸声把她震醒。她立刻想到壮壮一定是去了顺姬那儿，她翻墙时，敌机一阵扫射，谭老师背部中弹倒在血泊中。壮壮冲出教室，见老师满身是血，跪地把老师托在怀中。谭老师挣扎着睁开眼，见是壮壮，有气无力地说："徐吉壮，快回教室去，快！……"

　　谭小蕊老师被葬在学校的后山上。

　　那天，大雪纷飞，一片洁白。爱沙浪村在悲泣。

　　追悼会后，壮壮在谭老师的墓前搭一个小棚，自己待在那里。他忏悔地想：谭老师是为他而死，为他献出了年轻宝贵的生命。痛苦，愧疚……这一切，他只好深深地埋在心底：谭老师，你那么和气，那么善良，那么美丽，你为我而死，我一辈子不能原谅自己，我一辈子不忘为你报仇！

十一

学校被炸，放了长假，这使徐大天和壮壮娘甚为头痛。原因很清楚：他俩白天黑夜在村里忙支前，哪有时间和精力管孩子？为此，徐大天和壮壮娘也没少吵架。徐大天强调他的任务重，又装车，又过江；壮壮娘强调她的活更忙，在村上又做被，又做鞋，又纺线。徐大天火了，说："支前咱家出一个人就行啦，你在家做饭、喂猪、看孩子！"壮壮娘说："我在家？志愿军在朝鲜都快冻死了，我能在家？亏你说得出口。"徐大天说："那你把孩子领到村里去。"壮壮娘说："可别丢人了，你看哪有一家这么干的？"两人谁也说服不了谁，都脸红脖子粗地各自到村上干活去了。

两天后，徐大天要把壮壮、顺姬送到沈阳姑妈家。壮壮娘说："送沈阳就安全啦？"徐大天说："那当然。"壮壮娘说："壮壮从打谭老师死后，三天两头跪在坟头，让他去沈阳，那得把谭老师的坟也迁去。"徐大天说："顺姬可是一个外国人，有个三长两短，你对得起她死去的父母？"

这天，两口子终于达成了如下协议：一说、二拴、三关。"一说"是共同说服、警告壮壮、顺姬，放假期间不准到处乱跑。结果呢？说了白说。壮壮、顺姬白天不是到学校去看开学了没有，就是到毕建华、侯乃寿等同学家玩，很晚才回。此招不行，壮壮父母又采取"二拴"。"二拴"就是给顺姬和壮壮留很多作业，还买了很多小人书给他们看，就是把他俩紧紧拴在家里。结果怎么样？一天作业一个小时就做完了，五天作业一个上午就做完了。至于那些小人书嘛，愿看就看几眼，不愿看就扔到一边。徐大天、壮壮娘没办法，只好采取第三招——关。"关"就是将壮壮、顺姬反锁在家里。结果呢？第一天好使，第二天壮壮打开后窗与顺姬逃了出去。

老两口一看这些招法都不管用，就只好松绑。每天哄着壮壮要看好、照顾好顺姬，千万不能发生谭老师那样的事。这软刀子还真管用，壮壮、顺姬自觉地在家待了一个星期。在家无所事事，壮壮、顺姬就在院里捉迷藏、跳皮筋，累了就坐在槐树下拍巴掌："你拍一，我拍一，黄雀落在大门西；你拍二，我拍二，喜鹊落在大门外；你拍三，我拍三，老鹰飞到峨眉山……你拍十，我拍十，十个小孩儿去赶集；去时下大雨，回来下雹子，专打小秃子的后脑子。"拍来拍去感到旧词没意思，他俩就编了一套新的，什么"你拍一，我拍一，喜鹊落在咱院里；你拍二，我拍二，我们住在江两岸；你拍三，我拍三，我娘给我做衣衫；你拍四，我拍四，蟹子鲤鱼馋死你；你拍五，我拍五，春天耕牛满地走；你拍六，我拍六，炸毁江桥也有救……"

一个星期过后，壮壮、顺姬感到无聊，又开始疯跑。天真烂漫原本就是孩子的本性，再加上壮壮从天而降个好妹妹，顺姬有了个好哥哥，都十分兴奋。所以，两个人整天无忧无虑地玩。壮壮领着顺姬不是到江边柳林里捉鱼，就是去后山林子里打麻雀、掏鸟蛋。有一天，顺姬突然发现一条长蛇盘在树上，吓得直往壮壮怀里钻。壮壮见状，边安慰顺姬不要怕，边绕到高处，用石头猛击长蛇，顺姬就不断供应石头。蛇终于被打下树。壮壮用脚踩住蛇头，然后用石头砸死，说："这是一条野鸡脖子，有毒，但不像书上说的眼镜蛇毒性那么大。"顺姬还是不敢靠近，扯着壮壮的手催着回家。壮壮从蛇头下手，两手拽住蛇皮，使劲一撸，蛇皮肉分离。壮壮折断树枝，挑着蛇下山。顺姬嚷道："扔掉！"壮壮说："蛇皮干了，可以做胡琴用。你没看胡琴上包的皮吗，那就是蛇皮做的，拉起二胡好听。"顺姬还是央求壮壮扔掉。壮壮怕再坚持会吓坏顺姬，就把赤条条的蛇扔到了山涧，蛇皮却藏在衣兜里。

壮壮牵着顺姬的手，愉快地穿过了一片树林，来到了他曾和小平哥、曲哥、龙哥等人"战斗"过的地方，那也曾是他经常与哥哥挖黄泥、打猪草、捡柴火的地方。望着幽谷中的青松、怪石嶙峋的河渠、清清的流水，壮壮心想：物是人非了，过去的一切都不复存在了。这突如其来的伤感，使他眼角含着泪花。

他们绕过山头就来到了学校后山坡，壮壮执意要到谭老师的坟前看看。来到墓前，发现谭老师的坟前长满了荒草，壮壮见状，心不由得又酸楚起来。他看见刻着"谭小蕊烈士之墓"的墓碑还牢牢地立在那儿，心才踏实了。壮壮流着泪和顺姬开始徒手拔坟上的蒿草。顺姬发现壮壮的手流血了，心疼地说："哥，看你的手都出血了，这……"壮壮又去附近的橡树下拾几枚黄叶，用石头将叶子压在坟头上。然后两个人跪在墓前给谭老师磕了三个头。

壮壮和顺姬站在山冈上，遥望鸭绿江。当顺姬直指远方时，壮壮告诉她那就是新义州，新义州上方就是义州郡，就是你过去的家。顺姬看着，一股难以名状的惆怅和仇恨，涌上了纯真的心。她紧紧地握住自己的拳头，咬住自己的嘴唇。

壮壮和顺姬回到家后，太阳早已落下了西山。在顺姬的提示下，壮壮意识到要想瞒过爹和娘，就必须做出一番掩盖真相的动作。于是和顺姬合计后，就开始干起了从未干过的家务活来。二人听到猪在叫，知道是猪饿了，就从泔水缸里舀一瓢泔水，加上一碗苞米粒，壮壮下手搅了搅，倒入猪槽。然后二人又将院外水泡里的鸭子赶到院内，关进鸭舍，又将散鸡集中，关进鸡窝。壮壮从面袋里取出半盆苞米面，顺姬洗手挽袖倒水和面。壮壮烧火，顺姬就往锅里贴饼子。由于锅还未热，面贴上去就堆入水中。二人一见不好，就四手合拢，搂起面汤，重新加面，开始贴饼子。由于锅下火旺，锅底边缘有水花溅起，二人东一个西一个，上一个，下一个，大一个，小一个地往锅上贴。面贴上了，靠住了，二人高兴得拍起手来。然后，壮壮又将用高粱秆做的锅帘子从墙上取下，把中午吃剩下的鱼和菜一起蒸。

爹和娘进了院子，发现猪也不哼了，鸡、鸭也不叫了，快步进了屋里。一迈进门，见壮壮、顺姬正在灶前烧火，壮壮爹咳嗽了一声，壮壮、顺姬猛地抬头嘻嘻笑了起来。

吃饭的时候，壮壮娘十分高兴，不断地表扬壮壮、顺姬长大了，懂事了，能帮助大人干家务活了，等等。徐大天乐得合不上嘴，喝着小酒，看着孩子们那天真稚嫩的小脸。见爹娘没有"审问"他们一天的动向，壮壮又不断地给爹斟酒，顺姬不断地给娘夹菜，高兴得老两口晕乎乎的。徐大天看了一眼顺姬，心里高兴地想，徐家还是兴旺的，是有希望的。壮壮娘也一个劲地往顺姬的碗里夹菜。

壮壮、顺姬这顿饭做得太好了，太有价值了。从此，壮壮、顺姬得到了爹和娘的信任，从此也就得到了解放。

星期天，天空没有出现飞机，也听不到大炮的响声。壮壮耐不住性子，牵着顺姬的手，跑到江边苇塘钓鱼，还时不时地撒网。壮壮每钓上一条鲤鱼或梭鱼，顺姬总是第一个下到没脚背的水里，将鱼紧紧抱住，拖向浅滩，放进鱼篓里。旋网上了鱼，她娴熟地先是扒开渔网，朝鱼头打上一巴掌，就往下摘。壮壮说："顺姬，你还真行！"顺姬自豪地说："这都是爸爸教的。"鱼篓满了，二人收工回家。躺在炕上的徐大天知道此事，非但不表扬，还气哼哼地说："谁叫你们去打鱼啦？！外边多乱，以后不准去！"壮壮娘见壮壮、顺姬的小脸吓得煞白，就冲壮壮爹喊："你瞎咋呼什么？孩子不是好好的嘛！"壮壮见老娘支持，就小声补了一句："大惊小怪！"壮壮催着娘赶快做鱼吃，转身又补了一句："娘，能不能换个做法？"壮壮娘笑了笑。

顺姬愿意吃朝鲜风味的生鱼片。壮壮娘不会做，就问顺姬。顺姬介绍了她妈妈的做法。于是壮壮娘如法炮制：先将鲤鱼洗净，去

045

鱼皮，用快刀分成两半，再用刀薄薄地一片一片地切下，放少许盐，多加醋，拌上辣椒、蒜酱。开始壮壮等不敢入口，见顺姬大口大口地吃，为了配合顺姬的兴致，每人也吃了几口。这一吃不要紧，觉得这东西清口、凉爽、不腻，于是就有些狼吞虎咽了。顺姬见了很满足，忍不住笑了起来。从此以后，壮壮娘每次都做两种鱼：一个生拌，一个炖鱼。

十二

这两天，徐大天和壮壮娘被壮壮和顺姬的表现弄得很兴奋，晚上很早就躺下睡觉了。壮壮娘问："去朝鲜怎么样？"徐大天吹牛："怎么样，美国飞机敢把老子怎么样？我鞭子一挥，它就得赶快逃跑！"壮壮娘说："你就吹吧。"徐大天说："这一路打信号弹的不少，美国特务干的！特务这帮东西最可恨！"壮壮娘说："这可小心点。"徐大天说："上级发了长枪，也有短枪，下次去非搂一枪不可！我徐大天是谁？我徐大天不是过去的徐大天了！"壮壮娘说："有枪也得小心点。"又说："这两天我咋看咱这地方信号弹也不少。"壮壮爹吸一口老旱烟说："炸学校那天就发现山后有打信号弹的。这表明战争到了极其残酷、极其复杂阶段。现在朝鲜战场上谈谈打打局面复杂。其间，美国仍然实行大规模的日夜轮番轰炸，妄图摧毁我方阵地和彻底切断支前的运输线。"壮壮娘惊讶地说："老头子，你真行，现在讲话都一套一套的了。"徐大天不讲这是上级传达的，他自豪地说："那当然，我徐大天是谁？我徐大天不是过去的徐大天了！"

一天早晨，侯乃寿、毕建华来到壮壮家。侯乃寿和毕建华是壮壮的同班同学，是壮壮麾下两员干将。打仗，特别是到外村打仗，准有他俩参加。至今壮壮仍在想，那次把人家门牙打掉了，准是侯乃寿干的。怎么知道？打仗时毕建华老在壮壮左右护着壮壮。而不怕死、不怕出血的侯乃寿总是冲在前头，且机灵手快，吃亏的总是对方。

饭后，徐大天在院内劈柴，见他俩站在大门边，就知道是来勾引壮壮的。徐大天知道壮壮、顺姬他们去后山了，就厉声道："回去！滚回去！"侯乃寿瞪了徐大天一眼说："老死头子，找壮壮关你屁事！"徐大天火了，吓唬道："走不走？不走我劈了你们！"说着就抡起了斧头。毕建华劝侯乃寿走，侯乃寿后退两步，拾起石头朝徐大天扔去。侯乃寿向屋里喊了两声壮壮，见无人应，就又向徐大天扔了一块石头，迅速离开。

壮壮、顺姬在后山继续挖防空洞。村上打出的"防奸、防特、防打信号弹"标语，壮壮不知看了几遍。他眉头一皱，想成立一个儿童团。一阵兴奋后，壮壮拉着顺姬的手，就去找毕建华、侯乃寿。顺姬边走边问："儿童团是干什么的？"壮壮说："是抓特务、汉奸、坏人的。"说着说着，就来到毕建华家。找到毕建华，三人又一起到了侯乃寿家。

壮壮把要成立儿童团的事说了一遍。毕建华、侯乃寿都表示同意。壮壮说："你们回去再联系些人，要聪明能干的，下午就到我家防空洞集合。"

集中在防空洞的有十多人，壮壮发给大家工具，除扩大原防空洞外，又挖了一个大防空洞，洞里还挖了放食物和"兵器"的地方。防空洞垫上稻草，铺上旧炕席，每个洞能睡四五个人。完工后，壮壮在手持铁鞭、木制大刀和红缨枪的队伍前面讲话："我们的儿童团今天就正式成立了。我们成立这个儿童团，可不是在一块儿打群架、掏家雀的，是要对付汉奸、特务和坏人的。现在我宣布，我是团长，毕建华是副团长，顺姬是联络员。"侯乃寿一听没有自己的位置，大为不满，他说："你们都当官了，我干什么？不给官当，我不干了！"壮壮一听火了，说："不干拉倒！哪有那么多官给你当?"侯乃寿一转身,说:"走就走。"顺姬看了一眼壮壮,跑上前拽住侯乃寿说:"生啥气,别走,你当联络员好了……"这时毕建华说:"副团长就叫乃寿干吧。"壮壮想了想说:"算了,副团长再加一个,这回满意了吧?"侯乃寿笑道:"这还差不多。"

大家在操场、山坡、树林间,进行冲杀、格斗演练,扮演特务的侯乃寿被儿童团擒获后,五花大绑交给了壮壮,由毕建华率领儿童团员,将"汉奸特务"拉到刑场用刀"处决"了。

侯乃寿哭丧着脸,对壮壮说:"我得开小差。"壮壮问:"咋啦?"侯乃寿说:"绑得我肩膀生疼,手腕都青了,刀砍得我脖子快出血了,你们这是玩真的呀?"

大家哈哈大笑起来。

十三

壮壮和顺姬在村外巡逻觉得视野不够开阔,就登上一座山顶。他们借着蓝天的清亮和阳光的和润,看见遥远的江边和密林中有志愿军的炮兵阵地。再往近看,在山那头,在树林中,有一排黑东西在缓缓移动。壮壮、顺姬与毕建华、侯乃寿相遇,分两路向那些黑东西挺进。结果闯入炮兵阵地警戒区内,被战士捉到了。齐连长看到这帮小家伙,想起自己小时候当儿童团的事,于是哈哈大笑道:"像那么回事,抓几个特务呀?"壮壮说我们刚开始。齐连长说:"这儿是禁区,危险,你们还是赶快离开警戒区。"

阵地上很多战士在扎东西。壮壮很好奇地问这是干什么,齐连长说:"扎假大炮,蒙蔽敌机。"壮壮笑道:"笑话!"侯乃寿上前说:"打狗棍子都比这强,你们这是尿尿和泥玩!"齐连长只是笑,笑后说:"这儿确实危险,回去吧。"顺姬说:"俺们是儿童团,不怕!他叫壮壮,是我们团长。"齐连长哈哈大笑说:"好家伙,官比我大，我才是一个连长。壮团长，还有什么指示？"壮壮脸红到耳根子，说："我们想帮叔叔扎大炮。"说着就干了起来。齐连长也未阻拦。不一会儿炮筒、炮座、炮盘、炮辘辘等就做好了。齐连长指挥组装。两门高大的"大炮"耸立在眼前。齐连长说："同志们，为了保卫鸭绿江上大桥和保卫朝鲜人民军的铁翅大队机场，我高炮部队发挥了重要作用，遏制了美空中优势，有力地保卫了这条钢铁运输线。我们用高粱秆子扎假大炮，就是迷惑美国飞机来炸，把炸弹都投到假大炮假阵地上，消耗他的实力，乘机消灭敌机。"壮壮、毕建华他们觉得齐连长高大无比，是一个大英雄。

壮壮回村后，就发动儿童团收集高粱秆。侯乃寿说："扎假大炮，扯淡，我才不信呢。我饿了，我回去吃饭。"壮壮很生气，说："吃什么饭？瘦死你！从现在开始就不叫你大名了，就叫你瘦猴！"侯乃寿急了，要打壮壮。

儿童团员把一大批高粱秆集中在壮壮家防空洞外，堆成了小山。第二天，大人都到村里忙支前去了，儿童团员们把高粱秆向炮兵阵地扛去。

齐连长见一队人马直奔他这儿，就知道是壮壮他们。他带几个战士迎上去，接过高粱秆高兴地说："壮团长，行动迅速哇，还亲自给送来了，累了吧？"齐连长把他们让进帐篷里，给他们倒水喝，说："谢谢你们。钱在连部，等明天给你们送去。"壮壮说："我们不要钱。"齐连长说："不要钱不行，部队有纪律。壮团长，你们不要再送了，这儿危险。"壮壮说："不要叫我团长，叫我壮壮。我们不怕危险，明天还送。"

回到村里，壮壮带领儿童团巡逻隐蔽在山冈树林间，观看齐连长他们打美国飞机。看得最过瘾的是美国飞机炸假大炮。美国飞机把假大炮炸飞了，往回返，中途遭到高射炮射击，几架敌机拉着黑烟坠落。

炮击过后，壮壮他们跑到阵地，向齐连长他们祝贺，帮助收集炮弹壳子，帮助擦炮。当天，儿童团员送鸡蛋、鸭蛋慰问高炮阵地的叔叔。战士帮助儿童团制作一些木制、铝制的刀、枪、剑、戟等武器，还指派战士帮助儿童团训练队伍。

十四

第一次给齐连长送的高粱秆是壮壮、毕建华、瘦猴家的。这次收集高粱秆，壮壮说先从儿童团员家开始，然后扩大到村干部家，再各家各户，但是每次不全拿走。儿童团收集、运送高粱秆全在不声不响中。每人扛扎马架子高粱秆，像大雁一样，一字排开，没有孤雁的时候。他们往往在黄昏后的山冈上，在晚霞的余晖里，在如水的月下，闪烁着身影。

尽管他们踩着妇女支前劳动、男人支前过江的空隙收集、运送高粱秆，但还是被游手好闲的几个人发现了。这些人看在眼里，记在心上，有的还记在小本子上，等着有一天与壮壮他们算账、与村委会算账。壮壮他们不知道被人盯上了，除送高粱秆外，还继续从家里一个劲地往高炮阵地送鸡蛋、鸭蛋、鹅蛋。儿童团的这些行动，引起那些闲人在一起发牢骚。

这天早晨，徐大天、壮壮娘刚出院大门要去村里，就被好大一伙人堵在门口，这些人不听徐大天的劝阻，不听壮壮娘的安抚，开始在院内院外查看，没发现高粱秆子、鸡蛋、鸭蛋、鹅蛋，气急败坏地摔打着东西。壮壮爹一看来的人中有牛头、马面、三瓣嘴、狗尾巴，气就不打一处来，心想："你们是什么东西，平时游手好闲、好吃懒做，战时不过江，粮食也不捐，怕飞机炸死，整天钻防空洞；村里的大事不参加也就罢了，好事也出来搅和，今天带头鼓动大伙儿一起来，想干什么？谁讲话也轮不到你们放屁！"但在此刻又不能和他们吵起来、打起来，只好静观其变。但使徐大天不解的是，其他人怎么一夜之间也变得人不人、鬼不鬼、歪鼻邪眼、狰狞獠牙，个个没了平素那好听的话、好看的脸了呢？有的脸涨得像驴腔似的，有的眼珠子瞪得像牛卵子似的，有的变成三角眼，有的龇龇牙嘻嘻笑。这些人搜索到了后山防空洞。

在防空洞两侧，摆放着一大堆高粱秆。瘦猴、顺姬正在剥叶子。

那些闲人又从防空洞里搜出几筐鸡蛋、鸭蛋、鹅蛋。

徐大天和壮壮娘大惊失色。

壮壮爹一气之下把壮壮踢倒在地，还要打，被顺姬上前拦住。

瘦猴爹侯洪一看见儿子侯乃寿也在，一个箭步上去就给瘦猴两个嘴巴。

不少人开始拽自己的孩子回家。孩子们不从。

大家又七嘴八舌："你看，你看，我们家的孩子学坏了，整天跟壮壮打溜溜，也是夜不着家，还偷鸡摸狗。老徐呀，你是得好好管管壮壮。"

"俺孩子也一样，整天造得像小鬼似的。这几天也跟着溜墙根，也学着扛人家高粱秆，盗自己家的蛋。有时我蒸一锅馒头，一上午就光了，准是给壮壮这帮狐朋狗友吃了……"

"学校咋也不开学了，这些孩子没人管了，都作上天了。""壮壮，你不能不再这么作践人哪！"人们这样说。

正在这时，齐连长带了一班战士赶到。壮壮、顺姬立刻上前拉住齐连长的手。在场的人们大惊失色。齐连长听明白了大家的议论后，微笑着说："你们误会了他们，委屈了他们，骂他们不对，打他们更不对。高粱秆是我让他们收集的，我们炮团有用。儿童团立了大功，壮壮这团长立了大功，爱沙浪村立了大功。"人们越听越惊讶。齐连长接着说："壮壮他们是冒着危险夜间送物资给部队的。为了他们的安全，我批评过他们，并下令不要再为部队送东西。部队几次给钱，壮壮他们都不要。那不行，部队有纪律。"说着齐连长掏出钱，交给徐大天，徐大天不收。人们开始对壮壮他们刮目相看了。齐连长说："儿童团是好样的！"

壮壮流泪了。壮壮是因委屈流泪还是受到表扬而流泪，只有壮壮自己明白。

十五

齐连长他们离开了防空洞，走时命令壮壮他们不要跟去。

齐连长他们留下一摞钱走了。

壮壮他们很难受。壮壮说："我们这个儿童团，村里不承认算什么，齐连长是肯定的，是支持我们的。这么一闹也好，村里三叔五婶二大爷们，都知道爱沙浪村有个儿童团，还挺厉害的。不过齐连长今天没用我们送高粱秆子，还把钱扔在这儿，不够意思。"

太阳快到头顶了，小北风刮了个凉快。各家都冒出了袅袅炊烟。乌鸦三三两两远去，鹊巢飞出了一群喜鹊。壮壮他们呼吸着新鲜空气，精神百倍地向炮兵阵地方向走去。

这几天，他们聚在一起，不是与齐连长会面就是干些杂活，闲时隐蔽在安全处，看飞机炸假大炮，炮连打飞机。打下飞机他们就去慰问齐连长。后来这些事被齐连长的上级发现了，为了阵地的保密和孩子们的安全，下令不准儿童团再进入阵地。

对不让进入高炮阵地，很多儿童团员不理解：一是认为志愿军叔叔太小题大做了，太不拿儿童团当盘菜了；二是断定这一定是瘦猴爹去找了齐连长，是他从中捣的鬼。他们决定实施一个小报复，出出这口恶气。

就在那天晚上，瘦猴爹与徐大天支前刚从朝鲜回来走在回家的路上，因天黑和犯困，瘦猴爹被一根绳索绊了个大跟头，一头栽倒在地上,头撞在树上,起了大包,下巴划了一道很深的血口子。回家瘦猴娘边给包扎伤口边问这是不是在朝鲜受的伤。瘦猴爹捂着下巴说:"是在门外摔了一跟头。你轻点,妈的,疼死我了。他哪儿去了?"瘦猴娘说:"学校开学了,打扫卫生呗。"瘦猴爹说:"净胡说,开什么学,准是又和壮壮他们在一起。"他躺在炕上觉得事情挺蹊跷,一翻身下地,到他摔跤的地方察看了一下,一没木头,二没砖头,怎么会绊倒呢?他摇摇头,靠在树上,寻思半天。他想起过江前收到一封信,上面写:"你再管我们儿童团的事,小心你的狗头。"瘦猴爹心想:这一定是壮壮和儿子干的。怎么办?告诉徐大天,怕徐大天往死打孩子;告诉学校,又怕对孩子影响不好。他喃喃自语:"哑巴吃黄连吧。"老伴听不懂他说的话。

　　壮壮他们还要出气。

　　这一天,村里支前劳力都去工作了。鸡鸭鹅狗吃饱了,喝足了,都在阳光充足的墙根下休闲。村里很静谧。壮壮等手持红缨枪、大刀,以栾主任要召开会议的名义,将村上一个地主、一个富农、一个国民党兵、一个惯盗网具的贼、一个打爹骂娘的二流子和那几个"闲人",弄到村养猪场耳房里。他们警戒森严,三步一哨,五步一岗把房子包围起来。屋内气氛紧张,都屏住呼吸等待主任训话。瘦猴爹一看来的都是些乌七八糟的人,觉得不好,也不敢问,就往外走。瘦猴拦住道:"哪儿去?"瘦猴爹骂一句"混蛋"继续往外冲,又被壮壮阻拦:"你不能走!"说着把瘦猴爹推进了屋。毕建华的爷爷也要走,被毕建华堵住。壮壮开始训话:"栾主任一会儿就到。你们这些人都是村上的坏人,不干净的坏人,好惹事的坏人。现在是非常时期,你们要老老实实,不准乱说乱动,欺负儿童团死路一条!"

　　正在这时,栾开义和派出所刘所长带人进了会场。壮壮等想冲出包围圈,被徐大天堵在门口。徐大天将壮壮揪到刘所长跟前,"所长，你处置吧。"刘所长一看全是小孩子，想笑又不能笑，严肃地说："加强防奸、防盗、防火，防止地富翻把造谣，防特务信号弹，是对的，但从今往后行动要听村上的，千万不能乱来。"接着栾开义说："你们这是无组织、无纪律行为，是无法无天！"瘦猴说："这是儿童团的决定。"栾开义说："儿童团？胡闹！都给我解散！"刘所长纠正说："解散没必要，村里要加强对他们的领导。"栾开义说："那好，从现在开始没有我的命令，儿童团不准乱来，听见了没有?！回去后家长不准对孩子进行打骂体罚。"

对于不让到炮兵阵地去，不少人总是耿耿于怀，特别是瘦猴，总管不住他那张嘴。壮壮说："高炮阵地不是咱们的家，那是战斗前线，我们经常去，一是暴露目标，二是影响齐连长他们的战斗力，三是对我们也不安全。战斗越来越激烈了，所以我们怎么能去打扰叔叔们打美国飞机，保卫江桥、保卫边城、保卫我们家乡的神圣任务呢？从明天起，不！从现在起，没有我的话，谁也不准再到炮兵阵地去，谁再说些废话，我就割谁的舌头！"壮壮这一番关于形势和任务及加强纪律的讲话，使儿童团员长了不少见识，同时也怕壮壮真割了他们的舌头。

学校复课了一阵子，由于情况紧张又放假了。壮壮闲着无事，就组织儿童团手持武器在高炮阵地警戒区外100米处又加一道岗，进行巡逻、堵卡，防止特务破坏。回村后，除了进行村范围内的巡逻、警戒、盘问可疑人外，就聚在防空洞里看书、写作业，或做些自娱自乐的事。每当美国飞机出现在天空，每当市里拉响警报后，一个个小脑袋就探出洞外，架好木制冲锋枪，向敌机"射击"。

一天，拉响警报后，壮壮命令儿童团都老老实实待在防空洞内，让毕建华看着。他和瘦猴跑到山顶的树林里，观察是否有敌情，然后就倚在一棵松树上，观看高射炮击落敌机的瞬间。壮壮平时从高炮齐连长那儿知道一点美国飞机的情况，但他实际分不清、看不懂天空中哪些是战术飞机，哪些是战略飞机，他就知道美国的飞机是大的、黑的、高的。知道高炮击中的飞机一定是美国飞机，所以他就叫好，就解恨，就手舞足蹈。

今天，十多架美国飞机从鸭绿江口贴着海面飞过来，然后向鸭绿江大桥冲来，向设在边境和岛屿上的我高炮阵地投下成百吨的炸弹。由于地面炮火集中，美国飞机的炸弹纷纷落在江里。这时又飞来一大批飞机。大桥周围的火力网像一堵墙，美国飞机不是被打掉了翅膀，就是被炸掉了机尾。这时，我方飞机在空中跟踪、拦截、追击，敌机队形乱了，只能在空中转悠，被我空军打掉数架，白花花的降落伞像海蜇一样漂浮在水面上。

十六

1952年的春天，壮壮他们在防空洞里就听见稻田、苇塘一片蛙声，一阵布谷鸟叫声。又过些日子，蝈蝈和山草驴的叫声此起彼伏。这声音既响亮清脆又低回深沉。响亮清脆的是蝈蝈的叫声，低回深沉的是山草驴的细长叫声。山草驴是蝈蝈的一种，黑胖，背上有寸把翅膀。两种声音汇合一起，直往孩子们心里钻。于是，壮壮突发奇想，将儿童团员带出洞外去抓蝈蝈和山草驴。壮壮说："为了表达我们对志愿军叔叔的敬意，为了感谢齐连长打掉美国飞机，我们抓了蝈蝈、山草驴到城里卖，卖钱买东西慰问齐连长他们，大家说好不好？"大家异口同声说好！壮壮带领儿童团对前山后山进行了地毯式搜索，将蝈蝈、山草驴一网打尽。每人都捉五六十个，然后装入事先准备好的圆形、方形、螺旋形的用竹子、高粱秆、长尾草梗编制的笼子里。两个一笼，每笼塞进半截角瓜或南瓜的黄花，煞是好看。回山洞就悬于防空洞内外。欣赏完毕，第二天一早一齐拥到繁华的城隍庙闹市。壮壮见人头攒动，就机敏地挑逗一笼叫，引来百笼鸣。市民见蝈蝈、山草驴有如此技艺，纷纷买下。壮壮他们赚了钱，买了水果、糖、饼干、毛巾、牙膏等慰问品，去高炮阵地找齐连长。去后才知道齐连长的右臂桡骨被炸伤，已经送往后方医院抢救了。壮壮他们很担心，很难过。

齐连长伤愈后，高炮阵地接受新的任务，已迁驻无名岛上。这时齐连长已升为营长了。壮壮他们只好在山上向远处的无名岛张望。看见江面上的小型汽艇不断地向岛上运输炮弹、食品，有了心计。下山后，壮壮和毕建华把家里的木船开来，央求艇长给任务。艇长一看弹药确实供应不上，也来不及请示领导，就默许了。壮壮他们驾着船，满载食品和少量炮弹向岛上进发。行到江心，遭到了敌机空袭，子弹雨点般打在水面上，掀起了一层层水花。这时两颗子弹打在船头甲板上，将木制的甲板打出两个窟窿。壮壮见势不妙，将船划进了芦苇荡里，几经周折才靠岸将物资卸下。想去看看齐营长，遭到艇长拒绝，并命令他们赶快撤离。

艇长怕出问题就不再用壮壮他们的船了。壮壮知道后，整天跟在艇长屁股后要任务，说："你们就一个小艇，运炮弹也不够岛上用的，一旦误事怎么办？"虽然说得对，艇长还是不肯再用。可有一次任务来得很急很重，艇长无法在两个小时内完成运输任务，就答应了壮壮的请求。

这次运送的全是炮弹。壮壮和顺姬走浅水区，靠芦苇荡的边缘；毕建华、瘦猴走中航道。他们还是被敌机发现了，敌机开始扫射。两只船钻进了芦苇荡里。敌机就扔炸弹，结果把一片枯死的芦苇炸起火了，浓烟滚滚，直冲蓝天。毕建华、瘦猴衣服着火，怕引起炮弹爆炸，毕建华一下把瘦猴推入水中，随即他也跳进水里。那边，壮壮、顺姬被烟呛得直咳嗽，流着眼泪。壮壮抹去顺姬的眼泪，脱下上衣盖在顺姬头上。壮壮他们把炮弹卸下就返回了，这次还是没有见到齐营长。

壮壮在江上运输弹药等物资的事，被艇长的上级发现了。艇长受到严厉批评后，再也不敢动用壮壮的"武装力量"了。壮壮不见到齐营长总是不死心，那怎么才能见到齐营长呢？壮壮想出了一个好办法——夜渡无名岛。

十七

爱沙浪村有充足的水资源，除了得天独厚的鸭绿江外，还有水库、水渠、小河、小溪、小池，灌溉着村里的水田、旱田。水一湾湾、一条条、一涧涧，被太阳照得亮晶晶。这是爱沙浪村的造化，也是天赐福分，祖祖辈辈在这里过着悠然自得的生活。对孩子们来说，如鱼得水，童年、少年的生活过得有滋有味，无忧无虑，其乐无穷。

这一天，天气晴朗，艳阳高照。壮壮他们想夜渡无名岛。在壮壮的指挥下，儿童团员挑着水桶，背着鱼篓、旋网，手持铁锹、脸盆，向苇塘边一个大水泡走去。壮壮想抓些鱼虾送给部队。水泡大而宽阔，有进水口，有出水口，长流水，不腐。到达后，壮壮派毕建华带几个人到水泡上游将进水口堵住，让水改道；他和顺姬、瘦猴在水泡下游将出水口堵细，用网拦住。湖水缺氧，鱼虾开始跃出水面。但孩子们因很久没有沾水了，见水清澈碧绿，心痒无比，除壮壮、毕建华、顺姬外，个个脱光衣服钻进了水里。瘦猴他们戏水打仗，不时还叫顺姬下水。顺姬在岸上摆摆手喊："要小心！"顺姬刚脱鞋下水用盆往外泼水，瘦猴就游到她跟前，拽顺姬下水。顺姬冷不防看见了瘦猴那小东西，扭过头红着脸喊壮壮。壮壮见赤身裸体的瘦猴竟然站在顺姬面前，不由分说一下子将瘦猴踢到水里，斥道："小流氓，别玩了，干活去！"

孩子们根本不听壮壮的指挥。壮壮火了，一个猛子扎进水里，挨个捏他们。儿童团员开始用水桶、脸盆往外泼水，他们干了大半天，泡子里水下去了一大半。中午他们光着屁股上岸吃饭，顺姬只好躲到远远的树下。

吃完饭后又泼了一阵水，水就到膝盖以下了。壮壮一声令下，就开始抓鱼。壮壮、毕建华先是用旋网捕，一网下去上百条鲫鱼在网中活蹦乱跳。捞了几网后，儿童团员才下水，将水搅浑，开始浑水摸鱼。鱼在水里直碰腿，孩子们下手就能抓一条、摸一条。顺姬也在水里摸鱼、抓鱼。由于不敢到深处抓鱼，顺姬就拎着桶到处收鱼。水越来越浅，鱼往深泥里钻，孩子们就趴在泥里摸，个个都成了泥人。抓鱼好办，抓虾特别是抓蟹，不少人的手、脚都被蟹钳过，孩子们疼得直叫。叫得最响的是瘦猴，他的小东西被蟹夹住了，疼得直在泥水里打滚。壮壮赶到，两块石头一击，把蟹砸碎，才救了瘦猴。瘦猴上了岸。"不干了！"说着从桶里捞出一只蟹，用铁锹拍得稀烂。

紧张、热闹、有趣的抓鱼战斗结束了。鱼抓了五水桶，蟹抓了两水桶，虾抓了一鱼篓。待夕阳西下时，鱼、虾、蟹已集中在江边壮壮的船上，他们向无名岛进发了。

登岛后，他们抬着慰问品，披着黑色的夜幕，摸进了高炮阵地。警戒战士发现草丛中有黑影在动，有声音在响，端起冲锋枪喝道："什么人，不许动！举起手来！"孩子们吓得齐刷刷地举起了小手。壮壮上前说："我们是来找齐连长的。"战士一看是一帮小鬼，放心了。在检查桶里装的是什么东西时，瘦猴说："有啥可看的？！"毕建华说："全是鱼虾。"顺姬说："俺们是来慰问你们的。"正在这时，壮壮认出了是沈朋，惊喜道："是沈哥，我是壮壮啊！"沈朋一看是壮壮，两人就拥抱在一起。沈朋将他们送到营部。

齐营长闻讯迎了出来，高兴得一下将壮壮、顺姬抱起来。齐营长说："这多危险哪！"壮壮问："齐连长，您胳膊好了没有？"在一旁的沈朋说："齐连长升了，现在是营长啦。"壮壮说："早知道，还是叫齐连长得劲。"齐营长笑着说："壮壮说得对，就叫我齐连长好了。"然后齐营长摇了一下胳膊说:"看,没问题!"壮壮上前摸了摸,放心了。齐营长问:"你们来,爸爸、妈妈知道吗?"瘦猴说:"他们整天忙着支前,还经常到朝鲜去,没时间搭理我们。"齐营长问:"不上课了?"毕建华说:"学校又放假了。"齐营长回头看见鱼、虾、蟹,说:"我们什么都不缺,这儿太危险了,不要再来了,我想你们时就去爱沙浪村看你们。"说着指示警卫员给钱。壮壮他们死活不要,说:"你把我们看成什么人了?"说着把上次齐营长扔在防空洞的钱掏出来还给齐营长。齐营长很受感动,但还是严肃地说:"壮团长,你这不是让我犯错误吗?拿着,不拿,你们下次就不要偷着再来了,来了我也不接待,我没你们这些朋友。"顺姬说:"我们冒着扫射和轰炸来看你,图的是钱?!"壮壮把钱放在桌子上,说:"齐连长,你这是瞧不起我们儿童团!"齐营长一看钱是送不出去了,心想,只好下次一块儿给村主任送去了。于是,他说:"好,钱我收下。前两天你们运炮弹,我听说了,你们真是小英雄。"齐营长摸着壮壮、顺姬的头,关切地说:"这是战斗前沿,很危险,以后不要再来了,炮弹也不要再运了,过两天我会去爱沙浪村的。"

齐营长叫齐惠生,山东沂蒙山人,二十二三岁,因壮壮长得很像他死去的弟弟,对壮壮格外有感情。

其实齐营长舍不得让壮壮他们走,感觉荒岛只有风,只有雨,只有江鸥和水鸭,看不见另外的人影。这次见了壮壮他们,他兴奋不已,但为了孩子们的安全,还是板着面孔说:"这么晚了,爸爸、妈妈该着急了,趁美国飞机还未来,我送你们回去!"齐营长把壮壮他们护送到船上。

壮壮、顺姬没有回家,急死了壮壮爹、壮壮娘。他们刚要出门去找,就被一群黑影堵了回来。这些黑影是来向壮壮爹要孩子的。壮壮娘说:"向我要人,壮壮、顺姬也不见影,我向谁要人?!"

人们走开了。有的到学校找,有的到亲戚家找,有的蹲在槐树下苦苦等候。爱沙浪村陷入了一片混乱之中。

爱沙浪村那天晚上闹得最凶的人家是瘦猴家。瘦猴一回家就被他爹侯洪一绑在门柱上，用马鞭抽。

瘦猴不哭，硬着膀子说："去岛上了，咋的！我们儿童团干的是正儿八经的事！"

这时，徐大天在门外喊他，侯洪一对瘦猴娘说："今晚我要过江，孩子给我看好了，我回来和他算总账！"

瘦猴娘就给瘦猴松了绑，让他吃饭。瘦猴边吃边想，今天爹真像个爷儿们，说话硬，鞭子抽得也狠，他不觉得疼，他觉得以后不能再那样对待爹了。但他万万没有想到，从此他再也没有爹了。

十八

徐大天、瘦猴爹、栾开义和其他支前的战友，装满十几辆车的粮食、被服等物资，准备第四次从浮桥过江，运往朴真实家。

徐大天和瘦猴爹的车居中，徐在前，侯在后。在离浮桥还有十多里的山路上，一阵电闪雷鸣之后，下起了瓢泼大雨，湍急的山洪把路冲出道道深沟，平坦的地方也变成了泥泞一片。侯洪一在颠簸的雨路上，整理了一下马背上的帘子，抚摸流水的马鬃，然后又绕车查看了一下帆布覆盖的物资情况。看没事了，放心了，他才又牵着马继续前进。这时，刮起了北风，吹得树叶沙沙作响。雨停了，云散了，天空出现了不十分明亮的几颗星星。车队到了我方浮桥桥头。举目一看，方才那半小时的大雨，使江水上涨，快漫过浮桥桥面了。队长栾开义传令让大家停车检查一下物资和车辆情况。正在这时，美国几架飞机显然是躲过了我方雷达的监控，出现在浮桥上空。这时，从北山的树林里向天空发射了两颗信号弹。栾开义一面命令民兵加强警戒，做好战斗准备，一面派徐大天、侯洪一、赵才，组成三人小分队，快速前去擒敌。

已经配发了长枪、短枪的车队，经过短时间的警戒、射击、格斗训练，本事大有长进。小分队在徐大天的指挥下，进入了山坡，确定了大体方位之后，三人又分三个方向向目标靠近。呼啸的北风正好遮掩了他们前进的脚步声，翻飞的树叶正好掩护着他们前进的身影。这时特务又向空中发射了一颗信号弹，徐大天他们很快接近了目标。借着朦胧的月光，还没等特务发第四颗信号弹，徐大天大吼一声："不许动！"三人箭一样冲到特务面前，将其揿倒，捆绑押回交给了栾开义。经公安审问，特务叫姚凤岐。

捉特务这一胜利，鼓舞了士气。支前车队扬鞭跃马开始过江。当车队走到浮桥中间时，遭到了敌机的扫射和轰炸。扫射时，子弹雨点般打在水面上，形成了一排排水泡，炸弹在浮桥右前方50米处爆炸，那震天动地的巨响，把桥震得似乎要翻滚过来。马惊得四蹄蹬空，徐大天紧紧抓住辕马缰绳，侯洪一用皮鞭驯服了尥蹶子的公马。又一枚炸弹在桥左侧水中爆炸，炸起的水柱落下时，发出隆隆巨响。这时，侯洪一的前辕被弹皮削去了一截，辕马倒在车下。侯洪一也倒在血泊中。徐大天上前营救时，发现人已死了。栾开义和徐大天将侯洪一抬到车上。此时飞机折回，向浮桥投下燃烧弹、炸弹。得知浮桥被炸，桥被炸塌一截，杨淑花会同朴真实、金顺子、金骏善等村民，载着大量的木材、草帘和修桥工具来到了现场。栾开义和徐大天过河与杨淑花会合。双方研究后，徐大天抡起板斧砍了8根大腿粗的木桩，与金骏善等人扶正，栾开义等人用重锤猛砸。8根木桩很快被牢牢地钉在水中，然后根根用木头连接，层层钉上木板、铺上草帘。杨淑花、朴真实他们又从远处取土，用车运回，垫在桥板上，夯实后，浮桥修好了。栾开义的车队先过了江，然后杨淑花的车队和担架队才返回中方。

在浮桥上，徐大天借着月光仔细打量了一番杨淑花，她那健壮的体魄，漂亮的脸型，得体的发型，特别是腰间扎着一条紫红色的皮带，给徐大天留下了深刻的印象。

栾开义卸完货后，将侯洪一装在简易的棺材里，埋在朴真实家院外后山坡上。

十九

壮壮弄丢了一头猪，心里总感觉不是个滋味；顺姬辜负了爹娘的信任，也深感愧疚不已。两人一合计，找猪。团员们一听找猪，踊跃参加。还表示活要见猪，死要见骨头。他们先是在村里挨家挨户查，没查到。在村周边山里找，没找到。这天，他们到南山去找，因为南山靠江边，是爱沙浪村最高最大最宽阔的山，而且树高林密，猪有可能在那儿和野猪混到一起了。于是，他们像当年王小平发动找"天书"那样席卷而去，也未找到，气得返回。刚走不远，他们发现不少白纸挂在树上，便爬树去摘。每个人都摘一大堆，用葛条捆好，往回背。壮壮抽出几张看，纸上有中文、外文，是反动传单。毕建华去林间尿尿，在树丛中发现了一个小型降落伞和一个纸筒，就报告给壮壮。壮壮一看，纸筒很大、很精致，上边有几根绳拽着降落伞。他们谁也不敢动。壮壮观察后说：听齐营长说，近一个时期，美国飞机被击落的架数越来越多，就大搞起"心理战""细菌战"。想必这些东西就是新把戏。他小心翼翼地撬开一点缝，一看满是蟋蟀。于是他指挥儿童团员在山上清查相同的纸筒。儿童团查找了一阵子，没有发现第二个。壮壮指挥大家捡干树枝，堆成一座小山。顺姬割葛条，叫大伙儿都把裤脚扎死，以免蟋蟀钻进裤裆。完毕，壮壮叫毕建华负责烧，瘦猴和顺姬负责安全、警戒，并说："大家都精神点，烧的时候，跑出一个踩死一个，飞出一个扑杀一个，绝不能放掉一只蟋蟀！"准备完毕，毕建华点火。火熊熊燃烧起来。壮壮将纸筒掷于火中，纸筒啪的一声爆裂。蟋蟀成团成团地在火中乱蹦、乱蹿；蹦出圈外，大家抢着踩死。火头蹿出圈外，顺姬用松枝扑打，瘦猴就往上撒尿。这时，空气中就弥漫难闻的腥臭味。怕中毒，壮壮让大家用衣服堵住口鼻，撤得远一点。

下山时，又发现两个小型降落伞，这时天已将黑，也快到派出所了，就将东西交给派出所了。派出所表扬了他们。在所里，壮壮隐隐约约听见市里要派出所派出警力，参加明天枪毙特务的现场警卫工作。

第二天，壮壮、顺姬按计划和毕建华、瘦猴进了城。进城找代东，代东边走边说："对，今天在跑马场枪毙特务。"

壮壮他们先来到跑马场。跑马场会场拉出了横幅标语。跑马场已不是当年的跑马场，东面已盖了房子，西南改了水田。但靠山一大片地是空荡荡的，杂草丛生。壮壮他们爬上了山坡高处无刺的槐树。壮壮和顺姬一棵，代东他们三人一棵。视线都很好。拉犯人的车开进刑场。7个犯人一人一辆，每辆都有4个警察持枪看押，前后各有一辆卡车装满警察，还有几辆指挥车。被五花大绑的特务，戴着脚镣，被警察拉下车。每人后背都背有一个大木头牌子，上写他们的名字。死硬的不下跪，其中就有徐大天和侯洪一捉的少校特务姚凤岐。壮壮火了，从树上一下跳下来，直奔姚凤岐而去。警戒人员发现后，立即用长枪拦住，训斥后，壮壮才返回树上。此时一声令下，7支枪同时爆响。

特务被执行枪决了，在回三马路姨妈家的路上，壮壮说："枪毙特务真过瘾，咱们想办法也抓几个特务。"

二十

一天，一个黑黑的东西和两个亮晶晶的光圈从远处飞来，走近了,壮壮他们才看清是一个骑自行车的人。那人头戴一顶破边的草帽,身着一身青衣,穿一双军用黄胶鞋。

壮壮他们从高山来到平地,从树林钻到玉米地,跟踪着这个人。

快进村时,骑车人东张西望,东倒西歪地抄小道骑着。壮壮锁定目标并跟踪至此,已断定骑车人不是好人。心想,他就是特务。已经埋伏在玉米地里的瘦猴,见壮壮打了个双手捎的动作,便跃出苞米地,一个箭步冲上去。毕建华拽住了自行车。瘦猴一跃骑到骑车人背上。壮壮迅速把骑车人摁倒,顺姬的红缨枪就顶在那人喉咙上。骑车人先是惊讶,后来见是四个孩子,平静了一点,断定是爱沙浪村的儿童团,故意显出慌张的样子,吞吞吐吐地说:"我是上面派来的,是……解放军优待俘虏,你们不准打人。"见壮壮欲搜身,就提前将蛇牌手枪的弹夹偷偷卸下,将空枪扔给壮壮。壮壮一看骑车人还有手枪,更加证实了自己的判断,说:"你就是特务。"

顺姬用红缨枪戳着那人前胸,瘦猴就用细绳勒住那人的脖子。骑车人没有反抗,老老实实被五花大绑起来。壮壮说:"把这个狗日的特务押到村里去。"骑车人只好任他们摆布,边走边说:"我可是上面派来的大官,你们就不怕美国飞机来扫射你们?"壮壮说:"你少废话!飞机扫射还不就是你们这帮特务打信号告诉的!"骑车人说:"我是为美国飞行员的事来的。"壮壮说:"你死到临头还贼心不死,还想着美国飞行员!"骑车人道:"你们想把我怎么样?"壮壮踢了一脚说:"交给市里,枪毙!"

壮壮押着骑车人,刚进村,就被栾开义发现。一看被五花大绑的是市宣传委员会的何坤科长,顿时暴怒,挥拳斥道:"胡闹!简直是胡闹!什么特务,他是市里派来的何科长!"说着给何科长松了绑。壮壮一听傻眼了,吓得丢下蛇牌手枪就跑。何科长把弹夹插在手枪上说:"好哇,你这个村主任兼运输大队长干得不错嘛,把孩子们都组织起来了,但一定要注意他们的安全。"栾开义说:"现在学校说放假就放假，大人们都忙乎支前，这帮孩子就没人管了，还成立了儿童团，简直无法无天，必须给我解散！"何科长说："是些好孩子呀，自发组织的，村里要加强领导、管理，有些事他们也可以参加。"栾开义点了一下头。何坤表示他这次来是研究部署活捉美国飞行员的事。

二十一

栾开义调动支前车队的人和民兵小分队，朝何坤指示的方向去捉拿美军飞行员。爱沙浪村处于丘陵地带，但北山那可是峰峦叠嶂，怪石嶙峋，涧坳纵横，树木成林。栾开义的队伍行进很艰难。

儿童团没有受到栾开义的重视，搜索美国飞行员的事根本没有他们的份儿。壮壮生气，骂栾开义不是个东西，简直是双面虎、两面派。他当何坤的面说得好听，实际上不办人事。

壮壮是什么人？壮壮是我行我素的人，是别人说东他说西，别人往南他往北的人。噢，你眼里没我，我眼里还没你呢！这天，他集合儿童团，在防空洞前进行战前动员。他讲明了任务，部署了人力，划清了路线，说明了方法以及注意事项。儿童团向北山进发。他们紧随大部队，有紧有松，有分有合，隐蔽前进。

壮壮他们直到傍晚6时才在一片大森林里赶上了大队伍。大队伍发现了目标，就在原始森林的中部，那儿生长着参天的白杨、果松、银杏树，有一条瀑布。人们发现了飞行员，又宽又大的降落伞挂在树枝、藤蔓上，人是悬在半空的。队伍将其包围。只见美军飞行员在半空中吊着，左手打着小白旗，嘴里哇啦哇啦地说话。

因为事先下命令要活的，所以大伙儿未开枪。美军飞行员知道被包围，无力反抗，将他的一切证件，连同手枪一起从空中扔下来。然而，那么高的树，人又吊在半空中，怎样才能把他弄到地面上这是一个大大的难题。壮壮他们赶到了。壮壮爹一眼看见壮壮，气不打一处来，他上前要用枪托打壮壮，被栾开义制止了。

人们仰头看着飞行员。公安干警要派人回去借消防队的云梯，栾开义要派人回村取大锯。正束手无策时，壮壮观察了一下，灵机一动，指挥带刀的毕建华、瘦猴，从支撑降落伞的三棵树往上爬。壮壮则两手一抱，两脚一蹬，上了树。顺姬也跟着壮壮往上爬。徐大天一看不好，冲上去就把顺姬抱下来。壮壮他们边爬边挥舞大刀，砍断主干上的枝杈。在快接近飞行员时，发现飞行员无比恐惧。树下栾开义惊叫起来："要活的！要活的！"徐大天也喊："听到没有，别砍死他！把他放下！"

壮壮将挂降落伞的树枝、藤蔓能砍的全部砍掉，只剩下两根最关键的树枝，又把降落伞绳子砍断，降落伞慢慢地着地了。

美军飞行员一落地，就被公安、民兵擒获了。

壮壮为自己能帮上一点忙感到激动。他想要为大家做一点事的想法与日俱增。

二十二

壮壮和顺姬去城里姨妈家看看情况，但是一无所获。他想连夜返回爱沙浪村。姨妈见天色已晚，挽留壮壮、顺姬住一宿。睡到半夜，边城遭到了轰炸。美国最大的"塔松"弹，投到机务段、铁路住宅、镇江山铁桥。那天美军投弹34枚，炸死炸伤居民260多人，炸毁房屋1100多间。

上午9点左右，成千上万的群众和死难者的亲属走上街头。壮壮、顺姬挤进人群中。他俩站在山上街高处，看到树上、桥上、房顶上到处都是血和肉。此时，公安干警和政府有关部门工作人员出现在现场，维持秩序，组织人力拾捡遗骸，搜寻尸首、衣物等。壮壮叮嘱顺姬原地不要动，他飞速跑下路基斜坡，越过铁轨，直奔树下。他推开了想上树的胖民警往树上爬。壮壮猴子一样轻巧地爬上了树顶,将挂在树上的一条胳膊拽下,扔到地上。胖民警正要问壮壮和顺姬叫什么名字,壮壮拉着顺姬的手飞快地跨过了铁轨、护坡,上了山上街。

惊魂未定的壮壮,蓦地在想:方才那只带手的胳膊,是男的还是女的?是大人还是小孩儿?他着实没有看清楚;但这只带手的胳膊,却曾是有血、有肉、有温度的。

壮壮看顺姬眼神恍惚,不敢惊动。

此时顺姬也在想:那条胳臂,怎么很像妈妈(朴真实)的呢?

在焦土上生存下来的人们,只有一个心愿——去战斗。朴真实就是这样。

朴真实是有知识、有文化的人,在金顺子真诚的开导和照顾下,朴真实很快从悲痛的阴影里走了出来。一种民族复仇之火在她胸中燃烧着。她决心投入这场关乎国家命运的战争中去,为保卫国家流尽最后一滴血。

城郊的学校停课了。朴真实同金顺子在自己家的后山挖了防空洞,组织村民避难;同金顺子一起到前线挖战壕、运弹药,一起去营救战火中的同胞。

由于战时和工作需要,朴真实又接受了新的任务,她家成为轻伤员的治疗休养地。

朴真实的家在距鸭绿江不过5华里的高山下一片树林中,有正房3间、厢房4间,院墙的木栏上挂着渔网,厢房檐下晾晒着早已风干的鲤鱼。院中树下挂着顺姬的秋千。每到夜晚,很多朝鲜受伤的战士被送到她家治疗、养伤。朴真实、金顺子就为战士包扎伤口、烧水、做饭,为战士换洗衣物。她们边干边被这些仅有十八九岁的小战士所感动。他们为国家、为民族,一腔热血地投入保卫祖国的伟大战争中去,英勇杀敌;这些原本应在学校读书的孩子,过早地投入战火中去，有的牺牲，有的受伤。但又想，倘若没有他们的英勇杀敌，能有将来的祖国解放吗？没有他们献出生命，能有将来的社会主义建设吗？想到这儿，朴真实就像对待自己的孩子一样为他们奉献一切；就这样，在朴真实热情的关照下，一批一批战士痊愈后重返前线。

不久，朴真实家就变成了过江物资的集散地——华侨第一物资接收转运站。大批过江的物资，源源不断地运到她家，转而被送往前线。那时，她认识了杨淑花、栾开义。后来，因为朴真实会说一口流利的中国话，她家就成为志愿军轻伤员的治疗休养地。朴真实的中国话，使志愿军伤病员感到十分亲切，加上朴真实母亲般的照顾，志愿军伤病员就像身在祖国、身在母亲身边一样感到踏实、温暖。

近期又有5名志愿军伤病员来到朴真实家养伤，其中有3名是河南兵，一名是河北兵，一名是边城籍战士。他们都是一个师的，在道峰山、马良山战役中负伤。河南籍3名战士是卢善、刘真、王海军，均是20岁刚出头；河北的胡延军二十四五岁，系某连连长；边城籍的潘友阳是未满19岁的战士。重伤员回国治疗，胡延军等人伤势不重，治疗半月二十天就可重返前线，所以就被安排在朴真实家养伤。

有一天，胡延军问潘友阳："听说有一个你们边城籍的战士叫王小平的，在战役中头部受了重伤，现已转回国内抢救治疗，你认不认识？"潘友阳说："边城当兵的有成千上万，你说的王小平，不认识，是咱们团的吗？"胡延军说："不是。听说这个人很有才，原是防空部队的，因是战地见习记者，就把他调到三十八军。在这次战役中，王小平坚守阵地，英勇杀敌，不怕牺牲，被授予朝鲜民主主义人民共和国一级国旗勋章，真是了不起，这是你们边城的光荣。"潘友阳问："你是怎么认识的？"胡延军说："不认识，是上级传达他写的通讯报道后，才知道他的名字。"潘友阳听后自豪地说："我们边城出人才，出英雄！如果我不死，战争结束后我一定要去看看王小平。"

在朴真实家的日日夜夜里，朴真实为胡延军他们换药、做饭、洗衣服、补袜子；又上山采艾蒿、花椒树皮回来给他们泡水洗脚，把草药捣烂后外敷；她还漫山遍野地采核桃、榛子给他们吃。与此同时，朴真实为他们不是三天杀一只鸡，就是五天杀一只鸭。胡延军他们略有好转时，就为朴真实担水、扫院子、修院墙、修墙外的坡道；到田里帮朴真实收割苞米、大豆、高粱等。为了使受伤的战士早日恢复健康，一场小雪过后，朴真实将自己家看门护院的大黄狗旦旦唤到身边，抚摸它的头，边喂好吃的，边自言自语地说："旦旦，不是我心狠，是你太认真、太要强了，太忠于主人了。你不管白天黑夜，不管刮风下雪，只要听见外边有一点动静，你就没命地嚎叫，就扑上去乱咬人，不但伤害了好人，还暴露了目标。往后咱家来的人多了，你都认识吗？你这样怎么能行？所以今天我得杀了你，一是解除后顾之忧，二是犒劳一下志愿军受伤战士。"旦旦似乎听懂了朴真实的话，它立刻不吃食了，跑到院外栅栏下躲了起来。

　　朴真实这番和旦旦的谈话，全被胡延军听在耳里。胡延军拄着拐杖站在朴真实面前说："阿妈妮，不要杀旦旦，我们已经是好朋友了。再说倘若有一天我们上了前线，能陪你、给你快乐和安慰的也只有旦旦了，所以……"潘友阳知道后也前来阻止，说："阿妈妮，你不能杀旦旦，杀了旦旦还不如杀了我吧。"卢善他们也围上来劝阻。这时朴真实痛心地说："其实我也不忍心杀它，不杀它，目标太大，不安全。"胡延军蹲在地上说："阿妈妮，就算我求你了。旦旦很可爱很懂事，听说你要杀它，它都不理睬你了。"潘友阳来到院外把旦旦领回来，吻了一下旦旦。在胡延军等人的劝说下，朴真实白天没有杀狗。待到夜深人静时，朴真实请来了村里一位壮汉，结果了旦旦的性命，并连夜下了锅。第二天一早，朴真实满腔热情地把炖好的狗肉和热乎乎的狗肉汤端到桌子上，对胡延军他们说："旦旦昨晚不吃食，气死了。"大家听后甚为吃惊。朴真实说："死了也好，也算是贡献。狗汤最好，大补，来，趁热多喝！"见大家诧异，朴真实有点生气地说："连我的话你们也不信了吗？……"胡延军他们5个人知道这是朴真实为他们好，很感动；也知道明明是她杀死了旦旦，还不动声色地说是旦旦自己死的，所以心里又很难受。朴真实一颗母亲心，没有换来半点微笑，她悻悻地离开了桌子。

那天早晨，5名战士没有吃一口饭。

胡延军等人的伤，在朴真实精心护理下，有了很大好转。在回部队的前几天，朴真实把该洗的、该缝的、该补的，全部做完了；该带的东西比如山药和食品等，也准备齐了。胡延军和战友抓紧时间整天为朴真实收割、打场、入仓；把厢房坍塌的墙角修好，把房子里里外外打扫得干干净净，并为朴真实上山砍了足够3年烧的枝柴。晚间他们围在朴真实身边，胡延军代表几个战士由衷地说："阿妈妮，我们几个人一个多月来给您添了不少麻烦，真过意不去。就是亲爹、亲娘也没有您对我们这么好。"朴真实说："说远了不是，要不是帮助我们，我这辈子也请不到你们哪！"胡延军又说："我们一定多杀敌人，报答您的恩情！"朴真实听后喃喃地说："……说一句掏心窝的话，我不希望你们去前线。"胡延军理解朴真实的语意，停了一会儿，问："阿妈妮，有一件事我们不便问您，我们都住一个多月了，怎么不见你丈夫和孩子呢？"这一问不要紧，朴真实忍着悲痛，微笑着说："我……我还未成家呢……"胡延军说："我们好像听金顺子阿姨说过你家不幸的事。如果没有成家，那外面木栅上挂着的渔网和檐下晒的鱼干，还有槐树下那小小的秋千，是怎么回事？而且还不让我们动一下，这……"说到这份儿上，朴真实才悲怆地说："……走了，他们爷儿俩都走了……"大家看到这场面，都后悔不该问这事。

朴真实眼含泪花说："你们都是我的亲人，我就实说了吧，孩子她爹叫李昌浩，打鱼的，姑娘叫李顺姬，才八九岁，那天邪门了，昌浩非要去打鱼，孩子也要跟着去，炸江桥那天，爷儿俩都被炸死了。"战士们听后都流泪了。

潘友阳说:"他们都是河南、河北的兵,我家是江对岸的,您就认我做干儿子吧。和平了,只要我不死,我会经常过来看您的。您多保重。"卢善激动地说:"战争结束了,我们几个河南兵就留在朝鲜给您当儿子。"胡延军说:"如果行,我可以把您接到河北去。"朴真实哽咽了,流着泪说:"谢谢,谢谢你们!你们很快就要到前线了,不让你们走,我也说了不算。不过这两天我的眼皮总在跳,不知你们这一去是凶是吉……"室内空气顿时紧张了,浓缩了,颤抖了。朴真实抚摸着潘友阳的头说:"其实我也是半个中国人。会讲中国话,一是从小在江边和中国小朋友在一起玩学的,二是跟顺姬她爸学的。顺姬也会说汉语,但说得不那么流畅。中国民间很多习俗我都知道,有些节日我们也过。按中国老百姓习俗,等你们出发那天,我给你们包饺子。"战士们噙着泪,点点头。朴真实又动情地说:"你们上前线要多多保重,打仗不能光靠勇敢那一股猛劲,还要动动脑子想想怎么个打法,要消灭敌人,更要保存自己。——活着,听见没有,要活着!上前线,一个也不准死,听见没有,一个也不准死!你们5个都要回来看我,我给你们下面条吃。"胡延军万分激动地说:"有您的祈祷和祝福,我们一定能打胜仗,一定都能活着回来看您。"朴真实说:"这就好,这就好。"说着从箱子里把全家三口的黑白合影拿出来挂在墙上,郑重地说:"不是我一个人等,是我们全家人都在等你们回来!"

二十三

志愿军的重伤员都被送回国内治疗。第六陆军医院在边城设6个所:二〇三医院是一所,第二高中是三所,五龙背是二、四、五、六所。还有不少重伤员被紧急分流到沈阳、重庆等地的医院救治。

在四所，有一天曲文忠正在窗口投药，发现名单上有王小平的名字，他不禁倒吸一口冷气，揉了揉眼睛细看，是"王小平"三个字。他投完了药，就来到病房，见王小平头部包扎得只露一只眼，还紧紧闭着。曲文忠上下端详着：不论是个头、身材和那只眼，怎么看怎么就是王小平。于是曲文忠急切地喊："王小平，王小平，我是曲文忠，我是曲文忠啊！"王小平似乎听到有人在喊他的名字，但嘴角只是微微动了一下，说不出话来。曲文忠又连喊了王小平几声，王小平微微地点了点头，又抽动了一下左手，当曲文忠紧紧握住他的手时，王小平又昏厥过去。

开颅手术在紧张进行。

曲文忠在门外焦急地等待。

当王小平被推出后，曲文忠看了一眼王小平，问医生情况怎么样，医生说头部弹片太多，取出5块，深处的两块没有取出。

曲文忠想把这个重大的消息通知王小平的父母，于是没请假，连夜骑自行车偷着跑回了爱沙浪村。

曲文忠一进村就被儿童团包围，壮壮上前说："文哥，你怎么回来啦？"曲文忠呼哧带喘地说："王小平受伤了，我得赶快告诉他家一声。"

第二天上午，壮壮和王小平的父母来到五龙背四所，还未进门，曲文忠迎上去悲痛地说："他已经……"

王小平父母见儿子死了，扑到床上哭得死去活来。

壮壮紧紧握住王小平的手，哭得一把鼻子一把泪："小平哥，你睁开眼看看哪，我是'跟腚虫'壮壮啊，我还等你领着我们去鸭绿江游泳、抓鱼，还有找那本'天书'呢……"

当日，曲文忠向组织提出申请，要到前线去。

胡延军他们上前线的第三天，也就是王小平死后的第三天，徐大天的支前车队和杨淑花的车队、担架队,开始在朴真实家卸转物资和接收伤情较重的伤员。壮壮爹听出朴真实会说一口很流利的中国话,待人接物热情厚道,精明强干,对朴真实的印象很深,知道她是一个好人,一个很善良又很漂亮的女人。

第二部

一

壮壮全家没有参加爱沙浪村热烈庆祝抗美援朝伟大胜利的活动，会上，何坤科长讲的战事和签订停战协议，他们一概不知，那时他们全家正在前往大江的路上。

徐大天带领全家向他熟悉和洒满汗水的路走去。到江边，徐大天将他三年没用的大船，从柳树下草丛中拖出来，把船上的破鱼篓、破网具，还有锅碗瓢盆，一股脑儿扔进了大江里，让滔滔江水把这些带有伤痕的东西全部冲走。壮壮打水，冲刷船舱和甲板，徐大天则安好双桨，架起风帆。

7月的鸭绿江碧水涟涟，清澈透底，天高云淡，风和日丽。往年，这绝对是捕鱼的好时节。3年前，大桥被炸，昌浩魂归西天，徐大天就没有再来。他说他一见水就晕，一想到江桥被炸和昌浩之死,心就流血。想到这儿,徐大天不禁又悲凉起来。

　　壮壮娘手提包裹,顺姬挎着竹篮子,向码头走去。到了船边,壮壮跳下船,铺好上船的桥板,把娘和顺姬搀扶上船。壮壮起锚,徐大天摇橹,借着东风,船向断桥方向驶去。壮壮望着断桥深思着:残缺前你是那样威武、挺拔,而今,你断了一臂,不禁让人心酸。然而又一想,经过战火的洗礼,你变成了英雄,虽残尤荣。

　　船在断桥下李昌浩遇难的地方抛锚停下。顺姬在壮壮娘的指导下,身着一身白色重孝;壮壮娘也系好了孝带、黑纱;接着顺姬按中国对亡者的习俗,将显考李昌浩、显妣朴真实的灵牌摆在前甲板设的供桌上;壮壮娘又按朝鲜民族的习俗,将鱼头朝东鱼尾朝西摆在供桌东边,肉摆在供桌西边,泡菜、水果、打糕、馒头等供品安放在灵位前。在壮壮精心制作的木香碗里,顺姬将点燃的长香插在碗中。壮壮娘把孝带、黑纱给徐大天、壮壮系上。仪式开始了。徐大天庄重地说:"昌浩弟弟、真实弟媳,今天顺姬和我们在这里祭拜亡灵,请你们一路走好,安息吧。我们会按照你们的心愿把顺姬养大成人!"说完,徐大天让顺姬在父母的灵位前磕了三个响头;他和壮壮娘、壮壮也磕了三个头。此时,顺姬控制不住自己,"哇"的一声哭起来。壮壮娘待顺姬平静后,和顺姬将酒和供品撒向滔滔的江水。

　　祭祀仪式将要结束时,壮壮突然脱掉上衣,一个猛子扎进水里,游到顺姬爸爸罹难处,上下翻滚,搅动得浪花飞舞。

　　壮壮娘:"这孩子彪了!他爹……"

　　顺姬:"快上来!那儿有旋涡!"

　　徐大天抛下一个救生圈。

　　壮壮露出水面,围着昌浩罹难处,又转了三圈才上船。

　　很长一段时间,壮壮都没有完全从悲痛中解放出来。他想念所有在这场战争中死去的亲人。他想念一奶同胞的哥哥徐吉龙,怀念自己的老师谭小蕊,缅怀最好的童年朋友王小平,还有侯乃寿的父亲侯洪一。这些无私的人、勇敢的人，这些热爱和平、热爱生活的人，一个个离他而去。他流下了泪，默默地在心中怀念他们。

他们登岸后去了北山，在谭小蕊墓前献了花，上了香，烧了冥纸。壮壮在谭老师坟前长跪不起，泪洒墓土，直到被顺姬扶起为止。壮壮无比痛心地说："老师，胜利了，可是您没有看到今天……"

徐大天在侯洪一的坟前默默地流泪。

壮壮擦了一把泪说："叔，那些日子，我浑，我对不起你。"

转过一个山头就到了徐吉龙的墓，全家为吉龙扫了墓。冥纸在空中飞舞，遮住了半面天空。

徐大天说："龙儿，胜利了，你安息吧！"

壮壮娘坚强地说："龙儿，娘替你捐了50万元，也算圆了你的梦……"

壮壮宣誓似的说："哥，你放心，我会很好地照顾顺姬妹妹的！"

顺姬哭着说："哥，我想你……"

壮壮和顺姬最后来到王小平墓前。他俩用带来的鸭绿江水，冲刷了王小平的墓碑，然后庄严地给墓碑佩戴上鲜艳的红领巾。

壮壮和顺姬一直站立在那里，直到太阳落山。

二

光阴荏苒，转瞬就是几年。当年8岁的顺姬，现在已经长成13岁的大姑娘了。她扎着中国式长长的黑黑的亮亮的大辫子，穿着流行的花衣裳，显得格外俊俏美丽有朝气。

与其说壮壮娘怕壮壮出事，还不如说壮壮娘怕顺姬吃亏。见孩子大了，壮壮娘早就把壮壮撵到上屋跟他爹睡在一起，她则到厢房陪顺姬。

从江上祭祀之后，徐大天就很少到江上捕鱼。他专心种那几亩水田和一亩旱田，还经常帮人家造船，弄点酒喝。每次喝完酒就找壮壮的碴儿，非打即骂。壮壮忍受不了就自己搬到对面屋住了。

初三，娘要进城给姨妈拜年。壮壮早就看出，拜年是假，领顺姬逛街、买东西是真。其实壮壮不生气，娘把顺姬打扮得越漂亮越好，至于自己穿什么，他并不介意。再说，这几年全家都围着顺姬转，娘不用说了，她和顺姬睡一个被窝，什么贴心的话都能讲，顺姬提出什么事她都能办。爹嘴里说不去打鱼，实际哪天也没忘给顺姬抓蟹子吃。他呢，主要责任就是负责顺姬的安全，不让她受一点委屈。

进城的事，顺姬说哥哥不去，她也不去。娘笑着说："我看你们俩快成一个人啦！"

壮壮进城还带着毕建华、瘦猴。壮壮娘生气地说："怎么去这么多人，大正月，打狼啊？"壮壮只是嘿嘿一笑。

战争结束后，代东家又搬回三马路。进城后代东陪壮壮他们去看电影、游江，壮壮他们还想去城隍庙。壮壮娘说："那地方乱，不能去！"姨妈说："让孩子去吧，城里的孩子都愿意到那儿去玩。可有一点，中午老早回来吃饭。"壮壮娘补了一句："不准和人打架！下午给顺姬买完东西，咱就回家。"

壮壮他们来到了城隍庙。

城隍庙，一进七道沟桥洞子便是。城隍庙那一带虽乱，但壮壮想那地方肯定热闹、有玩头。究竟怎么个热闹和有玩头，壮壮也不知道。壮壮他们去后先是听了一阵说大鼓书的，看了一阵耍猴卖膏药的，然后去路边吃了些焖子。壮壮他们看见几个少年在打玻璃球，就参战，赢了卖掉买东西吃。那几个少年很生气。

壮壮娘、姨妈还等他们回来吃饭呢，可是左等不回，右等不回，气得壮壮娘在家里骂。

壮壮他们不饿了，撒野地玩。快下午3点钟了他们才去逛庙。上了花岗岩石阶，便看到左右两条起凸黑字的牌匾立在大门两侧，代东念给他们听。写的是"有心为善虽善不赏""无心作恶虽恶不罚"。头顶上还有"明察秋毫"四字。别看代东是城里人,他也不懂什么上句、下句、横批是什么意思,更不知这对联是来自蒲松龄的《聊斋志异》。他们来到前殿,两侧各立站马一匹,马头高昂,待乘之势。瘦猴说,赶不上他家那匹枣红马。大殿供奉幽间神灵——城隍,三绺长髯,慈眉善目,笑容宜人。毕建华说,他家的灶王爷比他好,说他能"上天言好事,下界保平安"。大殿东侧,是吕洞宾等八仙。造像逍遥自负,在云之上。两侧以送子娘娘、雷公、闪光娘娘陪衬。代东说八仙好,他家就有八仙小人书。院东侧厢房有判官数个,手持生死簿,怒目横对。后殿是娘娘殿。再后是旁殿,内有文昌大帝、四海龙王、三霄娘娘、太上老君、太乙真人等塑像。壮壮他们看不懂这些神的身份,更不知道这些神有什么能耐,感到无聊,索性就出去了。

  壮壮他们出了庙门,就到路边卖鞭炮的小摊,买了些小鞭、二踢脚放。放着放着就听身后的摊床上二踢脚、钻天猴、几百响的鞭炮炸了起来。二踢脚那东西本来是朝天上放的,结果在摊床一响就横七竖八地向人群中蹿去。大人小孩见状不妙,四下逃散。壮壮他们来不及躲,就钻进摊床下,撅着腚,抱着头,趴在地上。

  卖鞭炮老头一着急就用棉被捂,捂了一阵棉花都崩出来了,也起了火,黑烟四起。老头这边一炸响,又引爆了三家摊床。城隍庙响声四起,浓烟滚滚,直冲云霄。不少店铺关门,艺人、游人纷纷遁去。打种的猪跳出圈门,在大街上横冲直撞。路上行人有的帽子被崩掉了,有的棉衣着了火,有的脸被崩出了血……城隍庙乱成一团。

  爆炸结束后,壮壮他们才从地上爬起来。顺姬满脸是黑烟灰,毕建华额头青紫,瘦猴造了个乌眼青,代东的左手也肿了。壮壮不敢走,也不想走,在那儿愣了半天。他在想:这震天动地的响,这火药四溅,是从哪儿而来呢?是不是刚才他和瘦猴放鞭炮引起来的,进而发生连环爆炸?

壮壮感到害怕、愧疚。没钱赔人家，人家肯定抓住不放，瘦猴提议快撤。壮壮一时没了主意。刚要走，几个少年见爆炸是他们引起来的，又是赢他们玻璃球的人，就一窝蜂冲上来，拦住了壮壮他们。毕建华说他们是无赖，顺姬说他们是痞子，瘦猴说他们是流氓。这下子激怒了那几个小子。为首的掐着腰，瞪着眼，跺着脚，喊："给我上！"说着冲上来，壮壮与他们滚作一团。壮壮心想：城市孩子比农村孩子还野，还会打仗。他怕持续下去吃亏，就喊毕建华他们快跑。那帮小子追了半天也没追上，为首的骂道："真熊，怎么让他们跑掉啦？"

这四个人，就是后来的"四小霸王"——张有千、滕少发、刘长利、王克难。

天快黑了，壮壮他们先到江边洗了脸，除去身上的泥巴，干干净净，像没事似的回了姨妈家。

三

壮壮娘惊异地发现，顺姬有种不同于其他女孩儿的性格。顺姬这个年龄的女孩儿该是温柔、娇羞，十分注重修饰、打扮。而顺姬不然，在城里两天，她不同壮壮娘和姨妈互动交流。头一天，跟着壮壮这帮小子，逛庙、打仗、放鞭放炮；第二天，又去登镇江山，去沙河口游泳。第三天娘想领顺姬逛逛商店，买些衣服和化妆品，怎么说她也不去，跟壮壮上元宝山网鸟去了。

从城里回来，壮壮娘总是心神不宁，干起活来开始丢三落四，大不如以前那么精明利落了。她要与徐大天郑重讨论一下顺姬的人生问题。

壮壮娘说："他爹，顺姬这孩子不知咋的比我自己生的都亲，长得比别人家的孩子都俊。"

"废话。"

"我是说壮壮和顺姬两个绑在一起这么飙长,再大点怎么办?"

"怎么办?我知道怎么办,先这么养着,大了再说。"

"这还不快呀,气吹的一样。"

"你什么意思?"

"我是说,顺姬当姑娘养,还是当儿媳养。"

"当什么养,我们都是她的父母,你怕什么?"

"那可不一样,姑娘那可是妈妈的小棉袄。"

"好办,顺姬长大了愿当咱闺女就当闺女,愿当儿媳妇就当儿媳妇,反正跑不出咱徐家的门。"

"做闺女吧,一旦要回国,顶多我们难受一阵子。做了儿媳,那壮壮咋办?你我咋办?"

"是叫人难受。说实话,不管怎么说,顺姬能活下来就好。尽管我们不是她亲生父母。"

"顺姬总是一个外国人哪,没有不透风的墙。这些日子为顺姬的事,我总吃不好睡不好的,没看见干活我都丢三落四的?"

正在老两口议论顺姬这件事的时候,派出所刘所长微笑着进了门。还未等徐大天、壮壮娘回过神来,刘所长一屁股坐在炕沿上直截了当地说:"听说前几年你们救了一名朝鲜小姑娘?"徐大天、壮壮娘听后如五雷轰顶。镇静后,徐大天矢口否认:"刘所长,您开啥玩笑,炮火连天的谁敢去江上打鱼?"壮壮娘壮着胆子也说:"孩子他爹多年也没打鱼了,有病,船都早卖给别人了,不信你到江边去看看是不是真的?"刘所长哈哈大笑起来,"救人是件好事,是国际主义精神嘛!"壮壮爹回敬了一句:"咱可担当不起,没救人,就是没救人。"壮壮娘也配合道:"是呀,救人就是救人,没救人就是没救人,那光荣的事,咱可不敢当。"

刘所长平和地说:"说白了吧,你们救的孩子叫顺姬,听说人长高了不说,还挺漂亮?"

徐大天见事要败露，灵机一动说："哟，刘所长，你说的是顺姬呀，她是俺沈阳妹妹的姑娘，从小就与吉龙订了娃娃亲。"

刘所长说："是这么回事吗？你们家可是军烈属，又是支前模范夫妻，如今两口子还演起双簧来了？"

徐大天说："哪里，哪里！"

壮壮娘说："不敢，不敢！"

刘所长又说："朝鲜战争爆发后，有大批难民拥进我国，边境一带光难童就有23000多名。这些人已分期分批疏散和转移到辽西和辽北地区的锦州、营口、阜新、辽阳、铁岭等地。有关难民孤儿的事，上面暂时还没有一个明文规定。这些人将来怎么办，政府正在想办法。"刘所长要了户口本看了看，接着说："顺姬的事，不管怎么说，明天去派出所报个临时户口。"

徐大天立马答应："好，好！"

壮壮娘说："一定，一定。"

刘所长知道他们心里的小九九，补充道："你们替政府先养着。"

徐大天又急了，说道："所长，弄了半天，这……"

壮壮娘插嘴说："弄了半天，你这不是白说了嘛，真逗人！"

刘所长站起来，说："你们两口子不就是想把顺姬留在身边，不是当闺女，就是当儿媳妇嘛，我说得不假吧？哈哈……"

徐大天："刘所长，那顺姬我们就抱养了，你看……"

刘所长："现在还谈不上抱养，只能算是暂时寄养。"

壮壮娘急切地说："那……那可怎么办？……"

刘所长："如果政府出台了好政策，到时候我帮你们办抱养的事。"

徐大天和壮壮娘一听，心里似乎有了底。

徐大天上前紧紧握住刘所长的手，"刘所长，谢谢你了！你是大好人，是顺姬的再生父母。"少顷，又说："刘所长，你得为我们保密。"

壮壮娘也喜出望外，拉着刘所长的手不放，"谢谢所长，你是我们的恩人。"对壮壮爹提出保密的事，她接着说："保密是肯定保密了，人家刘所长是代表政府的，说话算数，怎么会到处瞎讲。"

刘所长也喜滋滋的，觉得当真能为群众，特别是能为军烈属、为支前模范家办点实事，也是应该的。他说："明天就去办临时户口，咱可先说好了，顺姬在你们家寄养一天，你们就是她的法定监护人，如果顺姬在安全方面出了什么问题，我可找你们！"

刘所长执意要走。

壮壮娘再三挽留。

徐大天拉住刘所长的手不放。刘所长说："所里这两天挺忙，又赶上普查户口，顺姬当真有一天能留下了，我来喝团圆酒。"说着推自行车出了大门。

徐大天在大门外送走了刘所长后，向四周望了望，拽住壮壮娘的手回到了屋里。

徐大天："顺姬的事，咋就被人知道了呢？"

壮壮娘："是呀，是哪个烂舌头的传到了派出所！"

徐大天思忖了片刻，果断地说："不能这么等着！"

壮壮娘眼神一闪说："为了保险，我看把顺姬送到沈阳算了。"

壮壮爹狠命地抽了一口老旱烟，说："行倒是行！可顺姬一走，派出所来要人咋办？"

壮壮娘抓耳挠腮，"那你说咋办？"见徐大天不语，又说："要不给壮壮、顺姬成婚，生米煮成熟饭？"

徐大天一琢磨，说："这不行，孩子太小！"

壮壮娘自言自语："那倒是。"

徐大天宽慰自己说："刘所长不是说了，政府一旦有个说法，顺姬就是一个孤儿，孤儿就好办。"

天黑了下来，屋里虽然点了灯，但为顺姬的事，壮壮娘也无心做饭。徐大天说:"还不做饭去!孩子快放学了。"

壮壮、顺姬有说有笑地进了屋。

顺姬放下书包,就到院外柴火垛抱了一捆柴回来帮娘做饭。

吃饭的时候,壮壮娘老盯着顺姬。

四

4月5日,清明。何坤的突然造访使爱沙浪村沸腾起来。以栾开义为首的村干部把何坤围了起来。不一会儿,村民也纷纷赶来。

何坤这次来既不是以市宣传委员会科长名义,也不是以港务局局长的身份,他是以一个爱沙浪村村民的身份回家看看大家,主要还是借清明为谭小蕊、侯洪一、徐吉龙、王小平扫墓。陪他扫墓的有栾开义、徐大天等人。除了按惯例植树、添土、鞠躬外,何坤还要献上挽联。因王小平在城里烈士公墓,何坤表示改日去祭。

扫完墓,谁都没争过徐大天。徐大天把何坤请到家,杀了猪,把栾开义、侯洪一的老伴丁玉凤、儿子侯乃寿,还有谭小蕊在爱沙浪村的亲戚请到家喝酒。何坤喝醉了,把壮壮、顺姬、侯乃寿揽在怀里,只是看。

过了两天,徐大天又把一些不相干的闲人请到家,又杀鸡又杀鸭,大吃大喝了一顿。

这一连两次,令壮壮娘气上加气、火上加火,"徐大天,你别给脸不要脸!"

徐大天:"咋的啦?"

壮壮娘:"爱沙浪村人都死光了,就显你行?你杀猪又宰鸡鸭,你要干什么?不想过拉倒,明天离婚!"

徐大天:"噢,为这个。人家何科长不是来给龙儿上坟的嘛。"

壮壮娘:"嘚瑟!上坟怎么了,人家村长都不请,你算老几?"

徐大天："他家有龙儿吗？"

壮壮娘一听为龙儿，不吱声了。没停半分钟又说："那么这次呢？"

徐大天："这次，一是赔人情，二是堵他们的嘴。"

壮壮娘："不懂！反正我要和你离婚。"

徐大天怕离婚，对壮壮娘解释，你们老娘们儿就是见识短。我为什么杀猪，目的就是纪念龙儿、感谢战友、感谢老师培养了壮壮、顺姬。杀鸡鸭，就是堵那些闲人的臭嘴，割他们的烂舌头，别把顺姬的事嚷嚷出去。

壮壮娘一听还是老爷们儿行，就不生气了。

爱沙浪村人们的心沉静了下来。绿色的山、绿色的水围绕着爱沙浪村，给人一种温婉的感觉。人们在这片土地上过着安怡甜美的生活。然而，徐大天也许有"朔风未至叶先落，青丝傲霜已知秋"之忧，也许更有"燃起了企盼和渴慕的激情"，徐大天要进城。

徐大天对壮壮娘说："看来爱沙浪村我们是住不了了。"壮壮娘不解地问："不在这儿住在哪儿住？"徐大天说："该办的事都办了，下步就是离开这儿。"壮壮娘问："走？往哪儿走？从他爷那辈子就在这儿住，图的不就是这里有好山、好水、好乡亲、好朋友，还有龙儿在这儿，你往哪儿走？要走你走我不走。"徐大天叹了一口气说："其实我也不想走，不走咋办？不走就保不住顺姬。"壮壮娘领会了壮壮爹的意思，思忖一会儿说："为了孩子，也是，那咱们往哪儿走哇？"徐大天说："进城！"就这样，徐大天卖掉了房子、土地、船，在城里买了一处四合院。

有一天，徐大天到港务局找到了何坤局长，把已经进城的消息告诉了他。何局长见到徐大天就像见到自己的兄弟一样，又是搂又是抱。何局长也没问徐大天为什么进城，只是问进城想干点什么。徐大天说他会使船，江上、海上的情况他都明白，想在港务局谋个差使干干。何局长一听，二话没说就答应了。徐大天先到拖船上工作,后被调到1008号轮船上,当上一名普通船员。

进城了,老头子又去港务局上班,简直乐坏了壮壮娘。她先是在家做家务,后跑街道,协助街道干部干维护社会治安、调解民事纠纷和爱国卫生等项工作,整天乐滋滋的。

壮壮上了江城中学初一,顺姬也上了江城中学附小六年级。有一天壮壮、顺姬进学校门就遇见了毕建华。壮壮上前说:"你咋也来了呢?"毕建华嘿嘿一笑说:"我也进城了,和你一班。"壮壮惊喜地说:"真的?太好啦!那瘦猴呢?"毕建华说:"她娘又找了一家。"

五

朴真实从学校回来,没有马上推门进院。也许是走累了,也许是教书累了,她在栅栏前瞅着烟囱。烟囱有什么可瞅的?但朴真实却瞅得出神。以前,每当她从学校回来时,老远看见家里的烟囱冒着袅袅青烟,就知道昌浩在家做饭,顺姬在烧火,她便加快脚步……今天,日子本来是好了,但烟囱反而不常有烟了。她倚在栅栏上,久久不肯进屋。

由于电力不足,灯有些暗,她又点上一支蜡烛,为学生批改作业。想写篇日记,又懒得动笔。她索性躺下睡着了。睡了,就做了个梦。梦里,她到了炮火连天的战壕,见到了胡延军、潘友阳、卢善、刘真、王海军他们;他们满身是血,端着冲锋枪、爆破筒,向她扑来。她被吓醒了,醒后才知道原来是个噩梦。她打开灯,解梦,怎么解都是一个凶梦。她担心起胡延军他们……

想着想着就听见有人敲门。朴真实披上衣服,出了门,走在院中央警惕地问:"是谁?"当听出是胡延军、潘友阳的声音时,她急速开了门,怔了半天就与胡延军、潘友阳紧紧地拥抱在一起。喜悦的泪水从他们的脸上流了下来。

朴真实拉着他们的手进了屋，二话没说就去和面、擀面，为他们下面条。

胡延军、潘友阳双手颤巍巍地捧着碗，吃不下去。

潘友阳说："妈，这两年您可好？"

朴真实说："好，就是整天想你们哪！"

胡延军伤心并忏悔地说："娘，只有我和友阳来了……"

朴真实一听突然想起了卢善、刘真、王海军，问他们怎么没来。

胡延军含着泪说："他们三个人都牺牲了。是在争夺391高地的战斗中牺牲的。"

朴真实听后，被雷击似的，半天说不出话来。清醒后，她朝胡延军发起火来："你这连长怎么干的？怎么让他们全牺牲了呢？临走时我不是告诉你们都给我回来吗？"

潘友阳抹了一把眼泪说："我们不是一个团，更不在一个连。出发前他们三个人还说要是活着就不回国了，给您当儿子，要是死了就……"

朴真实急不可耐地问："就怎么样？"

胡延军说："他们三人就托我们活着的人转告您，他们没给您丢脸……"

朴真实仰天长叹："天哪！怎么会是这个结果，这个结果！……"

第二天早晨告别时，朴真实将全家合影照片送给胡延军、潘友阳每人一张。

下午3时，胡延军、潘友阳乘第九批志愿军回国的列车，回到了边城。

六

壮壮娘从街道一户人家出来，得出这样一个结论：街道的卫生工作好干，社会治安工作也行，邻里纠纷麻烦，婆媳之间矛盾难调。就说这卢家吧，做了两天工作，硬是一点效果没有。她低头走在道上还在寻思：怎么办呢？没办法。卢家究竟出了啥事，叫壮壮娘头疼？是这么回事：儿子结婚，生有一子，没房住，与老人住在一起。老人家人口多，儿媳面临的是大姑姐、二姑姐、小姑子、小叔子七八口人。在一起生活，工资就得合伙。儿子每月工资40块钱全部交给母亲，儿媳每月30块钱，自己决定交15留15。一年多了。生活提高，婆婆就觉得儿媳交的钱少，总觉得拮据。

有一天，孙子向奶奶要钱买糖葫芦吃，奶奶想给，转眼反悔说："你妈每月才交15块钱，哪有钱给你？找你妈去！"儿媳晚上下班，孩子就把这话学给她听。她生气了，也不帮婆婆做晚饭，在自己屋里嘟嘟囔囔，收拾家务时把东西故意整得乱响，还把孩子打了一巴掌。孩子哭，奶奶进屋领走，她不让。婆婆说："你这当妈的，孩子要个糖葫芦你都不给，这还是你儿子吗？"儿媳说："你为什么不给，他还是你孙子吗？"婆婆被顶了一句，面子过不去，就说："你回来也不做饭，在屋里骂骂咧咧、摔摔打打，你冲谁？！"吵着吵着就开骂了。婆婆说儿媳是个小妖精；儿媳就说她是母夜叉、吝啬鬼。壮壮娘也调停不了，说了句："都消消气，家和万事兴。"就离开了卢家。

走在大街上，壮壮娘突然想到：将来我和顺姬是婆媳关系的话，免不了也会因各种原因翻脸，如此这样还不如把顺姬当闺女养。闺女永远不会与娘翻脸的。就是长大嫁人，女婿也会对丈母娘好的。

她琢磨时，突然发现刘所长骑自行车迎头赶来。壮壮娘像地下工作者似的，立即闪进胡同里躲避起来。当她屏住呼吸探头张望时，刘所长穿过十字路口向新华书店方向骑去。壮壮娘见刘所长已没了踪迹，捂着怦怦直跳的胸口，出了胡同向反方向走去。她还未迈上马路人行道，只见刘所长又从后面追了上来。壮壮娘吓得倒在马路牙子上。群众见状立即围了上来，问长问短，并在壮壮娘身上翻找什么。刘所长下车，问："怎么啦？"群众摇头。于是他问壮壮娘是否伤着了，要不要去医院。壮壮娘没敢抬头，只是说："不要紧，不小心摔了一下，谢谢！"壮壮娘用左眼的余光扫视刘所长，不敢看他的脸。刘所长要扶她起来，壮壮娘执意不肯，说："没事，没事。"

刘所长骑上自行车走了。

壮壮娘一进门，就上气不接下气地说："遇到鬼啦！遇到鬼啦！"

徐大天刚回家还未脱下外衣，不解地问："什么，遇到鬼啦？"

壮壮娘惊魂未定，断断续续地把方才遇到刘所长的事讲了一遍，说："这不是鬼是什么？！"

徐大天一听，也着实吃了一惊，"他是在跟踪我们？"

壮壮娘坐在炕上，狠劲地拍打自己的胸脯，"吓死我了，吓死我了……他爹，咋办？"

徐大天愁容满面，"咋办？我有什么法子，人家刘所长都追到城里来了，恐怕顺姬的事有变故……"

壮壮娘冷静后，说："不对，也像，也不像，如果跟踪的就是我，我倒地了，他应该抓住我才对。"

徐大天也说："是呀，他还能放过你？我看也不像。你呀，就是大惊小怪的！"

壮壮娘定神后说："记得不，咱进城的迁移证上是四口人，顺姬包括在内，顺姬的名字下没写'寄养'或'暂住'几个字，咱是城市户口哇！"说着壮壮娘拿出户口本看了一下。

徐大天一看户口本上果真没写"寄养""暂住"字样，高兴地说："是呀，咱是城市户口哇，我怎么把这事给忘了呢。"

壮壮娘眼前忽地一亮，"改名，到派出所改名。这名一改，顺姬就名正言顺地是咱老徐家的孩子了。"

徐大天问："这样行吗？"

壮壮娘坚定地说:"这怎么不行,我发现到派出所改姓、改名、改年龄的有的是。"

徐大天对壮壮娘有些刮目相看了,他说:"老婆子,行啊,你一辈子就出了这么个好主意,还真没白跑街道!"

壮壮娘冷笑了一下说:"死老头子,你以为就你行?在节骨眼上还是老娘们儿心眼多……"

徐大天老老实实地承认:"你行,你厉害。哎,改名的事,顺姬能同意不?"

壮壮娘胸有成竹地说:"孩子就是孩子,她懂个啥。我看行。"

徐大天接着说:"那你说顺姬改个啥名好?"

壮壮娘想了想说:"别叫什么花呀,芝呀,梅呀,凤啊什么的,现在顺姬不是小孩子了,人长得像彩霞一样,我看就叫徐霞怎么样?"

徐大天眉开眼笑地说:"行,行,我看行,就叫徐霞,哈哈!"

壮壮娘说:"这事明天咱就办?"

徐大天瞪了她一眼,"那还等什么?明天办!机不可失嘛!"

七

壮壮和毕建华进城插班在江城中学32班。插班当天,就被张有千、滕少发、刘长利、王克难认出来了。他们确认壮壮、毕建华就是当时制造城隍庙鞭炮连环爆炸的"罪魁祸首"。但他们没想到壮壮、毕建华竟然是农村人。

其实壮壮、毕建华也早认出了他们,只是双方一直心照不宣。通过一个月的接触交谈,壮壮知道张有千他们四人是一直在鸭绿江边长大的城市孩子;他们年龄相仿,性格相似,亲同手足。听说他们四人经常游泳过江,到对岸去躺在沙滩上晒太阳,在柳树茅里撒尿、拉屎,带着弹弓打野鸭子,日落西山就游回来;还知道在战争年代他们在自己的院子里挖防空洞，因战时紧张也经常停课；也把平时的压岁钱交给学校支前，参加市民游行示威并多次参加欢迎志愿军回国的活动。

壮壮明白，那个年代的同龄人——鸭绿江的孩子都有着相同的经历，壮壮很喜欢他们，很愿意和他们在一起。所不同的是，这四人总爱拉帮结伙，学习成绩不错，但坏点子也不少，好闹事，好打仗。开始想给他们起外号叫"赖皮"，怕刺激太大，最后就给起了个"四小霸王"的绰号。

"四小霸王"最大的优势就是体育好。一到学校或全市开运动会，什么60米的持球、钓瓶、跳绳，什么100米、200米、400米、800米，他们四个人准有两个人得奖。特别是4×400米接力，那第一名没别人，准是他们的。但壮壮100米、200米总能拿冠军。见壮壮在班里学习好、人缘好、守纪律，他们就有妒忌心。

江城中学和附小共用一个操场。壮壮每天上学放学都和顺姬在一起，引起了张有千、滕少发、王克难、刘长利的注意。

顺姬宛如出水芙蓉一般美丽娇艳。有城市文化的熏陶及老师的精心调教，顺姬愈加文质儒雅、礼仪谦恭、落落大方。班里或学校有什么活动，她都踊跃参加，表现突出，每每获得好评。于是她变成了一枝玫瑰，一朵出众的校花。由于羡慕，班里、班外就有不少同学写字条要和她交朋友、谈对象。放学就有男生堵着顺姬，不是看就是同她搭讪，个别的不是动手动脚，就死缠不放。顺姬终日不得安宁。壮壮知道此事后，就不参加班里的球类比赛，也不参加晚自习了，放学就赶紧到附小门口，等候顺姬一起回家。

近一个时期，张有千他们发现壮壮不入他们群了，认为壮壮的所谓深沉、老练，是装蒜。特别是发现他和附小校花顺姬关系密切，且形影不离，他们非常生气。他们视壮壮为眼中钉、肉中刺，认为一个农村人，怎么能让他吃天鹅肉？于是，不顾及友情，不顾及壮壮踢足球是前锋、打篮球是中锋、田径赛是主力，见壮壮面就挖苦、刺激壮壮，说什么"行啊，不理我们了，都靠上顺姬这朵校花啦，还想上天哪?!"壮壮不理睬他们，他们就挑衅地不是撞一膀子壮壮，就是撸一把壮壮的头，再不就是摸一把壮壮的鼻子。壮壮反击、反抗，就说壮壮梗梗、傲慢。

有一天放学，壮壮和顺姬刚出校门不远，张有千四人包抄过来，围住壮壮和顺姬不让走。

壮壮说："张有千，你们想干什么?!"

张有千嬉皮笑脸地说："干什么？我们需要审查一下你们是什么关系，总在一起我们看了不顺眼。"

滕少发："美丽的花儿是开在学校，不能就只开在你一个人心里!"

刘长利："是呀，校花就得共赏!"

顺姬说："不要脸！哥，咱们走，别理他们!"

王克难上前拦住："走？往哪儿走!"说着上前要拽顺姬。

壮壮气得浑身发抖，攥紧拳头，"王克难，你们不要乱来，谁敢动她一下，我叫他死无葬身之地!"

滕少发上前就给壮壮一拳，说："还嘴硬，我叫你嘴硬!"

壮壮冷静了一下，警告道："动手了，是吧？"

壮壮知道好汉不吃眼前亏，挺胸昂首道："我告诉老师!"

一听要告诉老师，他们上前把壮壮摁倒在地上拳打脚踢，顺姬哭着阻拦他们。张有千他们不听，还是没头没脑地打壮壮。顺姬见状上前抓张有千的脸，骂他们是流氓，并吐张有千一脸唾沫。张有千抹了一把脸，刚要动手，毕建华赶到，他上前打了张有千一拳。其他人一看是毕建华，就一窝蜂似的朝毕建华逼来。毕建华一看不是他们的对手，转身要去告诉老师。张有千他们害怕把事弄大，觉得教训一下壮壮，出出这口恶气就行了，所以一哄而散。

壮壮从地上爬起来，顺姬给他揩嘴角上的血迹时，发现壮壮的眼窝也被打青了，心疼地喊道："哥……"

毕建华没有去告诉老师，见他们撤了，忙上前安慰壮壮："怎么样，没事吧。咱班怎么出了这么四个浑小子！"

壮壮、顺姬回到家里，没敢将路上发生的事告诉父母，和往常一样放下书包，洗了手就坐在炕上吃饭。壮壮娘只问了一句："今儿个放学咋这么晚？"壮壮说是学校下午打扫卫生放学晚了。借着灯光，壮壮娘看壮壮眼窝发黑，问是咋回事，壮壮说干活不小心碰到墙上了。顺姬也说是。徐大天心粗，只说了一句："从小干活就毛里毛糙的，活该！"壮壮摸了一下眼睛笑着说："没事，过两天就好了。"壮壮娘"嗯"了一声，一个劲地往顺姬碗里夹菜，并亲昵地看着顺姬。顺姬发觉娘盯着自己，有些发毛，红着脸说："娘，你老这样看俺，俺都不好意思吃饭了。"壮壮娘笑吟吟地说："娘瞅你高兴。"吃完饭后，顺姬要帮娘洗碗，壮壮娘说："不用，快毕业了，作业多，忙去吧。"顺姬说："今天老师没留作业，背背课文就行。"壮壮娘说："顺姬呀，快上初中了，娘想给你起一个汉族名字好吗？"顺姬说："行啊。"壮壮娘高兴地说："那就叫徐霞？霞，就是霞光的霞，云霞的霞，吉祥，好听，好记，你看呢？"顺姬说："娘说好就好。"顺姬说完，品了品"徐霞"两个字，还真有些浪漫的韵味。娘儿俩不由得相视而笑。

第二天，壮壮娘就通过熟人去派出所找到民警战云飞，把李顺姬的名字改为徐霞了。

八

朴真实送走了胡延军、潘友阳后，站在院门前久久没有回屋。胡延军他们走了，又只剩下她一个人。虽说组织上调她到市里工作，但她舍不得这个家。

金顺子来到朴真实家。

金顺子担心地问:"怎么又一个人发呆?"

朴真实客气地说:"顺子,你来了。"

金顺子问:"听说你要进城,是真的吗?"

朴真实叹了一口气说:"八字没一撇的事。"少顷,又说:"顺子,你说进城好吗?"

金顺子说:"进城不好,还什么叫好?好!这几年城里房子盖了不少,工厂恢复了生产,一切都变了。你是文化人,不会种地,待在农村有啥意思?"

朴真实真诚地说:"唉,我不是舍不得你们嘛。"

金顺子答道:"有什么舍不得呀,这儿离城市也不远,想进城看你,一迈脚不就去啦?"

朴真实说:"在这儿住大半辈子了,学校又不远,再说进城的事还未最后定下来。"

金顺子说:"瞎不了的。真实呀,进城好,不管干什么工作,接触人多,你还是那么漂亮年轻,再找一个成个家吧,昌浩、顺姬,你就把他们忘掉吧。"

朴真实说:"能忘得掉吗?"少顷又说:"再说,再走一家哪那么容易!打了这些年仗,男同志也不多了。"

金顺子说:"政府官员、工程技术人员、教师什么的,还是有的。"

朴真实叹了一口气说:"战后男性锐减,女性比例增多,男的自然挑三拣四,再加上大男子主义,这……"

金顺子说:"像顺姬她爸这样的人难找,但总是能遇到合适的。"

朴真实看了看墙上挂着的全家福,喃喃地说:"都半老徐娘了,找什么找,一个人挺好……"

胡延军回国后,没有回河北老家,被安排在省公安厅户籍处工作。不久提了科长,结了婚,有了孩子。

潘友阳也不错，复员后到市港务局一艘驳船上，当了一名普通船员。由于工作上的接触，又是一个局的，就认识了徐大天。徐大天很喜欢潘友阳，感觉这小伙子不但人长得精神，还有冲劲、猛劲、傻劲，有点像壮壮。虽然潘友阳是在驳船上而徐大天在货轮上工作，工作性质有所不同，但水上的知识、船上的知识是相通的，所以潘友阳就拜徐大天为师，向他学了不少东西。徐大天从潘友阳的档案里知道他是边城的孩子，18岁就参加了志愿军，在包括清川江在内的大小战役中勇猛杀敌，立了三等功两次、二等功一次，徐大天刮目相看。于是，他俩很快成了忘年交。

潘友阳从小在鸭绿江边长大，水性很好，整天像鸭子一样泡在水里。在驳船上工作，他对舢板格外有兴致，就花钱买了一条小船，闲时经常到江上划船、钓鱼、游泳。潘友阳自小胆就大，又是从战场上死人堆里爬出来的，对什么事情都不在乎。

有一天他驾船在江上钓鱼，钓着钓着就想起了自己的干妈朴真实来。于是鱼也不钓了，上岸就到商店买些猪肉、咸鱼、饼干、水果等，天还大亮就划船进了对面的芦苇荡里，待天一落黑，就上岸摸到朴真实家。第一次去，把朴真实吓了一大跳，她做贼似的赶快关上了门，把潘友阳请到屋里，嗔怪地问："友阳，咋来的？"潘友阳告诉她是偷偷过江的，朴真实不知是疼爱还是惊恐，她猛地把潘友阳揽到怀里："友阳啊，妈妈谢谢你有这份孝心。现在边上有人管了，以后可不要偷着来，这样妈不放心。听妈的话，下次可千万不要这样了。"潘友阳点了点头。

夜间，娘儿俩说了很多话。大清早，朴真实就起来杀鸡，把山里的松伞蘑泡上，然后炖了起来，款待潘友阳。一直到天黑了，潘友阳才恋恋不舍地告别妈妈，安全顺利地划船返回边城。

金顺子说朴真实进市里的事还真就成了。教育局考虑到朴真实的一贯表现，把朴真实调到市教育局工作。后来根据本人要求，她又被调到市里一所中学任教，不久就当了主管教务工作的副校长。朴真实农村的家，交给了金顺子居住、管理。但临走时，朴真实一再提醒金顺子不要改变房子的原样，不要拆掉墙上的网具，不要动槐树下的秋千等。金顺子当然理解朴真实的情感，说："这没问题，你放心好了。"

朴真实进城后，住在离中学不远的独门独院的三间大瓦房里。外墙一年四季总粉刷着白白的石灰，显得清洁而明快。种的红、黄、白三种颜色的蔷薇花。室内也很宽敞、明亮、别致。

在她居住的那间屋里，挂着放大了的全家福。另一间屋则是按中国人对亡灵的习俗，设李昌浩、顺姬的灵位，逢年过节摆放供品，还点上几炷香。屋里左侧陈设着缩小的木船，右侧是一个小型秋千。

朴真实热爱教育事业，工作出色，周围的朋友和同志越来越多，她的心境有了很大的好转。

朴真实是一位成熟美丽的中年职业女性，特别是她那高挑匀称的身材和细腻光滑的皮肤，使人艳羡不已；加上细眉、丹凤眼，所以在较短时间内，就有不少领导和同志给她介绍对象，有的还大胆找上门来，都被朴真实一一谢绝了。

潘友阳过江探望干妈，不见人影，就跑到金顺子家询问，才知道朴真实已搬进市里了。

潘友阳很失望。

九

义州郡的夏秋之交，是火辣辣的灼热。

金顺子打扮得漂漂亮亮进了城。她在车站下了公交车，拐了两道弯，就来到了朴真实家。

金顺子敲门进屋，发现一中年男子坐在沙发上，此人中等身材，身着西装，衣冠整洁，见金顺子进来，有礼貌地站起来打招呼。朴真实介绍："这是我们学校总务处处长朴光哲。这是我农村的朋友金顺子同志。"朴光哲向金顺子躬身、微笑，然后说："朴校长，情况就是这样，那么这件事就这么定啦？"朴真实说："按您的意见办。"见朴光哲要走，朴真实说："顺子从农村拿了些好吃的，吃完饭再走。"朴光哲拘谨地说："谢谢校长。今天是星期天，我还得回母亲家一趟。你们聊，你们聊。"说着就出了门。

朴光哲走后，金顺子高兴地说："姐，你有福，很有眼力，这人不错，一看就知道不一般，有知识，有风度，也厚道，是才处的吧？"朴真实知道金顺子看走眼了，哈哈大笑起来："胡说八道！人家孩子都快20岁了。"金顺子说："我还以为是对象呢。""你一天就知道对象。"朴真实说。金顺子说："俺不是着急嘛。"朴真实说："真有不少介绍的，但我没进入状态。"金顺子哈哈大笑："还挺深沉和浪漫呢，啥叫状态呀？状态是你要想得开。整天老想着昌浩、顺姬，这辈子呀，你是进入不了状态了。"

朴真实、金顺子姐妹俩又说了一些农村邻居和庄稼的事，金顺子将前几天潘友阳过江的事说了一遍。

朴真实叹了一口气说："我要是有这么一个儿子该多好哇！"

金顺子看朴真实还是没从阴影里走出来，心里也跟着难受。前一阵子虽然听了一点消息，但那是捕风捉影的事，也不敢对朴真实说。不讲，又怕朴真实整天郁闷。于是话锋一转："有些人说，昌浩、顺姬有可能去了对岸，昌浩是外侨……"

朴真实说："也是。"

金顺子想，反正话不讲也咽不下去，就说："你认识金骏善这个人吗？"

朴真实说不认识。

金顺子说："他是打鱼的。有一天他来咱们村办事，有人问他你的事,他说炸江桥那天,他也在江上打鱼,但离江桥很远,见飞机来了,就老早靠岸躲进柳树林里。轰炸过后,他出来一看,桥也炸断了,船也炸飞了。他说他隐隐约约发现江上有人不知在打捞什么,很快就看不清什么了。他说桥墩那地方鱼多、鱼大,大的都有二三十斤重,炸弹一扔炸死不少鱼,中国船在捞鱼。但金骏善又说,鱼再大也大不到那程度,好几个人往船上抬,而且还红扑扑、黄乎乎的。虽说金钱鲤鱼的鳞是金红的,鱼的肚子是黄的,也不能那么红、那么黄,而且只捞一条鱼,船就走了,蹊跷。"

朴真实一听黄乎乎、红扑扑的,想到那天顺姬正好是穿黄、红两色的连衣裙,心想,该不是顺姬吧?不对,要是顺姬,那么昌浩呢?

金顺子心想,这说了半天不但没解除朴真实的疑虑和郁闷,反而增加了她的忧伤,于是改口说:"金骏善这个人讲话也没准,那天喝点酒,说话就更不着边了。"

朴真实、金顺子二人,分析来分析去都认为绝对不可能是顺姬,所以也就不再提什么"人""鱼"之事了。

金顺子在朴真实那儿住了一晚上,第二天一早坐车返回了村子。

金顺子一走,朴真实就想:"金顺子呀金顺子,你抬屁股走了,可你扔下的'人'和'鱼',这不是把我放在油锅里煎嘛!"

十

自从壮壮娘到派出所顺利地将李顺姬的名字改为徐霞后,全家人沉浸在宽松、欣慰和幸福之中。壮壮娘深感压在心头上的一块沉重的巨石终于落地。她名正言顺地成为顺姬的母亲了。徐大天整天眉开眼笑,甚感这个家是美满的和睦的,是平安无事的,是无后顾之忧的。于是,他全身心地投入工作,经常一个星期一个星期不回家。有时壮壮娘不放心,常打发壮壮、顺姬去船上看望他。壮壮有了亲妹妹，高兴得不得了，也甚感自己肩上的责任更大了。他认为保护顺姬是他义不容辞的使命。最高兴的莫过于顺姬了，改了"徐霞"这名字，就意味着她融在徐家的血脉中了。

　　日子一天一天地过去，转眼顺姬也上了初中。如果说小学时的李顺姬透着稚嫩的话，那么今非昔比了，她愈加自信、自强，更有尊严了。

　　然而以张有千为首的"四小霸王"，对壮壮的"艳福"充满了敌意。有一天放学，壮壮和顺姬想去看电影，走在儿童电影院附近，被埋伏在胡同里的张有千他们打了个鼻青脸肿。张有千说："我们喜欢徐霞，关你屁事？好看的花谁都想看，好摘的花谁都想摘，徐霞，你过来……"

　　耻辱燃烧在壮壮心中，他忍无可忍，一个鲤鱼打挺从地上爬起来，捋了捋袖子朝张有千就是几个通天炮。张有千眼冒着金星，捂着流血的鼻子蹲在地上；滕少发被壮壮一头顶在墙上；还未等刘长利、王克难动手，壮壮拽顺姬就跑。刚跑几步，这四个人又把壮壮、顺姬包围起来。张有千说："几年来，憋在心里的那场城隍庙恶战还没和你算呢。你们赢了我们玻璃球还让我们从你们手里买回来，这是城里孩子的耻辱！你们把卖鞭炮老头的摊子引爆，接连又引发三个摊子爆炸，城隍庙黑烟四起，雷声滚滚，像美国飞机炸三马路似的，人人惶恐，叫苦连天，炸伤、烧伤了好几个。那时就想把你们抓到派出所，结果你们像兔子一样跑掉了。今天也是为了替他们报仇！"壮壮听后，一身冷汗，心想：该打！但又嘴硬："胡说八道！要打就打，要杀就杀，别跟我来这套！"张有千冷冷地说："过去的事是过去了，但我们恨的是，像你这种人怎么还活着，怎么配得上是徐霞的朋友，你不配！"说着使个眼神，四个人八只拳头，八只脚雨点般向壮壮打来、踢来。顺姬见势不好，上前朝张有千、滕少发就是两个耳光。张有千一怔，没有对顺姬发火，摸了一下发烧的脸,说:"打得好,徐霞,你打得好!打是亲,骂是爱嘛!"说着把脸又送给了徐霞。徐霞又响亮地扇了他一个耳光。这一下把张有千打精神了,他正想动手,警察赶到了。张有千大喊一声"不好",四人四下逃散。

第二天,壮壮把又挨打的事告诉了毕建华。毕建华说,不能就这么便宜了这帮小子,让学校处分或开除他们。壮壮说那样不好,闹得太大,他们无路可走,更加对我们报复。毕建华说:"那么就以毒攻毒,我把瘦猴和儿童团招来,神不知鬼不觉地狠狠地打他们一顿,直到他们服了为止。"壮壮说:"那也不行。"毕建华说:"这也不行,那也不行,怎么才行?你小时候那些虎胆、智慧哪儿去了?!我们就这样让他们打下去?一次两次我们忍了,可这何时是头?再这样发展下去,怕是要吃大亏的。"壮壮紧握拳头,"你说得对,要想不受欺负,就要打败他们。"

用什么办法才能打败他们呢?壮壮想练武,想用武功打败"四小霸王"。壮壮又想,去哪儿练呢?一是不知武术馆门朝哪儿开,二是没钱。壮壮犯愁了。星期天早晨,壮壮苦闷了一宿后,独自来到了镇江山。壮壮呼吸着新鲜空气,在树林中散步。他突然看见前方密林中一块平地上有练武的,便喜出望外。因不懂这里的规矩,又怕这里武艺高超的人找他的麻烦,他就远远地躲在树后观察。

壮壮连续几天来山上,选定了一处。此处被几棵果松和柞树包围着,一块十多米见方的空地是用黄沙土填平的,四周还有石桌、石凳,很是幽静。壮壮选定这儿,还有一个重要原因是,这里是一个漂亮、潇洒的中年妇女任教。壮壮一连几天蹲在树后看,结识了一个青年。这个青年姓唐,叫唐晓光,不到20岁,人长得英俊、干练。两个人熟了,唐晓光就对壮壮说,师傅叫袁英侠,30来岁,从小在山东习武,后随父来东北。她会螳螂拳、醉拳,有徒弟上百,但从不收费。在壮壮的要求下,唐晓光把壮壮介绍给师傅。师傅见壮壮身材匀称、壮实，机灵又腼腆，就收留了他。壮壮跪拜了师傅。为了学到一身武艺，他每天比别人来得都早，打扫武场，摆好石桌、石凳，填平了场外被山水冲裂的一道小沟，坐等师傅。袁英侠对他很满意，当着大家的面赞赏了壮壮一番，并告诉徒弟们要善待壮壮。袁英侠在传艺时特别关注壮壮，亲自为壮壮打螳螂拳、醉拳，观察壮壮的悟性。壮壮看师傅打螳螂拳时，仪态庄重，英姿洒脱，气吞山河，出拳带风，呼呼作响，行走如飞，跺地有声，收功如仙，泰然如钟。壮壮暗中佩服师傅武艺高超。师傅在打醉拳时，壮壮感觉师傅是在雾里飘、云中飞，令他遐想不已。待壮壮做功时，师傅亲手纠正壮壮的动作。她还叮嘱唐晓光要格外对壮壮进行单独教授。有一天，壮壮见师傅没来，知道师傅病了，就买些蛋糕、水果去探望师傅。师傅很激动，并一再嘱咐壮壮好好学，好好把武术传承下去。由于十分刻苦，壮壮在很短时间里学会了螳螂拳和醉拳。

　　壮壮在山上习武时，别处也有练刀、枪、剑、戟的，壮壮不学。壮壮又看中了另一门派的戳脚，为了学戳脚，他下午开始不上课了，不参加晚自习了。一个人跑到山上拜师学戳脚。戳脚，就是九番御步鸳鸯勾挂连环悬空戳脚。壮壮先从"踢趟子"开始，一个套路一个套路地学。然后学"九番"，文、武各九趟，其腿法一腿变多腿，可变化出九九八十一种腿法；其手法一手变多手，手法与腿法结合可变化出多种攻防方法。壮壮最得意的是手脚并重，突出用腿。故对"风摆柳""童子拜佛""白猿献果""跨虎式""舞花飞点腿""独立通天锤""颠起步套锤""御步连环""挫手蹬挂腿""顺手牵羊"等，非常用心、用功地学。壮壮不成套地学，只是学如何防身，如何出奇制胜。他把戳脚最精华的、最核心的部分与先前学的螳螂拳、醉拳，融会贯通在一起，自己起了个名叫"壮氏拳法"。经过大半年专心致志的刻苦学习，壮壮已经运用自如。

　　秋游是江城中学传统的文化活动。

这天，江城中学从初一到初三，几千人一起来到五龙山腹地，开始了一年一度的秋游。顺姬也参加了这次活动。深秋了，天高云淡，一切都是那么沁人心脾。

学生们列队走在乡间的小道上，感到无比的亲切和由衷的惬意。《让我们荡起双桨》的歌声回荡在空中。快到森林边缘时，望着天空中出现朵朵白云，掠过一行南飞的大雁，学生们顿时一片惊呼。因一时想不起来关于大雁的诗，有的就吟起杜甫的《绝句》"两个黄鹂鸣翠柳，一行白鹭上青天"，对大自然那种审美，在学生们心中燃烧。进入山坳时，山峰高矗、峰峦叠嶂、树木荫翳、枫叶殷红，无不勾起学生们青睐的目光和神往的心境。进入腹地，各班宣布几条纪律和下山集合的时间地点后，登山、挖宝活动便开始了。久居教室的学生，像鸟雀一样飞进了树林中，霎时不见了几千人的踪影。大部分学生以登山为主，享受"一览众山小"的意境；少部分学生则去山谷间摘山梨、软枣子、山里红，享受金秋的美味佳果；很少有人去千辛万苦地到处挖不值钱的"宝"（写在纸条上的奖品）。壮壮和毕建华等人就汗流浃背地爬山登险峰。徐霞、茹小娟、庄美娟等同学，穿林海、赏枫叶，兴致涌动时就吟诗咏赋。庄美娟吟"蝉噪林逾静，鸟鸣山更幽"；茹小娟吟"一折青山一扇屏，一湾碧水一条琴"；徐霞则吟"好山十里都如尽，更与横排一径松"。张友千、滕少发、刘长利、王克难四人，则从经济实惠入手，满山遍野地用网网鸟、用弹弓打麻雀。他们获鸟百余，然后到溪涧将猎物收拾净，只待烧烤。

野餐开始了。

野餐都是学生自带的家常饭。大树下小河边，均有袅袅炊烟飘起。徐霞、茹小娟、庄美娟等同学，在小桥流水边等待壮壮他们回来。当壮壮、毕建华下山路过溪边的林间小道时，忽闻一股肉香飘来。他们绕过一片松树后，看见张有千四人正在架火烧烤山雀。壮壮和毕建华上前一看，那雀儿排列整齐，个个油汪汪、黄灿灿的叫人馋涎欲滴。壮壮故意问了一句烧什么这么香。张有千转身抬头一看是壮壮、毕建华，惊喜而自恃地说："没长眼哪，山雀呗，过来吃一个喝一口。"壮壮说："不了，徐霞还在山下等我们呢。"张有千一听不满地说："别老缠着人家徐霞不放，就像徐霞怎么喜欢你似的。来，咱哥儿俩干一杯。"壮壮说："你们喝吧。"便与毕建华下山来到徐霞处。

　　徐霞、茹小娟、庄美娟见壮壮、毕建华来了，就在枫桥下一块扁平的大石上将大家的饭菜集中摆放在塑料布上。有鸡蛋、鸭蛋、刀鱼、面条鱼、红烧牛肉、猪排骨、啤酒；主食是米饭、馒头、韭菜合子、油饼、面包。徐霞与茹小娟并肩坐在一起，壮壮坐在徐霞的右侧，毕建华坐在茹小娟的左侧，庄美娟坐在壮壮身边。野餐开始时，徐霞取了一块壮壮最爱吃的红烧肉，送到壮壮嘴边，壮壮不客气地吞了下去。茹小娟随后也夹了一块刀鱼给壮壮，壮壮说谢谢，也痛快地吃了下去。毕建华剥了一个鸡蛋放在茹小娟手中，茹小娟动情地望了一眼毕建华。

　　正在他们尽情地吃着、喝着时，秋风送来了阵阵烤肉的香味。大家忍不住四下张望。茹小娟蓦地站起来，说："这味道香得叫人心痒。"壮壮说："这是张有千他们违反纪律，捕杀山雀和麻雀正烤着呢。"毕建华补充道："不像话，回去看老师怎么收拾他们！"

　　说着说着，张有千等出现在他们眼前。张有千扫视了大家一眼，见庄美娟也在，嬉皮笑脸地说："哟，美娟也在呀！我还到处找你呢！"庄美娟斜了他一眼说："不要脸！"张有千自讨没趣，又扫视了席上的东西，鄙视地说："就吃这些东西？来，尝尝咱们的！"说着，让滕少发把几串烧烤好的山雀往席上放。见大家横眉冷对，张有千自嘲地说："俗话说得好，宁吃飞禽二两，不吃走兽一斤。"说着拿了一只送到庄美娟嘴边。庄美娟夺下，扔到水沟里。雀，顺流而下。张有千没面子，拿起席上毕建华为茹小娟剥好的鸡蛋就吃。毕建华直瞟着张有千。张有千对徐霞说:"徐霞,你这么漂亮,老跟在徐吉壮后屁股不觉得有失体面吗?"徐霞不理。壮壮说:"你们闹够了也该走人了吧?"张有千不悦地说:"走?往哪儿走!今天我们哥儿四个不走啦!"说着四个人坐在一边。

  张有千把手里的白酒倒在杯子里,说:"今天得罪了大家,自罚三杯。"说着一仰脖三杯酒下肚。然后敬毕建华一杯,敬壮壮一杯。连饮五杯后,酒在腹内燃烧着,张有千突然拽起茹小娟要跳舞。茹小娟骂他流氓。张有千嘻嘻一笑,还要拽。这下可把毕建华气坏了,他厉声道:"张有千,放老实点!你们网鸟、打雀,看我不告诉老师才怪呢!"张有千红着眼说:"咱班怎么出了你这么个特务、汉奸!"毕建华在儿童团时最恨特务、汉奸,一听说自己是特务、汉奸,气不打一处来,站起来质问张有千:"你说谁?!"张有千说:"怎么,不服吗?不服咱就出去遛遛!"毕建华肺都要气炸了,说:"遛遛就遛遛,谁怕谁?"于是二人来到了山坡平坦一点的草地上,你一拳我一脚比量起来。不知道咋回事,张有千鼻子出了血,就命令滕少发他们上。毕建华哪是他们四个人的对手,被打得躺在地上。毕建华被打的时候,徐霞、茹小娟、庄美娟几次想上去撕张有千他们的脸,都被壮壮拦住了。

  壮壮眼看毕建华要吃大亏了,就上前拉架。滕少发以为壮壮要动手,就先给壮壮一通天炮,把壮壮打得眼冒金星。遵照唐师傅"习武,不准打人"的教诲,壮壮忍耐了。滕少发以为他制服了壮壮,接着又是一勾拳打在壮壮的腹部。壮壮感到十分疼。他刚想动手,张有千四人一齐向他袭来。壮壮心想:半年的习武不就是等着这一天吗?为了从此不再受欺负,他动手了,用的是戳脚。一个"舞花飞点腿"把张有千撂倒,一个"挫手蹚挂腿"把滕少发打了个人仰马翻,一个"转枝鸳鸯脚"把刘长利踢了个狗吃屎,又一个"舞花飞点腿"把王克难打到水沟里。四个人通通趴在地上,呼天号地不敢站起。他们面面相觑，疑惑半天，不解其道。特别是张有千好生纳闷：这厮何时练了这般武艺？照此功夫，别说我们四人，就是四十个人，也未必是他的对手。真是有眼不识泰山。他们刚要爬起来，壮壮一套螳螂拳又把他们吓得哆嗦起来，不敢轻举妄动。壮壮兴致正浓，练起他自编的"壮氏拳法"，又打了一套醉拳。

壮壮一套拳法虎虎生风，凌空有如飞燕，落地宛如洪钟，绵绵有如飘仙，强悍有如剑锋，把张有千他们看得眼花缭乱、目瞪口呆；也把他们吓得屁滚尿流、胆战心惊。张有千、滕少发、刘长利、王克难连连高叫："饶命，饶命，壮壮饶命啊……"

徐霞他们不禁哈哈大笑起来。

壮壮收功后，抱拳道："要不是师傅有话，今天我非把你们打死不可！"

张有千心悦诚服地说："服了，服了。"

其他三人也说："不敢了，不敢了。"

壮壮让他们爬起来，张有千他们才敢站起来。

张有千站起来说："我们该死，我们狗眼看人低。壮壮别生气，其实我们看徐霞长得俊，只是想多看她几眼，想多和她说说话，交个朋友。你们老护着，我们就生气，没别的意思。望您海涵，海涵。"

其他三人，异口同声："海涵，海涵……"

壮壮说："你们走吧。"

张有千等人齐刷刷跪在地上，"我们不走，我们要拜你为师。"说着就磕起头来。

壮壮说："拜师？那是以后的事。"

在下山的路上，徐霞不小心从高坡上滑下，把脚脖子崴了，不敢走路。壮壮背着徐霞下山。张有千见壮壮满头大汗，抢着要背徐霞，徐霞拒绝，换成毕建华背。张有千不死心，指挥"四小霸王"

钻进树林，砍断藤蔓，造了担架，来到徐霞面前，道一声"请公主上轿"，就将徐霞扶到担架上。

下山本没有路，加上荆棘丛生，就更加艰难。四人抬着担架不是被烂石绊个跟头，就是被藤蔓卡住脖子。"四小霸王"就是这样深一脚浅一脚，左一下右一下，摇摇摆摆地抬着担架下山。

十一

秋老虎的灼热叫人透不过气来。一阵秋雨过后凉风从东边吹来。潘友阳借着凉意，又去朝鲜探望干妈朴真实。这次他不是偷渡去的，这次是经公安机关外事部门办理边境通行证去的。

战后的新义州一派欣欣向荣景象。潘友阳去后母子俩除了一如既往地拥抱、寒暄、杀鸡、喝酒外，此次朴真实对潘友阳就宛如对刚从前线凯旋的英雄一样，多了敬慕和爱戴。她感到潘友阳更加英俊了更加成熟了，少了些许以往的莽撞和幼稚。吃饭时，朴真实微笑着托着下巴一直盯着潘友阳把饭吃完为止。

"妈，您……"潘友阳腼腆地笑道。

"你是妈的儿，还这么羞？"朴真实抚摸了一下潘友阳的头说。

"妈，这城市不如乡下好，乡下我想来就偷着过来，这地方还得办什么证件才行，烦人！"

"又说胡话，这毕竟是两个国家呀！"

"那倒是。"

"友阳，知道胡延军的消息吗？"

"知道，他给我来了几封信，说他回国没回河北，留在省公安厅户政处了。"

"是吗?！"

"还是科长呢。结婚了，有了孩子。前几天来信还问您的事，我说您进城了,他让我给您带好。"

"是吗?谢谢!都有孩子了,是闺女还是小子?"

"哟,那我可不知道。听说他要过江来看您。"

"是吗?妈想你们哪!"少顷,又说:"妈这些天老做梦,做顺姬你妹妹的梦。前些日子金顺子来告诉我,她听一个叫金骏善的人说,1950年11月8日那天炸江桥时,他隔老远看见一艘渔船被炸沉了,说是当时有一个东西不知是鱼还是人,被中国的一艘船给捞上去了。"停了一会儿,又喃喃地说:"这些年我也想通了,你李叔十有八九是不在了,可那是不是就是你妹妹顺姬呀……"

"会有这事?"

"我晚上睡不着觉总寻思,那捞的东西肯定不是顺姬,顺姬的命有那么大呀,指定是条大大的鲤鱼,泛着黄色、红色。你叔叔活着的时候捕的大金钱鲤鱼就是背红肚黄……你说怪不,明明知道不大可能,还总希望那是顺姬……"

"这……"

"你看,妈有点彪了,说这些没影的事。"

"妈,你也别说,但愿不是鱼,是顺姬妹妹。"

"但愿。顺姬要是活着也是十四五岁的大姑娘了。"

"妈,是鱼也好,是人也好,我回去给你打听打听。"

"嗯。不要误了工作。顺姬要是还活着,有你这么一个哥哥,该多好!"

"妈,顺姬那天穿的什么衣服?身上还有什么特征吗?"

"衣服嘛,我记得穿的是红黄两色的裙子。特征嘛,没什么特别的,没记得她身上、脸上有什么黑痣、红痣和伤疤什么的。"

"身上没戴什么东西?"

"哎呀,友阳啊,你还真心细。你这么一提醒我还真想起来了,1950年端午节那天,记得是公历6月19日,我给顺姬手、脚戴的五彩线，还没剪掉；脖子上还有一个玉坠。顺姬的爸爸说那东西叫'玉执莲童子'，是顺姬他爸爸祖上传下来的。"

"妈，这太好啦，太有价值了，回去我一定详细查查。"

"也别太认真了，我不过是说说而已。"

潘友阳带着母亲的嘱托，带着寻找妹妹的心思，回到了自己的工作岗位。然而，这几天潘友阳吃不好，睡不好。他深知这任务的艰巨程度不亚于一次小的战斗。在朝鲜战场上，只要冲锋号一吹，目标明确，他只有冲锋陷阵，视死如归地完成任务。如今接受寻找妹妹的任务，使他感到十分艰难。他有些后悔了：干妈说的"人"或"鱼"的事，到底真实程度有多大？是故事，还是凭空臆造？是真实还是梦呓？那个看见"人"或"鱼"的金骏善是否是患有精神病，抑或是江湖骗子，把虚幻化为真实，以此来讨好人、愚弄人，换点酒喝？再说即便是真的，时间跨度这么长，物是人非，要想在偌大的一座城市里寻找一个不知道在不在的人，着实是一件大海捞针的事。又一想，倘若奇迹真的发生了，真的找到了顺姬，妈妈就解除苦难了。潘友阳还是下定了决心：哪怕掉50斤肉，也要找到妹妹。

潘友阳上班后，先是在自己的工作范围内打探消息。半个多月，除了远航在外的船只外，在港的船只他查了个遍，都说不知这事。其间有给他介绍对象的，他也不看；有约他去看电影的，他也不去；有约他下馆子的，他也不吃。人们都说潘友阳这小子被无中生有的"人"或"鱼"的事弄得快精神失常了。但潘友阳没有灰心，没有气馁，他扩大了范围，一有时间就到江边居民、渔民中走动调查。然而沿线那么长，渔民、边民那么多，他上哪儿去找？他有些失望，亦曾一度想搁置下来。其间有高人指点，说你一个人单枪匹马地到处乱闯哪行，想办法调动几个人，或几个单位一起行动才行。他觉得对。

有一天，经人介绍，他认识了珍环路街道办事处（实为珍环路公社）副主任杨淑花。

　　杨淑花被提升为办事处副主任，主抓宣传、教育、卫生等工作。人还是那么精明。见面后，潘友阳主动将他如何认识朴真实，又如何认朴真实为干妈，如何去探亲，又如何得知"人"或"鱼"的事，以及如何答应朴真实查找顺姬的事，一股脑儿地向杨淑花道了个清清楚楚，并将工作进展情况也全面汇报了一下。杨淑花也向潘友阳讲述了她支前时经常到朴真实家，也隐隐约约知道朴真实在战争期间失去了丈夫和孩子，但详细情况不知。她有些惊奇，心想：潘友阳的话不一定是空穴来风，于是很爽快地答应了下来。

　　上班后，杨淑花先调查了办事处所有工作人员，然后召集居委会人员进行调查和部署。经过一番工作后，没查到一丝线索。于是她又扩大了范围，去朝鲜族学校，去管区内的朝鲜族人家，也未查出来。有一天，她突然想起了徐大天。第二天，杨淑花买了些礼物，乘郊线客车去了爱沙浪村。她一打听，方知徐大天早已迁到城里了。杨淑花接着就去了港务局，不巧徐大天去了山东烟台。

　　半个月后，杨淑花找到了徐大天。在轮船的休息室里，战友重逢，不禁感慨万千。

　　在徐大天的印象中杨淑花是个精明心细、不浪费一点时间的人，今天为什么肯花这么长时间与他长谈？就是为了叙旧？不对。无事不登三宝殿，今天她肯定是有什么事没往外掏。果然被徐大天言中了，杨淑花开始切入了正题，她大谈朴真实的情况。徐大天一怔，心想，朴真实？顺姬娘也叫朴真实，于是他警惕地说："我这个人不愿意讲话，虽去过她家多次，还真不知她叫啥名字，也未单独接触过她。"

　　当杨淑花终于道出"人"或"鱼"的事时，徐大天血就涌到头顶，头就开始疼，耳中就飞鸣了起来。他镇定了一下，给杨淑花斟了一杯茶后，说了句去厕所，就出了休息室。徐大天哪是去什么厕所呀,他避开杨淑花吸着老旱,是为了镇静、梳理一下心绪,心想:坚决顶住。办法是:一是装傻,二是顽抗到底,三是刀搁在脖子上也不能承认。于是他若无其事地进了屋,对杨淑花说:"'鱼'就是'鱼','人'就是'人',怎么会又是'人'又是'鱼'呢?再说炸江桥那天,那是漫天黑压压一片飞机;炸新义州、炸江桥,那是地动山摇,昏天黑地,哪有敢在江上打鱼的?说有人看见了'人'或'鱼',他是千里眼哪?别说百米之外,就是10米之内,那黑烟滚滚的,能看见个屁!纯属无稽之谈,没影的事!"杨淑花说:"徐师傅,其实我也不相信。"她给徐大天斟了一杯茶,又说:"要不是为了朴真实,咱哪有精力去管这事?"徐大天一听杨淑花并没有掌握什么实际情况,就说:"都是吃饱了撑的!"杨淑花说:"反正咱尽力了。"徐大天应了一声,把杨淑花送下了船。

　　杨淑花走后,徐大天一身冷汗。回到自己的房间,他心惊肉跳,恐惧万分,魂不守舍,坐卧不宁。他意识到一场大祸就要降临。晚上回到家,徐大天一头倒在炕上,眼望着天花板出神。他想:杨淑花说的不就是顺姬吗?顺姬一旦被人认出,一旦被人抢走怎么办?杨淑花的出现,令他惊悚不已。他害怕了。想到这儿,他突然爬起来,关上房门,独自一人上了大街。在昏暗的路灯下,他无目的地走着。汽车大灯照射他苦涩发黄的脸,把他吓了一跳。他倚在电线杆子上,手捂着眼,屏住呼吸,待灯光消逝了,他才回过神来。他陷入了痛苦的抉择中。走到下半夜,徐大天没有回家,居然又回到了船上。

　　第二天回家的时候,徐大天像被秋霜打了的茄子一样,蔫蔫的、灰灰的、黑黑的。壮壮娘边做饭边问徐大天昨晚咋没回家。徐大天不回答,进屋便睡。他哪能睡得着,躺在炕上又在想:这事能马上告诉她吗?告诉她,她能承受得了吗?说一千道一万,只有装得若无其事,只有闭口不谈,才能保住顺姬。于是他一骨碌爬了起来,下地

109

帮壮壮娘烧火做饭。他这一异乎寻常的举动，使壮壮娘莫名其妙。

吃饭的时候，徐大天和往日一样喝着酒，与顺姬和壮壮聊学校的事、学习的事。但总归掩饰不住内心的不安，时不时地放下筷子偷偷看着顺姬。当别人抬头时，他又佯装没事。但他的举止还是被顺姬发现了，顺姬以为自己做错了什么，有点不自然。

顺姬："爹，您……"

徐大天："没事。"少顷，又说："顺姬呀，快考试了吧？怎么样？"

顺姬："快了，还行。"

壮壮："她学习比我好。"

徐大天："你，你算是完蛋一个！……顺姬，考完试你就上初中二年了。"

顺姬："嗯，好在有哥哥辅导我。"

壮壮："我？"

徐大天："就他那个熊样还能辅导你？他呀，他辅导你娘还行。"说得全家哈哈大笑起来。

笑完，徐大天回自己房间拿出一包东西，让顺姬猜是什么。

顺姬猜不透，别人也猜不透。顺姬想这肯定是好东西，而且还是给她的，不然不会首先让她猜。她眼盯着、手痒着、心急着，又不敢去抢，就说："爹，快给我看呗。"

徐大天打开包裹，将从大连买回的各种经典名著，还有中国早期出版的单行本的中外诗歌等，送给顺姬。顺姬一看这么多书，乐得搂住爹的脖子不放，一个劲地说谢谢！这时壮壮娘又把徐大天买的玫瑰色纯毛披肩给顺姬，顺姬顺势围在肩上，那兴奋娇美的笑颜，赢得爹娘无限欣慰。壮壮娘看顺姬如此喜欢，夸奖老头子真会买东西。徐大天不好意思地说："我看船长和人家都买，我也买。"顺姬在亢奋中倏地冷静下来，问："爹咋没给哥哥买东西呀？"徐大天说："他不愿意看书。"

十二

　　壮壮自从把张有千他们打趴下后，心情很好。这几天他就想，自打进城后，就没机会到江上捕鱼、钓鱼，从小练就的那一身水性和捕鱼的手艺，壮壮不甘心就这么弃之不用。有一天，壮壮和顺姬看完了海明威的《老人与海》后，一拍即合，带好渔具，到江上钓鱼去了。

　　鸭绿江上的秋韵，是从两岸浓郁的山林和枫叶间冒出来的。壮壮来到江边，先是在水里游了一阵子，然后与顺姬开始钓鱼。开始净钓些小鱼。壮壮把渔线甩向深处，这时发现钓竿抖动，顺姬惊喜道："哥！鱼上钩了，是条大鱼！"壮壮顺势拉线，一条大鲤鱼果然露出水面。壮壮一看这么大一条鱼，要是硬拽恐怕会把鱼线拉断，就让顺姬死死拽住钓竿，他则一个猛子钻进水里，绕到鱼后，一下抱住鲤鱼，却几次都没抱住。岸上的顺姬也不敢松手，结果一点一点地被鱼拖进了水里。顺姬滑进了深水里，挣扎后顿时不见人影。壮壮见顺姬落水，哪顾得了什么鱼呀，潜到顺姬身边，把她推上了岸。

　　事情真是巧了，顺姬落水、挣扎，壮壮救人，这些全被轮船上的徐大天用望远镜看了个一清二楚。徐大天开过去抓起两个救生圈，向壮壮他们抛去，然后又一纵身跳入水中。这时壮壮已把顺姬救上了岸。徐大天吼道："看我回去怎么收拾你这个兔崽子！！"

　　壮壮和顺姬胆战心惊地回到家，换了衣服，两个人就开始做饭。壮壮惋惜地说："可惜让那条鱼跑掉了。"顺姬说："那鱼也太大了。"壮壮说："万幸没出大事。"顺姬说："谁知道水那么深。"少顷又说："哥，你要做好挨打的准备，爹不会饶了你！"壮壮说："逃不过这一劫，打不死就行。"

　　正说着，壮壮娘下班回来，见他俩正做饭，高兴地把两串糖葫芦塞到他们手里。还未等壮壮他们吃，徐大天怒气冲冲地进了屋，二话没说，抄起扫帚劈头盖脸地将壮壮打倒在地，并说："小兔崽子，胆大了，胆肥了！今天，我非打死你不可！"徐大天上来那股子驴脾气，动起怒来别说顺姬阻止不了，就连壮壮娘也被推了一个跟斗。

壮壮娘："老死头子，你这是干什么，疯了！"

顺姬："不怪哥哥，是我不对。"说着一下子抱着爹的大腿不放，哭着说，"爹，不关哥哥的事，打，您就打我吧，打我吧……"

壮壮趁机逃出门外。

徐大天累得气喘吁吁，瘫坐在凳子上，看了一眼顺姬，说："气死我啦，气死我啦！"

壮壮娘："这到底是咋回事，又是风又是雨，还往死里打？！"

徐大天："钓鱼，钓鱼，顺姬差点淹死！"

壮壮娘一怔，冲着门外的壮壮喊："你呀，咱家又不缺鱼吃，好生生的钓什么鱼呀！"

壮壮："谁知道鱼那么大，水那么深……"

徐大天还喘着粗气："那地方都是城市盖房子挖沙子留下的大深坑，好几丈深，旋涡还多，每年在那儿洗澡的孩子你知道死了多少？"

壮壮顶了一句："那里鱼多……"

徐大天立眉竖眼地说："那是鱼吗，那是勾——死——鬼！"

吃饭时，徐大天瞅着顺姬又想起杨淑花找他的事，他呷了一口酒说："明天是星期天，咱们全家也该上街逛逛，到照相馆照张全家福了。"

壮壮、顺姬高兴得几乎跳了起来。

壮壮娘："到底是一家之主，想得周全。正好我还要给顺姬买件衣服呢！"

进城多年全家也没好好逛一下。徐大天和壮壮走在大街上，感到愉悦。壮壮娘领着顺姬逛了站前的百货公司、六道口的第二百货公司，眼花缭乱，相中的物品没有，于是就来到了新安街第九门市部。第九门市部那条街非常繁荣，有友谊电影院、安东电影院；有新华书店、美伦照相馆；有市场、工厂、学校；各种商铺、旅馆、作坊、杂货店、地摊等一应俱全，算是城中的经济、文化中心。

在第九门市部，壮壮娘为顺姬选了件半大衣和一条裤子，还有一双半高跟皮鞋。开始顺姬执意不要。她考虑她是一个中学生，应该朴素才对，如果这样打扮，张有千他们会更找她和壮壮麻烦。再说哥哥又没有，这很不公平。顺姬把这几层意思说完，壮壮娘说："你是个姑娘家，他是个野小子，你们俩能一样吗？"壮壮娘看出顺姬还是挺喜欢这三样东西，就做主买下了。

徐大天和壮壮早已等候在第九门市部对过的美伦照相馆了。壮壮娘、顺姬一进门，顺姬的美丽使爷儿俩怔了半天。照相师给他们整理了一下衣服，梳理了一下发型，然后请他们到暗室里，按男左女右，老人在前、儿女在后的顺序排好。照相师打开聚光灯做最后检查时，蓦地发现这一家人真乃中国人的典范，心想：男人长得都这么健壮、潇洒、帅气，女人长得都这么标致、靓丽、娇美，真难得呀，于是他按下了快门。壮壮爹起身要走，照相师说："我照了半辈子相，还从未见过像你们全家这样美丽、漂亮、富贵的呢，这简直就是艺术，是美轮美奂的艺术！今天我得给你们照两次，说着按下了快门。照相师鼓动说："老两口，要不要单来一个？"见徐大天和壮壮娘迟疑了一下，照相师又说："不照一张多可惜呀！"壮壮娘有点羞涩地说："他爹，那就……"徐大天说："那就什么，照个呗！"说着，就照了一张。照相师又鼓动："要不要兄妹俩来一张？"老两口你看看我，我瞅瞅你；壮壮和顺姬也是你瞅瞅我，我看看你。最后徐大天说："以后再照，以后再照吧。"照相师遗憾地说："可惜，可惜。"转身又说："我想把你们全家的合影放大放在橱窗里，一是显示我照相的技术，更主要的还是你们全家的合影是一件艺术品，你看如何？"徐大天说："是家庭照，不必了。谢谢师傅，谢谢！"

全家出了照相馆。

出了照相馆往前走不足20米，便是安东电影院。过期和预演电影广告有：《战火中的青春》《冰上姐妹》《工地青年》《花好月圆》等。正在上映的是《洛神》《花木兰》。壮壮说："走，看友谊电影院演什么。"说着就和顺姬穿过横道来到了友谊电影院。过期和预演电影广告是《冲破黎明前的黑暗》《永不消逝的电波》《蝴蝶盃》《荒山泪》《刘巧儿》等。正在上映的是《马路天使》。壮壮娘站在广告下对壮壮爹说："咱们回家，让壮壮、顺姬看电影去吧。"壮壮爹"嗯"了一声。壮壮娘和顺姬打了个招呼，拿着顺姬换下来的旧衣服与徐大天走了。

壮壮问《马路天使》这片子好看吗？顺姬摇摇头说不知道。壮壮说："马路上还有天使？"于是壮壮买了票，进了影院。顺姬边看电影，边细心地听电影里的《四季歌》。看完电影走在街上，壮壮腼腆地说："这电影没意思。"顺姬说："电影里的插曲很好听。"壮壮说："是吗？"顺姬说："那曲子委婉抒情，歌词也好。"顺姬在路上默读：春季到来绿满窗，大姑娘窗前绣鸳鸯，忽然一阵无情棒，打得鸳鸯各一方……

走在路上，顺姬总感觉身上这套行头不舒服，特别是看路人投来的目光，就浑身发热，满脸绯红。为了让心绪平静，顺姬紧紧挽住壮壮的胳膊，低头前行。

"哥，看娘给买的这身衣服，穿着真不得劲，还是那套旧衣服好。"顺姬说。

"谁说的，还是这套好！"壮壮说。

"不好！我怕娘生气，才……"顺姬嘟囔着。

"生气？你说娘生气？娘那是向着你。"壮壮十分认真地说。

"等我长大了给你买套最好的西服穿。"顺姬看着壮壮的脸说。

"算了，我这模样，穿什么洋服哇！"壮壮自嘲地说。

"那才潇洒呢！"顺姬兴奋地说。

在路上，顺姬又哼起了《四季歌》。

壮壮娘离开了电影院，在大街上就又讨论起过去的话题，问徐大天："你到底看顺姬当我的闺女好，还是当咱的儿媳妇好？"徐大天回头向友谊电影院方向望了一眼，心不在焉地说："当然还是闺女好。"壮壮娘一听不合自己的心意，就说："好是好，那壮壮咋办？"徐大天故意说："这和壮壮有啥关系？"壮壮娘有些生气地说："咋没关系？现在他们都长成大人了，顺姬又见了红。没看出来让他俩在一起照相都不好意思了！不是从小睡在一个被窝一铺炕上那时候了。"徐大天只顾往前走，回头扔下一句："行了，别馋猫想屁吃！"壮壮娘看了一眼徐大天，"你说的都是屁话！"

顺姬和壮壮来到了新华书店。壮壮喜欢看些历史名人传记，斯大林的，丘吉尔的，毛泽东的等，还喜欢看《鲁滨孙漂流记》《徐霞客游记》《福尔摩斯探案集》等。顺姬则喜欢看唐诗、宋词、元曲，以及西欧文艺复兴时的爱情小说。他们浏览了一下，壮壮买了丘吉尔、拿破仑传记；顺姬买了几本诗词单行本和文怀沙的《屈原〈九章〉今绎》。

下午，壮壮邀请毕建华、张有千、滕少发、王克难、刘长利、茹小娟、庄美娟等，一同来到鸭绿江游江。靠近朝方一侧时，顺姬心情很沉重，不时凝望自己的家乡。下船后，他们在江边树下野餐，壮壮还是和顺姬坐在一起，毕建华和茹小娟坐在一起，张有千和庄美娟坐在一起，气氛热烈。壮壮在张有千一再央求下打了一套鸳鸯拳。张有千他们也跟着比画了一阵子。张有千满头大汗对壮壮说："壮壮，不是，是师傅，你什么时候正式教我们练武哇？"壮壮说："等你们头发白了的时候。"张有千骂了一句后，说："壮壮，你是不是怕我们学会了造你的反，是不是？"壮壮说："那是犯上作乱！"

他们吃吃喝喝，说说笑笑，打打闹闹，一直到深夜。

十三

港务局召开职工大会，部署下半年工作。人还未到齐，潘友阳凑到徐大天跟前，师傅长师傅短地唠了起来。徐大天一再鼓励他努力工作，找个好对象。

潘友阳答应后，蓦地想起了"人鱼"故事，便问："徐师傅，听说您以前是渔民，鸭绿江上的鱼都叫你给打光了。"

"胡说！"

"反正挺厉害。师傅，您在江上打鱼见到或听到什么'人'或'鱼'的事儿吗？"

徐大天严肃地说："什么'人'和'鱼'？年轻人别一天听风就是雨，干点正事！"

潘友阳说："是，您说得对。"

会开完之后，徐大天一人站在甲板上，望着远处朦胧中的鸭绿江大桥出神。方才听潘友阳这小子一番"人"和"鱼"的问话，使他惊讶不已，浑身都是冷汗。他想：前两天杨淑花刚讲完"人"或"鱼"的事，今天又冒出了个潘友阳也讲"人"或"鱼"，他感到事出有因，且咄咄逼人。此时，他猛击船舷的护栏，仰天长叹：苍天，你要保佑顺姬，保佑顺姬呀！

徐大天万万没有想到顺姬的事会整到公安局去。

入冬了，胡延军从省里来到边城公安局，检查和部署完工作后，与潘友阳在饭店见面。席间，胡延军说："这次边城侨民普查换证工作，对查清你说的顺姬的事，非常有利。"潘友阳不明白，胡延军进一步说："普查换证工作是政府行为，也是外国驻沈阳领事馆的请求。通过调查、登记，搞清包括朝侨在内的外国侨民数量，及他们的职业、子女等情况。如果朝鲜护照上没有李顺姬的名字,就要调查战争期间来华的难民、孤儿情况。关于查找顺姬一事,我在市局部署工作时已经特别强调了。"潘友阳听后很高兴。

普查侨民和查找顺姬工作,很快展开了。

刘所长在所里布置完工作后,很兴奋。兴奋的是他突然想起来了6年前徐大天在江上救的那个女孩儿就叫李顺姬。他骑上自行车便去了爱沙浪村,飞快地向徐大天家骑去。进门发现户主已换,方知徐大天迁居城里去了。为了抓紧时间,他连夜赶回。由于天黑,在坝上行驶时不慎落入深水闸处。水闸离居民住处很远,加上深秋衣服穿得多,水很快浸透了衣服。刘所长尽管会水,喊着、挣扎着往上爬,但浸透的衣服太重,渠壁又高又滑,终因力竭牺牲了。

民警战云飞怎么也想不起来改名字的事。也难怪,那些年找他改名、改姓的人很多。再说新中国成立初期,户籍管理工作尚未规范化、制度化、条理化,所以表格涵盖的项目有的缺乏科学性。总之,文字方面的记载很少。还有,旧户口本作废就销毁,现用的户口本虽有"曾用名"这一栏,但往往省略不填。所以关于李顺姬改为徐霞,不但战云飞忘得一干二净,就连户口本上也查不到一点蛛丝马迹。

经过一段时间工作,派出所、公安分局报上来叫李顺姬的人,全地区有6人。经核实,这些人不是五六十岁了,就是刚出生不久的孩子。

普查工作向纵深发展。

民警战云飞找街道骨干壮壮娘部署查找李顺姬的事。壮壮娘一听惊恐万状,不寒而栗,精神一下子崩溃了。为此,战云飞在她眼里就是不共戴天的敌人,就是恶魔,就是幽灵、鬼魅。

战云飞对壮壮娘说:"普查工作时间有限,这是考验人的时候,什么都要主动,都要抓紧,都要果断处理,不能前怕狼、后怕虎。有情况直接向我汇报。"壮壮娘听后,愣在道旁,心想:战云飞是不是在点我,要我主动交代顺姬改名的事情?她不敢再往下想，就匆匆地回了家。

壮壮娘回家后，正好徐大天也一脚门里一脚门外地跟了进来。壮壮娘见了主心骨回来了，也顾不上他会不会昏厥，拽住徐大天的手进了自己的房间。

"他爹，你听说'人'或'鱼'的事没有？"

"没听说，什么'人'或'鱼'？不懂！"

"就是顺姬的事！"

"顺姬什么事？"

壮壮娘一听徐大天确实不知道这件事，就一五一十地讲给他听。

"是吗，居然有这等怪事？那个战民警的态度是……"

"他就反复地讲要主动，要积极，要果断，不能怕虎怕狼的。"

"不是没提顺姬的名字吗？"

"那倒没有。"

"那他是诈你。"

"户口是经他改的，你说咋办？"

徐大天卷了一支旱烟，喃喃地说："这一天终于来了，终于……"

壮壮娘焦急地说："终于怎么啦，你说到底终于怎么啦！咋办？"

徐大天故作镇静地说："咋办，挺着呗。刀摁在脖子上也不能承认！知道吗？刀架在脖子上也不能承认！"

"这么说顺姬的事你早就知道啦？"

"知道底细的刘所长不是死了吗？了解顺姬家庭情况的金爱贤老师不是早就回吉林老家了吗？栾开义他们已被灌了酒，那些牛头、马面的闲人，不是也割了他们的烂舌头了吗？"

"可是……"

"可是个屁！要是他知道顺姬这事，还不早报上去啦？我说你呀，到底是头发长见识短，看把你吓的！"

"天都要塌下来了，怎么不怕！"

"这事，绝不能让壮壮、顺姬知道！"

徐大天躺在炕上，轻轻吐出一口烟，烟圈缓缓上升，飘散。"能马上交出去吗？万万不能！现在刀不是还没按在脖子上，按了再说，大不了就是个死呗！"徐大天想来想去，接着说："还是挺，坚决挺下去！"

十四

潘友阳经常与杨淑花沟通查找顺姬的情况，都没有结果。正当他们要放弃时，得到一个重大信息。杨淑花的姑娘说她在江城中学附小读书时，有一个叫顺姬的女学生，比她高两级，大高个儿，大眼睛，双眼皮，可漂亮了，号称校花。现在大概上初中了。

杨淑花与潘友阳合计，要想办法与顺姬接触一下。

下午5时，杨淑花、潘友阳及杨淑花的姑娘，就在江城中学门外很远处等候顺姬出现。5时40分左右，壮壮、徐霞、茹小娟、毕建华、庄美娟先走出校门。杨淑花姑娘认出了顺姬。潘友阳急着要上前，被杨淑花一把拦住。当壮壮和徐霞走到他们跟前时，杨淑花上前亲切地问："放学啦？"还未等壮壮他们回答，潘友阳一个箭步冲上前说："我们是来查……"话刚出口，杨淑花做了个手势截住了，笑说："听说顺姬姑娘能歌善舞，我们想请她到我们办事处去辅导辅导我们，算是交个朋友。"潘友阳插嘴说："对，是交个朋友。"壮壮起了疑心，问："交朋友，交什么朋友？"潘友阳说："没错，是想和她交个朋友。"顺姬一听疑惑起来。正在这时，张有千他们赶了上来，一听跟徐霞"交朋友"，而且又是个帅小伙，立马就火了，斥问："交朋友？你们是何许人也，敢在学校寻衅滋事？"潘友阳说："我们来找一个人，与你有什么关系？"张有千反问："你们找人？找谁？我看就是耍流氓！"说着几个人上前就打潘友阳。潘友阳刚想还手,被杨淑花拽住了。这时,壮壮他们已经走了。

天快黑了,杨淑花、潘友阳一直跟在顺姬后边。过了几条马路后,就发现徐大天骑自行车赶了上来。徐大天下车与壮壮、顺姬同行,并一起进了院子。

杨淑花、潘友阳好生奇怪。冷静分析后认为他们是一家人。

潘友阳说:"既然你也认识徐师傅咱俩就进去问问。"

杨淑花说:"突然闯进去不好。怎么谈?谈什么?倘若不是李顺姬,这门咋出?都是老朋友、老战友,这不是伤感情嘛!"

潘友阳说:"你说咋办?"

杨淑花说:"这事不能急,咱们回去再琢磨琢磨。"

潘友阳回家后,把朴真实一家人的三寸照片拿出来对照。看着看着就出了神:照片上的李顺姬很像今天看见的徐霞,脸型、眼睛、眉毛、嘴和鼻子都有相似之处。虽说女大十八变,再怎么变,这基本特征不会变。于是他高兴地去找杨淑花。

杨淑花接过照片一看,觉得是像,就决定买点东西去徐大天家。

徐大天见杨淑花、潘友阳突然闯入家中感到十分惊愕,他明白他们为何而来,但又不好拒之门外,只好硬着头皮接待。徐大天见壮壮娘一脸的不安就主动向她介绍杨淑花、潘友阳的身份。壮壮娘听后,深知这是狐狸给鸡拜年。

杨淑花赞美一番壮壮娘后,仔细地看了看墙上的顺姬照片,说:"大嫂,养这么漂亮的儿子和闺女,真有福。"

壮壮娘说:"漂亮啥呀,闺女徐霞像他爹,死去的大儿子像我。"

杨淑花故意转了话题,说:"友阳干妈说要不是顺姬死了,友阳大几岁就大几岁呗。"

潘友阳借机从书中取出了朴真实一家的相片给壮壮娘看。

壮壮娘接过照片一看,顿时头也昏了,脑也涨了,眼前冒着金星,差点倒在地上。她定了定神,喃喃地说:"一家人都死了,真不幸。"少顷又说："这照片，你……"

潘友阳动情地说："我在干妈家养伤，如果没有她像母亲一样照顾我，我早就死在朝鲜了。回国前干妈没什么送我的就把照片给了我。"

壮壮娘抚摸着照片上的顺姬，对潘友阳说："有个朝鲜妈妈真好！"说完，她想：照片的顺姬，不就是现在的徐霞吗？那双有神而略显忧伤的大眼睛，那高高的鼻梁，那浓浓的眉毛和上宽下窄的瓜子脸，不正是徐霞吗？特别是顺姬小时候那一头亮亮的板凳式短发，不就是顺姬刚被救上来的模样吗？她把照片递给了徐大天。徐大天早已从壮壮娘神色里看出端倪，不想接，又怕对方看出破绽，就接了。接过一看，心就全凉了，眼前一片漆黑，嘴角在微微抽动。

壮壮娘此时倒是十分冷静了，她辩解道："照相技术太差劲了，看把人照得都虚了吧唧的，脏了吧唧的，一点不清楚，特别那姑娘照得更差！约莫她长大了也不敢认识那是她自己。"

杨淑花已经看出点门道，指着墙上的照片说："看你们全家福照得多清楚哇，特别是徐霞像天仙女似的。别说，如果朝鲜这张照片再清晰一点，那姑娘长得还真有点像你闺女呢！"

壮壮娘附和："是吗？俺徐霞哪赶上人家姑娘。"

杨淑花知道壮壮娘是在搪塞自己，故意说："李顺姬要是活着，也像徐霞这么大。"

徐大天深感这场戏委实太难往下演了，他示意了一下壮壮娘。

壮壮娘心领神会地说："你们都挺忙的还来看老徐，这……"

杨淑花聪明，就势站起来说："今天我和友阳来就是看大哥来了，看大嫂来了。"说着就要走。

壮壮娘客气地说："别走哇，吃了午饭再走呗。"

杨淑花说："不麻烦大嫂了，街道办事处挺忙，这两天又布置街道办协查'人'或'鱼'的事。大嫂，你们街道搞普查了没有？"

壮壮娘说："没有，没听说什么普查的事。"

壮壮娘见杨淑花、潘友阳执意要走，也未强留，送他们出了大门。

回屋后壮壮娘气呼呼地说："真不是东西，东拉西扯、绕来绕去不就是让我们说徐霞就是顺姬，顺姬就是李顺姬吗？喊，老娘不吃这一套！"

徐大天说："他俩今天来就是秉承了派出所的意思来调查核实顺姬的，说穿了就是向我们要人来了。"

壮壮娘说："不会吧？"

"看来他们是掌握了全部情况。"

"不可能！他们这是来敲山震虎的。"

"不像，不掌握情况他们不会登门；不会多次提出'人'或'鱼'的事；不会直接点出李顺姬的名字；不会拿出照片跟徐霞对照；也不会说顺姬活到现在也和徐霞一般大。他们目的很明显，我们还此地无银三百两。徐霞本来就是顺姬，顺姬就是徐霞嘛！这些年原以为顺姬父母不在了，想不到顺姬的娘还活着。"

壮壮娘不言语了。

"顺姬是她娘的命根子，是她唯一的希望，她能不想、能不找、能不要人吗？放在谁身上，也不能将自己身上的肉往外割，换你我更不能！"

"那倒是。照你这么一说，顺姬就……"

徐大天陷入了痛苦之中。

"我们舍不得呀。顺姬这孩子多聪明伶俐、温柔善良，上哪儿找哇！如今既然人家都认出来了，而且已经登门要人了，还能硬咬驴屎橛子硬犟吗？假如派出所知道了，这不是知情不举，隐瞒不报，罪加一等啊！"

"天哪，这……"

"交吧，不交咋办？"徐大天一咬牙，追出了大门。

杨淑花、潘友阳，被徐大天追回后，战战兢兢地进了屋。

"你们有话就讲，有屁就放！今天来到底想干什么？"

杨淑花被徐大天突如其来的一吼镇住了，连连道："看老战友、老朋友您来了。"

潘友阳也有些发毛，"是来看师傅来了。"

"别演戏啦！别耍弄我们啦！我们是三岁小孩子吗？"

杨淑花怔怔地说："老战友，您这是……"

壮壮娘在一旁心如刀绞，"你们这是狐狸给鸡拜年！"

室内空气顿时紧张了，火药味十足。接着便是——静。静得连每个人的呼吸都能听得清楚。

杨淑花、潘友阳怔在那儿进退两难，不敢再说一句话。时间足足过去了一分钟。

徐大天看了一眼老伴，压低了声音说："实话告诉你们吧，徐霞就是李顺姬，李顺姬就是徐霞……"

杨淑花一听惊愕地说："老战友，我和友阳可不是来当特务、当探子的，不是来惹您生气的……徐霞怎么会是顺姬呢，没有证据嘛！"

徐大天长叹了一声，"还要什么证据呀，顺姬就是我和壮壮在江上救的，人是我们养的，名是我们改的，又有照片为证，我和你大嫂还有啥话可说。"

壮壮娘翕动着嘴唇，流着泪，"我们寻思，我们寻思顺姬爸爸、妈妈都不在了，孩子总不能没有父母哇，早知道她娘还活着……"壮壮娘用衣襟擦了一把泪，"顺姬终于有了亲生的娘。"

杨淑花的眼圈红了，搂着壮壮娘说："大嫂，您别说了，您的心情我们理解。"

潘友阳走到徐大天身边，说："师傅，徒弟对不住您……"

杨淑花忽然反问壮壮娘："顺姬的事还有人知道吗？"

壮壮娘说："知道的人，已经死了。"

杨淑花给潘友阳递了一个眼神说:"大嫂、徐师傅,今天我和友阳也太不近人情了,请原谅。关于顺姬的事,以后再说吧。"

杨淑花凝重地又看了一下全家相片,心里在想:多好的一个家庭啊!

杨淑花、潘友阳出了大门。

天正下着鹅毛大雪。

杨淑花、潘友阳从徐大天家出来之后,没有回自己的家。他们在路边的小饭馆吃了点东西,就来到鸭绿江边。雪悠悠地落在江面上,泛着一片青光。杨淑花扶着栏杆,感叹道:"大江宛如大海一样,心胸宽广。而我们……友阳,你说咱俩是在做一件善事,还是在干一件近乎伤天害理的缺德事呢?"潘友阳终究不是一个柔弱的女性,他不假思索地说:"当然是一件好事啦。"见杨淑花回了一句"是吗",潘友阳改口说:"一半对一半吧。"杨淑花说:"何为一半对一半哪?"潘友阳说:"这头不得罪徐师傅,那头就对不起干妈;那头对得起我干妈,这头就得罪了徐师傅。"杨淑花心里在想:不管是亲生的还是抱养的,母爱是天底下最真挚、最纯洁、最无私的。

杨淑花说:"这事反正也没人知道,先保密,不能对任何人讲。"
"为什么?"潘友阳问。
"每逢佳节倍思亲,已经快进腊月门了,等过完年再说吧。"

十五

鹅毛大雪很快覆盖了壮壮家的门楼、大院和屋顶,整个城市披上了厚厚的银装。

壮壮娘做了一桌丰盛的晚餐,耐心等待壮壮、顺姬回来。

壮壮娘推门见纷纷扬扬的大雪还下着,自言自语道:"这鬼天气!"说着进了屋,围着火炉和徐大天无言地对视着。寒冷、寂寞使人情绪低落。他们希望雪崩,希望雪崩把整个城市都掩埋。

徐大天吸了一口老旱烟,无助地说:"一颗明珠就要拱手送人了。"

壮壮娘呆痴地说:"一个好端端的闺女,就这样地被抢走了……"

雪,随着北风的呼啸已经从门缝挤了进来,像醉汉一样钻入外间地上。壮壮娘开门出去,走了几步,风、雪把她赶了回来。

这时门突然开了,壮壮、顺姬雪人一样飘了进来。壮壮娘立即冲了上去,为顺姬、壮壮扫去身上的雪,"怎么才回来,冷吧?"

顺姬拍了拍头上的雪,"娘,不冷。就是风大,我和哥哥差点跟着大风走丢了。"

壮壮扔下书包说:"蒙了,差点被吹到北冰洋去。"见一桌好菜,"娘,今天是你的生日?"

顺姬脱掉大衣,高兴地问:"是吗,娘?"见娘笑了,知道不对,又改口说:"是爹的生日,一定是爹的生日!"

壮壮娘说:"你们猜得都不对。"

顺姬看了一眼壮壮,"那是哥哥的生日喽!"

壮壮娘说:"净瞎猜。顺姬呀,今天不是你的生日吗?"

顺姬愕然,"咋是我的生日?娘逗我呢!"

壮壮娘笑道:"顺姬呀,你朝鲜的生日只有你妈妈知道,来到咱家还从未给你过个像样的生日呢,今儿个娘和爹就给你过一个。"

顺姬瞪着疑惑的眼,"娘,春天你给我过生日了,怎么冬天还过?我有两个生日,这……"

"春天是春天,冬天是冬天。记住了,每年腊八这一天,就是你的中国生日。"

徐大天说:"腊八这个日子好哇,可以喝腊八粥。米有五谷,豆有三样,预示来年是个丰收年呢。"

壮壮娘接着说:"俺们从小天天盼过年,大人就说:小孩儿小孩儿你别哭,过了腊八就杀猪;小孩儿小孩儿你别馋,过了腊八就是年。"说完招呼大家上桌。

壮壮爹喝了一口酒,高兴地说:"顺姬呀,一个朝鲜生日,一个中国生日,你好幸福哇。来,爹敬你一杯!"说着一饮而尽。

顺姬忙举起酒杯激动地说:"爹,孩儿先敬您一杯才对。"为表诚意,她喝了半杯。

坐在身边的壮壮没有说话,举杯看了一眼顺姬,碰了一下顺姬的酒杯就倒进了肚里。

壮壮娘说:"看把你高兴的,就不能慢点?"她虽然这么说,自己也倒进肚里一杯,"顺姬呀,娘不会喝酒,娘高兴啊!"

酒过三巡,壮壮说:"今天顺姬在学校可是出了大风头,全校师生都没想到徐霞还是一个诗人、舞蹈家哩!"

壮壮娘惊奇道:"真的?"

壮壮:"真的,你让她自己说。"

顺姬:"娘,别听哥哥的,他瞎说!"

壮壮:"我瞎说?"

顺姬:"瞎说。"

壮壮认真起来,"爹、娘,是这样,今天学校提前搞了一个迎新春大型文艺晚会,顺姬先跳了一个朝鲜舞蹈。跳得好,大家鼓掌不让下台。顺姬跳累了不想跳,就朗诵了一首自己作的诗,这下可轰动了学校。"

顺姬羞涩地说道:"娘,别听哥哥的,他是在唬您。"

"不信我念给你们听!"壮壮从顺姬书包里取出了诗稿,高声朗诵:

曾是之歌

鸭绿江啊母亲河
乳育两岸不干涸
曾是乌鸦飞满天
曾是硝烟遮望眼
一阵飓风吹万里
万道霞光见晴天

鸭绿江啊母亲河
沧桑岁月有几何
曾是小草任人踏
曾是小鸟遭人杀
母亲为我护生命
大地为我出太阳

鸭绿江啊母亲河
日月光辉照青禾
曾是无梦有了梦
曾是无月有了年
离群的山雀回了窝
残缺的风帆进了湾

鸭绿江啊母亲河
乳汁未干谊水长
曾是孩童已长大
曾是孤雁已高翔
我为母亲尽孝心

我为母亲把歌唱

朗诵完后，壮壮又评论说："这是一首抒情诗，大气，感情充沛，寓意深远，老师、学生都陶醉了。"

徐大天、壮壮娘听不大懂。壮壮进一步解释说，这是顺姬写友谊、战争、苦难、新生和幸福的诗。

壮壮娘眉开眼笑地说："我看俺顺姬快成大诗人啦！"

顺姬脸红了。

壮壮豪气地说："比新月派诗人写得好。老师、同学都这么说。"

顺姬打了一下壮壮说："哥……"

壮壮娘说："顺姬呀，还记得你小时候穿的啥衣服，戴的啥东西不？"

顺姬疑惑地问："娘，你是不是怕孩儿长大呀？"

壮壮娘说："娘是怕呀，怕你越长越高，越长越漂亮，被人抢了去可咋办哪！"

顺姬倚在娘身旁，说："娘，我是永远不会长大的，不会离开这个家！"

壮壮娘听了，一个劲地抚摸顺姬那一头秀发，沉思良久。

顺姬见娘有些愁容，说："娘，你不信，孩儿给你跪下了。"说着就跪在那儿。

壮壮娘一把拉起顺姬，说："娘信，娘信，快起来，快起来。"

顺姬起来后看娘眼圈红了，道："娘，今儿个你怎么啦？"

壮壮娘说："娘喝多了，喝多了。"

徐大天有点哽咽，一个劲儿地在那儿独饮。

家宴结束了，大家各自回屋休息去了。

壮壮娘屋里的灯，一直在亮着。

外面的雪，一直在下着。

十六

壮壮和顺姬踏着皑皑白雪，上学去了。

一夜大雪，边城银装素裹。洁白的雪没有一丝瑕疵，她袒露给人的是光，是亮，是无私的圣洁。

经过一夜的思想斗争，在壮壮、顺姬踏雪远去后，徐大天、壮壮娘来到了派出所，讲述了关于顺姬的故事。

战云飞一听，厉声道："找我改名字的事，不要对任何人讲！"徐大天答应了一声。战云飞说："就说你们窝藏了朝鲜孤儿。"徐大天一惊："窝藏？你……"战云飞说："窝藏了这么多年，难道不对吗？当真你们反映的情况属实，那我就如实上报了。"

出了派出所的门，壮壮娘气愤地说："他爹，我看这个草包并不掌握顺姬的事，我们是受骗了……"

徐大天骂了一句："该死的，这是什么民警！"

战云飞以为立功的时候到了，就把查到李顺姬的情况向上级做了汇报，引起了领导的重视。在表扬了战云飞后，领导将线索立即通报给胡延军。胡延军简单询问了线索的来源、可靠的程度后，没有指示继续查证，就约潘友阳来酒店相聚。潘友阳将杨淑花介绍给了胡延军。席间，胡延军把查到李顺姬的情况告诉了杨淑花、潘友阳，并赞赏了公安局办案有力。说还想见见李顺姬，进一步核实一下情况，然后再写信告诉朴真实。

杨淑花、潘友阳大吃一惊，于是你一言我一语，将那天如何去徐家，如何遭到排斥，后来壮壮的爹娘又如何主动说出收养李顺姬的情况，以及准备忍痛割爱向派出所报告等情况统统说了一遍。胡延军听罢有点愕然，"这怎么办？那边是顺姬娘，也是我们的娘，这头是战友、师傅，这……"

杨淑花叹道："唉！这人世间的悲喜剧，怎么都让我们遇上了。"

潘友阳说："我们也不知道是干了一件善事，还是干了一件伤天害理的事。"

杨淑花接着说："我和友阳说先不对你讲，是怕讲了，你的移交动作太快，会伤害徐师傅一家的感情。我和友阳的意思是等过了春节再说，让他们全家团团圆圆地过个年……"

胡延军叹道："是呀，你们想得比我周到，有人情味呀！但这事又不能……"

杨淑花说："胡科长，事已至此，我看就等过了年再说吧，当然越长越好。朴大妈那头好办，已经七八年了，她认为丈夫和孩子早已不在人世了，心境大概早已平静了。听友阳说她进城了，工作又好，又舒心，还准备组成新的家庭，一年半载不告诉她也没事。要想好，等顺姬在中国上完学，结了婚，有了孩子，再让她们母女团圆也不迟。至于顺姬的国籍，你们公安机关发个长期居留证不就完啦？这样就保全了两边父母及孩子的感情。"

胡延军将李顺姬的情况向省厅做了汇报。

十七

上级领导明确指示：关于李顺姬的问题，在进一步核实后，抓紧时间与朝方联系，让其母女早日团聚。

胡延军进一步核实后，马上指示市公安局外事科抓紧时间处理顺姬在华的一切事宜，包括：注销户口、学历证明、退学和回国签证等。其间他和杨淑花、潘友阳办了边境通行证，三人来到了朴真实家。

一进门，潘友阳大声喊："妈！"这冷不防的一声，把正在伏案工作的朴真实吓了一跳，回头一看是潘友阳，嗔怪地说："友阳，看把妈吓了一跳!"潘友阳上前笑着说:"妈,你看谁来了?"朴真实一看,惊喜地说:"延军!"说着上前拥抱。她转身看见杨淑花,惊喜地问:"这是你媳妇?"说着就握住杨淑花的手不放。胡延军看了一眼杨淑花,笑了笑,刚要解释,潘友阳抢先说:"妈,你真不认识啦?这不是支前时的女队长,现在是俺们街道办副主任杨淑花嘛!"朴真实定睛一看,说:"是杨队长?你就是当年扎着两个小辫子,腰上系一条紫红色腰带,不顾天上飞机的扫射、轰炸,甩得马鞭子啪啪响的杨队长?"杨淑花笑着点了点头,紧紧握住朴真实的手说:"嫂子,进城了,舒心了,我看你比以前更年轻更漂亮了!"

朴真实说:"看你说的,老了,延军都有孩子了,友阳也往30岁上奔了,我还不老?你呀,倒还是那么精神、干练,假小子一样。"

杨淑花说:"什么呀,也不行了,哪有支前时那么虎噌噌的,什么都不怕。"

潘友阳说:"妈,今天给您带来第一个好消息,就是胡科长、杨主任亲自登门拜访。"

朴真实说:"好,太好啦!谢谢!"

潘友阳又说:"妈,胡科长还给您带来了第二个特大好消息呢。"

朴真实一怔:"还有第二个好消息?好事成双啊!"

胡延军说:"娘,这第二个好消息是杨主任、友阳他们给您带来的,你猜。"

朴真实说:"猜不到。说呀,是啥好消息还这么神秘兮兮的?"

胡延军让杨淑花讲,杨淑花让胡延军讲,胡延军又推给了潘友阳。潘友阳一看事关重大,他哪能讲,就说:"还是胡科长讲吧,你是省里来的,权威。"杨淑花表示同意。

胡延军不想抢这个头功,看推来推去,就说:"那我先讲,你们俩补充。娘,是这样,这件事本来想先写信告诉你,但又怕写不明白，我和杨主任又急于要见你，所以就一同来了。关于你日夜想念的顺姬，经杨主任和友阳的努力，现在有了重大突破：经初步调查了解及进一步核实，顺姬那天，也就是1950年11月8日上午确实被人救上船了，是被一个叫徐大天的渔民和他的儿子徐吉壮救上来的。现在顺姬已十五六岁了，人长得比杨主任还高，非常漂亮，我们都说像你。她已经读初中二年级了，还加入了中国新民主主义青年团，又是学校的文艺骨干、三好学生，深受老师和同学的喜爱。不过现在本人还不知道，是顺姬的养父、养母怕你着急让我们先过来告诉你一声。"

朴真实一听，惊喜、茫然、疑惑，一起涌上心头。

"是真的，是真的吗？！"当大家都点头时，朴真实一下子晕了过去。杨淑花赶忙上前扶着朴真实坐在沙发上，呼唤、掐人中。朴真实醒来后，流着热泪表示感谢，喃喃地叫着："顺姬……"

胡延军说："娘，我们回去还要做徐师傅一家人的工作，毕竟人家有救命之恩、养育之恩。顺姬的工作更得做好，她与徐家有着深厚的感情，对于这个现实她一下子肯定转不过弯来。"

朴真实对这些入情入理的话听进去了，然而此时她的心早已飞到顺姬身边。

杨淑花说："徐师傅也想来看你呢。"

朴真实问："可真的，你说的徐师傅我认识吗？"

杨淑花说："你认识，就是当年爱沙浪村支前的副队长徐大天，魁梧、高大、善良，但就是话少。"

朴真实说："噢，想起来了，就是炸塌浮桥那天，站在水里钉桩子那个人？"

杨淑花说："是他。"

朴真实说："哪能让他来看我，我得先去拜访他才是，他是顺姬的救命恩人哪！"

十八

　　1957年1月28日上午9时，朴真实乘客车来到边城。到鸭绿江桥头迎接的有胡延军、杨淑花、潘友阳，公安局、市侨务部门的负责人。开始朴真实被安排在山上宾馆。后因朴真实一再请求，当天上午去了徐大天家。

　　朴真实一进门就喊道："顺姬娘，大嫂……"说着就跪下了。

　　"快起来，快起来。"壮壮娘受宠若惊，边说边把朴真实扶起。

　　当朴真实一转身认出是徐大天时，就又扑通一声双膝跪下，"徐大哥，徐大哥……"随即潸然泪下，泣不成声。

　　壮壮娘扶她起来，拉到自己身边坐下。

　　朴真实又说："大嫂，你和大哥是我和顺姬的救命恩人哪，这么多年……"

　　壮壮娘也泪花盈盈，"不说这些了，这么多年你能熬过来也不容易呀！"

　　朴真实说："这七八年我只当顺姬和她爹不在人世了，心也就平静了。要说苦，还是苦了你和徐大哥，多亏你们才有顺姬的今天。"

　　徐大天说："老妹子，见外了。这些年你一个人也够苦的了，想必也是日日想、夜夜盼的……"

　　壮壮娘说："顺姬快放学了，我们该高兴才是，不然孩子会伤心的。"

　　杨淑花插话道："今天是腊月二十三，顺姬回来要好好庆贺庆贺！"

　　胡延军对徐大天、壮壮娘说："是呀，选择今天的好日子，还是杨主任、潘友阳的主意呢！"

　　朴真实说："谢谢你们，谢谢你们，你们都是我和顺姬的亲人。"

正说着，壮壮和顺姬蹦蹦跳跳地手牵手进了门，见满屋是人，虽然有些发蒙，但还是有礼貌地打完了招呼后，才各自回到了自己的房间。

　　顺姬、壮壮的出现，使在场的人顿时目瞪口呆。顺姬那倾国倾城的容貌，壮壮的健壮清纯，尤其是他俩那彬彬有礼的风度，震撼着在场的每一个人。在目光艳羡之中，徐大天、壮壮娘虽然感到难受，但看到帅气的壮壮和楚楚动人的顺姬，甚是骄傲和自豪。此时胡延军、杨淑花、潘友阳除感到惊讶外，一份荣耀（找到失散多年的顺姬）和愧疚感（拆散了徐家的幸福），也涌上了心头。而此时，朴真实那无法用语言形容的表情和复杂的心境，使她仿佛在梦幻中。从顺姬一出现，她就像黑暗中见到光明一样，感到无限的欣慰和幸福。

　　此刻她的心仿佛要蹦出胸膛，朴真实再次紧紧握住壮壮娘的手，仿佛在说：这就是顺姬吗？这就是我失散多年的亲生骨肉吗？这就是你含辛茹苦培养出来的顺姬吗？

　　壮壮娘领会朴真实这紧紧的一握，她走到顺姬的房间，拉着顺姬的手，柔情地说："顺姬，出来看谁来了？"刚脱掉呢料大衣，身着大红毛衣的顺姬，不解地问："娘，是金爱贤老师吧？"壮壮娘帮她整理了一下衣服，又理了理顺姬的刘海，"你这傻孩子，去看看就知道了。"说着就把顺姬领到朴真实跟前，说："顺姬，好好看看这是谁？"顺姬见场面这么严肃，人这么多，心里着实慌了起来，她脱口就说："金爱贤老师您好。"见大家没反应，又壮着胆子仔细看了一下朴真实，心想：这个人怎么打扮得这么时髦，使人不敢多看一眼。然后她轻声地说："对不起阿姨，我还以为您是金爱贤老师呢。"壮壮娘让顺姬再好好看看，顺姬说："不知道……好像我在什么地方见过。"少顷又说："是不是市朝鲜族歌舞团的文团长？"壮壮娘摇摇头。顺姬文质彬彬地对朴真实说："对不起阿姨，您长得太像金爱贤老师和文团长了，我……"顺姬这番举止雷电般击中了朴真实这颗母亲的心，她想：太难为孩子了。是呀，都七八年了，眼前的顺姬都长成大人了，又生活在幸福的家庭，怎么可能会突然认出站在她面前的是多年未见的亲生母亲呢？她内疚，她顿时有一种前所未有的失落感。这时壮壮娘拉着顺姬的手，又拉过朴真实的手，真诚地对顺姬说："又犯傻了，这不是你亲妈妈嘛！"听娘一说，顺姬倏地愣在那儿，一动不动，半天说不出话来，眼睛直勾勾地盯着朴真实，心想：这是真的吗？是真的吗？！此时，朴真实再也无法控制自己，双手紧紧地握住顺姬的手，声音颤抖地说："顺姬，是妈妈，是妈妈呀……"顺姬被朴真实那真切、乞求的神色所震撼，即刻在自己的脑海里闪现那天早晨母亲不准她跟爸爸去打鱼的镜头。她半信半疑地说："是妈妈，是朴真实妈妈？……"朴真实一把将顺姬搂在怀里，泣不成声地说："顺姬，妈妈还以为你……"说着从包里取出照片给顺姬看。顺姬这才捡回了记忆，认出了自己，认出了母亲，认出了父亲李昌浩。于是她一下扑到了母亲怀里，大喊："妈妈！妈妈！"两行热泪顿时滚落下来。

在场的人，无不为她们母女相见所感动。

朴真实用颤抖的手为顺姬揩去脸上的泪水，说："你和你爸爸走的那天，天很冷，你只穿了一件红黄两色的裙子……"

顺姬看着妈妈的脸回忆着，然后问："爸爸他……"

朴真实不去回答顺姬的疑问，她搂着顺姬的双肩，突然撸开顺姬的手腕、脚腕查看。

壮壮娘把顺姬当年穿的、戴的东西，从箱子里找出来，一件一件地打开给顺姬看，给朴真实看。

顺姬目睹了这些东西，才忽地想起了娘为什么给她过腊月生日，为什么总提她小时候的东西，想必娘是早知道妈妈要来的。

朴真实抚摸着这些衣物，悲切地说："顺姬，你走的那天，手上、脚上就是戴着这些五彩线，脖子上戴着的就是你爸爸给你的玉坠。那玉坠是保佑和祝福你的命符。谁承想你爸爸那天就被……"

顺姬哭成了泪人。"是爹和哥哥把我救了。"说着扑在爹的怀里，"爹！……"

人们到这时才蓦地发现壮壮没有在场。机灵的壮壮娘把壮壮从屋里叫出来，说："壮壮，这是你朴阿姨，是顺姬的亲娘。"

还未等壮壮回过神来，朴真实一把将壮壮抱在怀里，"孩子，阿姨一辈子也忘不了你的救命之恩哪！"

壮壮似乎明白了今天家里为什么来了这么多人，他叫了一声"阿姨好"。

朴真实仔细地端详眼前的帅小伙，又看看墙上挂着的全家人的相片，心在想：多好的一个家庭啊！壮壮和顺姬多像亲兄妹，说是天生的一对也不过。

壮壮离开朴真实的怀里后，独自回到自己的房间，把门关得严严的、紧紧的，他倒在床上看着天花板在魔术般变幻着。此时，一股从未有过的空虚、悸怕、胆寒，像剑一样向他猛刺过来。他预感到自己将很快失去一个聪明、靓丽、善解人意、无私无畏的妹妹；失去一个经历苦难、伴他长大，而又催他奋发向上的聪慧女性。果真如此，到那时，他将孑然一身，孤独地空守这屋子，昔日那种温馨将不复存在。正在他苦苦冥想时，顺姬来到了他身边，悄声喊："哥……"

壮壮坐起来，握住顺姬的手，长时间地默默无语。

外屋似乎平静了许多。

在朴真实未出现前，为了让顺姬过好最后一个年，也是为孩子壮行，一进腊月门徐大天、壮壮娘就开始办年货，凡能买到的东西都往家搬。到了腊月二十三，应用的东西大体已经办置完毕。得知腊月二十八顺姬妈妈来，徐大天、壮壮娘感到过年的东西还不够丰富，就又到市场买了两只老母鸡、一个猪头、两个猪肘子；见到市场尽头还卖兔子和山野鸡，就不假思索地掏钱买下来。又特意去朝鲜小菜一条街，买了多种多样的朝鲜泡菜，其中有：纯白菜辣椒的，白萝卜和苹果的，白菜、萝卜和各种海鲜的，一应俱全。

顺姬妈的到来，给节日增添了不少光彩和乐趣。从某种意义上讲，这也是两个国家、两个家庭的大聚会、大团圆。徐大天老两口这么一想，还真鼓起了干劲。

这几天可忙坏了壮壮娘和顺姬妈。她俩带着顺姬逛商店、逛市场，壮壮娘给顺姬买了不少她喜欢的衣服、鞋和头巾等。顺姬妈也给壮壮买了球鞋和壮壮喜欢的冰刀。顺姬在两个母亲中间，跳来跳去，兴奋得无以言表。

壮壮爹和壮壮在家，重新把室内外卫生打扫了一遍，归置了院内的杂乱物品。接着壮壮爹就抡起大斧劈柴，壮壮则在顺姬屋里把顺姬过去抄下来的诗词，还有数、理、化的公式表从墙上揭下来，换上一张童男、童女骑在鲤鱼身上的年画，然后又把全家福相片，镶嵌在小镜框里摆在书桌上。这时家里的小花猫倏地跳到桌子上，看了一阵相片后，喵喵喵叫着跳到床上。壮壮端详着花猫的动作，不由得笑了起来，心想：小花猫哇小花猫，你也懂得我的心？壮壮忙完了顺姬屋里的摆设后，回到自己屋里，按照顺姬屋里的样式，摆放了一些物品。

壮壮走在大街上，正遇上顺姬她们往回走，见她们大包小包提着不少东西，就上前帮拿，高兴地说："哟，挺多呀，这么沉。"顺姬见壮壮来了，兴奋地喊："哥，妈给你买了不少好东西呢。"壮壮看了看球鞋和冰刀，说了声谢谢阿姨又鞠了一躬。顺姬问壮壮干什么去，壮壮说去买鞭炮、红灯笼。顺姬一听，把手里的东西交给了娘，又把壮壮手里的大包小包还给了妈妈，羞涩地说："请娘和妈代劳了。"说着挎着壮壮胳膊走了。

壮壮娘、朴真实怀抱着这些东西，不由得笑了起来。

壮壮娘说:"这两个孩子……"

朴真实接着说:"像孔雀似的……"

过年气氛笼罩着徐家大院。灶火整日不熄,壮壮娘和顺姬妈不是包豆包、包核桃仁糖三角、蒸馒头、做打糕,就是炸鱼、炸虾、炸萝卜丸子、炸地瓜丸子、做生拌鱼片,满院子炊烟袅袅,香气扑鼻。

腊月三十一大早,正是贴对联的时辰,因忘了准备,徐大天就慌了手脚,到处喊壮壮。

"瞎念了那么多书,连个对联都不会写。"徐大天埋怨道。

壮壮顶了一句:"说我干吗,春联哪年不都是你的事嘛!"

"上街买去!"

壮壮刚要出门,杨淑花、潘友阳提着很多东西走了进来。

潘友阳挂起了大红灯笼。

杨淑花贴对联。对联是杨淑花写的,内容是根据两家团聚以及壮壮娘和顺姬妈的名字写的,她俩一个叫马桂菊,一个叫朴真实。

大门外的春联是:

鸭绿江水一池涌出万良田

碧龙卧波一江映现千层雪

横批:唇齿相依

院内正房门上的春联是:

桂菊真实心花放

徐庐檐下春满园

横批:亲如一家

厢房上贴的大都是福、禄、寿、禧,以及五谷丰登、抬头见喜等春条。把徐家装扮得光彩夺目。顺姬妈从未见过这大红大紫喜庆盈门的景象，心里顿时涌上了一股幸福的暖流。

杨淑花、潘友阳还带来了水果、糖果、烟、茶，说西凤、竹叶青酒是胡科长送的，他回省城前再三嘱咐我和友阳过来看看，给你们拜年，祝你们新春愉快，幸福安康！

三十晚上，壮壮家是红灯高挂，人人是笑逐颜开。11时许，壮壮娘和顺姬妈正在包年夜饺子，院里就响起了鞭炮声。壮壮首先放了一挂震耳欲聋的500响鞭炮，接着顺姬也放了一挂，把偌大一个院子弄得充满喜气。此时，壮壮娘、朴真实放下手中还未包完的饺子，急忙来到了台阶上看放鞭。这时壮壮和顺姬又玩起了"划炮""摔炮""钻天猴"，然后又玩"纸炮"，（纸炮，或叫砸炮，是小拇指盖状的炸药夹在红白纸间压缩而成，一板20粒，剪一粒装入器具中，撞击而响）他们是用自制手枪放；用铅弹往地上砸响；用子弹壳（底部锯成一寸小口，内有铅弹，将纸炮塞进）抛向天空落地炸响。两位妈妈愿意看壮壮、顺姬放鞭炮、玩纸炮时的神色和姿态；愿意看壮壮、顺姬放鞭炮、玩纸炮时那种互相鼓励、互相壮胆的样子；愿意看他们放完鞭炮、纸炮时那种喜悦拥抱的场面。这时，徐大天叼着老旱烟，喜上眉梢地站在石阶上，分享着两个母亲的喜悦。

朴真实此时的心境回到了过去，她想：顺姬从小也年年和爸爸在院中放鞭炮的，满脸也闪动着天真的笑容，但怎么也不如现在。现在，毕竟是两颗青年的心，火热的心燃烧在一起，顺姬已经和壮壮家融为一体了。然而，几天后的离别将会是一种怎样的情景呢？朴真实陷入了抉择之中，她在沉思：带走顺姬，我是不是太自私了，太无情了？不带走，我一个失去丈夫的人，没有孩子能活下去吗？想了半天还是决定要带走顺姬，因为顺姬是自己活下去的唯一精神支柱。

壮壮娘、壮壮爹此时也在想：今天这样的场景还能维持几天呢？七八年的母女感情、父女感情、兄妹感情，将会荡然无存。想到这儿，徐大天又是一阵痛，他转身要回屋去，壮壮娘使了个眼神，一把拽住。壮壮娘心里想：聪慧、美丽、贤良有才的顺姬，即将离我们而去，你纵然难以割舍，也得多看上几眼，不然你会后悔一辈子的。

当壮壮、顺姬第一个将鞭炮炸响时，四周的邻居即刻闻声而动了，纷纷放起了鞭炮。不到10分钟，几乎全城就响起了雷鸣般的鞭炮声，礼花也在夜空中绽放。江城沸腾了。壮壮、顺姬想：是他们开了全城放鞭炮的先河。壮壮、顺姬推开了院子大门，各自放了3个二踢脚，就融进了鞭炮齐鸣、礼花绽放的欢乐海洋之中了。

大年初一，徐家大院沸腾了。在鞭炮声中，第一个来拜年的是杨淑花、潘友阳。接着，张有千、滕少发、王克难、刘长利、毕建华、茹小娟、庄美娟接踵而来，向壮壮、顺姬拜年。他们在院内放了一阵鞭炮，打闹了一阵，壮壮就拉着队伍给自己和顺姬的老师拜年去了。上午10时，几个人又去了天然滑冰场。壮壮牵着顺姬的手，毕建华牵着茹小娟的手，张有千牵着庄美娟的手，在冰上转来转去。摔倒了爬起来，爬起来又摔倒，引来了阵阵欢笑声。中午，由壮壮、张有千出钱到泗海滨饭店会餐。闹腾到下午4时，又一同去了安东电影院看《平原游击队》。走出影院又来到了对过的友谊电影院，看了重映的《马路天使》。当听到"春季到来绿满窗，大姑娘窗前绣鸳鸯，忽然一阵无情棒，打得鸳鸯各一方"时，顺姬在黑暗中抹着眼泪。在她流泪的时候，还特意看了一眼坐在身边的壮壮。壮壮似乎也朝自己的脸上抹了一把。

张有千他们出来，也不管歌词对否，更不管调子如何，也唱起《四季歌》来。

晚间，顺姬躺在炕上久久不能入睡。在她耳畔不时响起"忽然一阵无情棒，打得鸳鸯各一方"的歌词、旋律来。唉，妈妈不就是那"无情棒"吗？想着想着，两行热泪就从脸颊上滚了下来。

仿佛心有灵犀，壮壮在黑暗的屋子里也在想：朴阿姨的到来，就是要棒打鸳鸯各一方。壮壮越想越难受，索性光着膀子站在门外。

大年初二上午，胡延军从省城来到边城，与公安、侨务部门研究顺姬回国的事宜。商讨完后，胡延军约见杨淑花、潘友阳，传达上级关于顺姬回国的日程安排和其他事宜。

大年初三上午8时，市局三台轿车和一辆面包车停在徐家大门外。胡延军等进屋向徐大天、壮壮娘、朴真实拜了年后，就把来意说了。徐大天、壮壮娘听后默默无语，只觉喉咙阵阵发紧。

朴真实说："大哥、大嫂，这几天顺姬走与不走，我也想了很多。为了这个家，为了壮壮，顺姬不该跟我回去。可是……"壮壮娘接话道："你是顺姬的亲妈，她是你身上掉下来的肉，怎么能不带走？"朴真实颤颤地说："顺姬也是你的闺女呀……"见壮壮娘眼角有些湿润，又说："要不给你留下？"壮壮娘说："这哪成，带走吧，带走吧……"朴真实含着泪说："大哥、大嫂，那我就……"少顷又说："放心吧，我会像你们照顾顺姬那样照顾好她的。"

杨淑花在给壮壮娘擦眼泪，潘友阳一个劲地师傅长师傅短地叫着。是呀，"离别"，这是人世间最难受的时刻。看到这情景，胡延军动情地说："顺姬回国后，可以办理证件经常来看你们。你们想过江看顺姬，手续我给你们办。"胡延军这番表态，并没有引起人们的兴趣。少顷，胡延军又叹息道："是呀，此时是'何处合成愁？离人心上秋'哇。你们心里不是滋味，我们心里也不好受。但总归是两国的事，请你们……"听到这儿，徐大天含着泪花深情地说："走吧，带走吧，顺姬毕竟是你的骨肉，只要你们娘儿俩团聚、过上好日子，我和她娘就放心了……"

朴真实一再向徐大天、壮壮娘表示感谢，并反复提救命之恩、养育之恩的事。她转过身，从包里取出一件被包裹得十分精致的东西递给壮壮娘，说："嫂子，顺姬她爸生前也未留下什么财产，我过来又很匆忙,这是我结婚时顺姬她爸送给我的珍贵礼物,今天我把它送给你,也是圆了顺姬她爸的梦,请你务必收下。"说着把一副金耳环、金项链、金手镯送给壮壮娘。壮壮娘一看这些金光闪闪的饰物,老半天说不出话来,哽咽着说:"这些东西我绝对不能要!顺姬能有今天,是她自己的造化。要说感激的话,我得感谢你,是你生了顺姬,才有我们娘儿俩的缘分。"朴真实激动得也说不出话来,一个劲地叫"大哥、大嫂",又一个劲地往壮壮娘手里塞礼物。壮壮娘坚定地说:"这么贵重的东西,留给顺姬吧。只要走时顺姬再叫俺一声'娘',俺就知足了。"

不知耳后天鼓响的顺姬,还在壮壮屋里与壮壮谈天说地……

其实,这些天顺姬、壮壮寝食难安,魂不守舍,已意识到事情的严重性。顺姬到底是个女孩子,成熟得早,又感情丰富、细腻,有些情节举止她自己也认为超出了兄妹之意,但她认为值。特别是这几天,她几乎是无所顾忌,除了和壮壮到处拜年和同学一起活动外,她几乎每时每刻都在壮壮屋里。到晚上,她偷偷地流泪。做梦也在想:不走吧,一个外国人,又没有护照,怎么能留在中国?再说妈妈也不能放弃她;走吧,与爹的感情,与娘的感情怎能割舍?特别是与壮壮的感情,从小是兄妹,现在是兄妹吗?走了,是否连兄妹之情也没有啦?想到这儿,她心力交瘁,夜不能寐。顺姬非常喜欢中国的婉约诗词。为了表达自己内心的一份情感,这些天她对壮壮一个劲地背诵"迢迢牵牛星,皎皎河汉女""相见时难别亦难,东风无力百花残""一曲离歌两行泪,不知何地再逢君"等诗句。而壮壮则心知肚明,他在想:总有一天顺姬要离开他,离开他就抽掉了他灵魂的一半。"相依为命"这句成语,似乎从此就从他的词典里消亡了。

别离时刻的钟声终于敲响了。胡延军将大家召集起来,正式宣布了顺姬马上回国的决定。

壮壮惊呆了,冲出了门外。

顺姬一改往日的温顺，大喊："你们不能这样对待我，不能这样对待！"

大家愕然了。

顺姬又冲着胡延军喊道："就没有一个好办法了吗？你们这样做，不是太残酷了吗？！"

室内空气骤然紧张。顺姬见谁都不语，蓦地蹲在母亲和壮壮娘的身边哭喊着："娘，妈，你叫我咋办哪？咋办哪？"

朴真实和壮壮娘痛苦地抚摸着顺姬的额头和亮泽的头发。朴真实说："顺姬，不是妈狠心，是……"壮壮娘也悲切地说："孩子，谁叫你是个外国人呢，娘留不住你呀！"说着，把为顺姬准备好的大包小包的东西放在顺姬跟前，说："顺姬，娘没什么好送你的，把这些带上。"顺姬揩了一下泪水，站起来推开东西，冲出门外。

张有千、毕建华他们得知顺姬要回国，赶到壮壮家。见门口停了不少车，觉得问题严重，就往里冲。警察拦住他们，说："今天有特殊任务，没有命令谁也不能进去。"张有千火了，指挥大家往里冲。刚冲进大门口就与壮壮撞个满怀。张有千问："徐霞呢？"壮壮回头看时，顺姬也跑了出来。顺姬扑到张有千的怀里，流着泪："有千，他们，他们……"

不由分说，张有千拉着顺姬和壮壮的手往外跑。他们上了大街，然后往胡同里钻。

屋里人见壮壮、顺姬都跑了，面面相觑，乱成一团。

警察回屋报告顺姬他们跑了。

胡科长看看大家，沉思后指示："不要追了，不要追了，他们会回来的。"

壮壮他们一直往车站跑。一进火车站候车室，他们个个气喘吁吁、面色苍白，一屁股坐在凳子上。大家你看看我我看看你，没了主意。

张有千说他有办法。

办法是买了9张站台票,登上了去往沈阳的列车。

十九

大年初三,是走娘家的日子。亲情仍在延伸。

张有千他们上了火车,车上没有多少人,整个车厢加上壮壮他们9个人也不过30人。车厢寂寞而无聊。沉静下来,张有千想:我主张去大城市,去了咋办?一无亲二无故,住哪儿?一无金二无银,这9个人还不得饿死?弄不好就会沦为乞丐,后悔不该登上火车。壮壮、顺姬在想:虽一时躲了风险,还能躲一辈子吗?再说还能不要爹娘不要家吗?苦思冥想没个好办法。王克难、滕少发则想:躲到几百里外的大城市,这不纯址淡吗?眼看快到正月十五,还能回去闹花灯吗?他俩感到沮丧。庄美娟没有想到自己,她在想:徐霞真可怜,她怎么会是一个不折不扣的外国人呢?她要是回国,壮壮咋办?她希望徐霞和壮壮跑得越远越好,跑到人迹罕至的地方才好。此时,她抚摸着徐霞的手,久久不肯松开。茹小娟想法奇特:顺姬走(回国)也行,不走也行,命运决定。但最好是给她一个思考的时间。

列车驶出边城七八十里路,在快到凤凰城车站时,女列车员开始查票。当列车员和乘警一起进入车厢时,张有千就意识到灾难就要临头。果然他们被查出无票乘车。列车员要他们补票,张有千说:"我们从沈阳乘车本来去哈尔滨的,结果你们把我们拉到边城了,补什么票?你们还得把我们送回沈阳。"乘警问:"你们有去哈尔滨的票吗?"张有千说:"被安东站收去了。"乘警和列车员说他撒谎,坚持要他们补票。王克难答应了,说他沈阳有亲戚,下车要钱补票。列车员说:"你开玩笑!"滕少发脱下一件新毛衣说:"这个顶票。"乘警和列车员认为这帮人是盲流,要赶他们下车,如果不下,送铁路公安处理。最后壮壮决定下车。

壮壮他们是在一面山车站下车的。下车后,便是两条长长的凉凉的黑黑的铁轨横在他们面前,像两把刀。他们没有随火车继续前进,奔向那美好的大城市。他们想家,他们走了回头路。近百里的路,何时才能走回家呀?他们沮丧,他们焦灼,他们开始沿着铁路走,数着枕木走,数着电线杆子走。脚步沉重了。张有千拾起铁轨下的碎石,向枯草中的麻雀掷去。麻雀惊飞,四下散去。

张有千忽地感到他们是否也会像麻雀那样四下逃散呢,当真那样他就成为罪人。实在走不动了,9人就坐在枕木上、铁轨上,望着远方的秃山、秃岭发呆。

一列火车呼啸而来。猎猎的北风和快车掀起的风,把他们吹得东倒西歪,险些倒在车轨上。壮壮紧紧抱着顺姬,张有千搂住庄美娟的腰。毕建华扯着茹小娟的手,其他人也紧缩在一起。列车呼啸而过,他们继续前行。他们饿了,饥肠辘辘。他们向附近的山村走去。山村,裹在一片松林里。拐过一座山头,先是望见一排排高高矗立的旗杆上挂着一片大红灯笼。那是多么耀眼,多么喜庆啊!再走几步,就看见三五户人家袅袅炊烟,显得宁静而温馨。他们想,如果不出逃,这时的家也有灯笼挂的,也有炊烟缭绕的。他们进了村子就有狗吠声,为防狗咬,他们每人手中都提个棍子。又一想,上门要饭打狗得看主人,壮壮让他们丢掉棍子。开始他们9个人一齐拥到一户人家。结果把人家拟吃到正月十五的好东西,一顿干光。那人家叫苦不迭,只收了几声谢谢。

集体讨饭不行,在壮壮的建议下他们就化整为零分组讨要。建议很好,组合出了问题。开始大家不发言,还是滕少发聪明,最后他说:"要分组自然是壮壮、徐霞一组;毕建华、茹小娟一组;张有千、庄美娟一组,我、克难、长利一组。"庄美娟说她不愿意和张有千一组，理由是张有千烦人。张有千说："你和我一组偷着乐吧，有狗先咬我，要来的东西全归你。"庄美娟一听有道理，从小他能把我从炸塌的防空洞背出，如今遇到狼和狗，他肯定先保护我。想到这儿，她也不再坚持了。这时茹小娟又提出要和壮壮、徐霞在一起。滕少发说："你这不是添乱嘛，你好意思把建华扔下？建华可是比张有千更会打狗的人。"

　　分组后，壮壮和顺姬专找没有狗的人家。每到一户人家，就主动热情拜年，给人家扫院子、挑水，赢得包子、年糕带回。王克难、滕少发、刘长利，每到一户人家就在人家设的宗谱下烧香、磕头，主人很感激，就让他们饱餐一顿。临走还拿些山梨蛋子和地瓜丸子。毕建华、茹小娟则给人家包饺子、喂猪，讨人家喜欢，不但东西吃得又多又好，主人还让他俩过十五再走。最寒酸的当属张有千和庄美娟，他们认为有狗叫的人家必定是一个殷实的人家，那里必有年米糕、杀猪肉、炸河鱼。可是事实并不是他们想象的那样，相反，越是有狗的人家越讨不到东西，因为狗不让进院。狗狂吠时主人不出来张望询问。主人认为凡被狗吠的都是不识之人、外乡人、二流子、懒汉子，故不给开门。张有千、庄美娟讨不到东西吃，饿着肚子坐在山头上迎风大骂。庄美娟大骂那狗是狗仗人势，狗主人是新型地主！张有千赞美庄美娟骂得好，说她骂得既辛辣，又贴切，又解恨！然后他又骂自己，说自己装灯（逞能），把大家骗到车上，又被赶下，荒郊野外，饥寒交迫。这不仅苦了大家，更苦了徐霞。"我，我张有千不是人！"庄美娟说："你头脑发热，把我们送到死亡之地，你该当何罪？！"张有千说："千刀万剐。"

　　天快黑了，又下起大雪。他们继续沿铁轨走，因为铁轨不会使他们迷失方向。他们来到一处铁路扳道岔，那里有一间小木屋。小木屋很小，只能住两个人。主人见这帮孩子可怜就把小屋让给他们，他整夜在外巡视。小屋只能给顺姬、庄美娟、茹小娟用。寒冷的夜，她们仨相互依偎着不能入睡。壮壮他们冒着风雪与主人一起巡视路轨，直到天明。

他们回到边城已是第五天下午。壮壮、顺姬不敢回家。张有千他们回家后均被家长训斥和痛骂了一顿。他们不理会这些，各自划拉一些吃的东西来到镇江山公园。他们在凉亭里摆好了各家过年好吃的东西，围在一起，美餐起来。有的感叹道："还是家里的包子、香肠、丸子好吃呀！"有的感叹："这几天我们过的是啥生活？简直是乞丐生活、盲流生活！"有的说："这样也好，患难见真情嘛！"壮壮、顺姬不语，他俩在想就这样的日子还能过几天。

饭后，他们把公园逛了个遍。天黑了，他们想起应该有个窝。在市内不安全，那么去哪儿呢？最后他们选定了山洞。

镇江山的岩石山洞是抗美援朝时建造的，能容上万人。他们从门缝挤进后，不敢深入，就在洞口处选块空地铺上稻草、草席。壮壮让他们都回家，张有千不肯，他说："我们要同甘共苦，死也要死在一起。"。

谁说山洞是冬暖夏凉？一派胡言！这里的山洞阴冷潮湿，正逢冬天，格外寒冷。一轮寒月挂在洞外，更添凉意。

他们哪有心情举头望月，欣悦星空？阵阵冷风把他们赶回洞里。王克难、滕少发带回的两件棉大衣给顺姬、庄美娟、茹小娟她们。男的就挤在一床被里。

壮壮打更，不敢入睡。

他们在山洞住了两天，就被公园管理员发现了。

他们被带到公园派出所。

二十

正月，正是各家各户走亲访友的好日子。鞭炮不时在响，烟囱一直冒着炊烟。

　　一列北京经安东至平壤的国际联运列车，停在安东站台，正在接受联检部门的检查。

　　顺姬的护照、物品受到了严格检查。顺姬烦透了。

　　海关准许顺姬带走她全部物品。

　　送行的人，聚集在站台。

　　顺姬从胡延军、杨淑花、潘友阳身边走过时，没有接受他们的目光和祝福。她登上了车厢。

　　在车厢里，凝神敛息的顺姬望着车下的老师、同学，望着养育她多年的一夜间白了头的爹娘，望着心爱的壮壮，心头涌起了"南浦凄凄别，西风袅袅秋。一看肠一断，好去莫回头"的诗句来，心想，不知此时一别，何时才能再相见。

　　她终于抑制不住内心的苦痛，跑下车，再一次拥抱老师，拥抱张有千、滕少发、刘长利、王克难。

　　她走到毕建华跟前，说："华哥，我想瘦猴哇！"

　　她和庄美娟、茹小娟拥抱告别时，流泪说："再不能同姐姐们游五龙山了。"

　　走到娘跟前，顺姬郑重地把玉坠交给了娘，说："娘，替孩儿保管，我会……"哽咽后她跪在两位老人面前，"孩儿不孝，请爹娘多保重！"

　　她慢慢站起来，最后拥抱着壮壮，"哥！哥！"

　　回车厢后，顺姬向前来送行的人们挥泪告别。

　　庄美娟喊着："徐霞，你多保重！"

　　张有千大叫："我一定游泳过江去看你！"

　　列车开动了。

　　壮壮疯狂地追逐着列车，一直追到桥头。

第三部

一

顺姬回国后,有三件事与母亲格格不入。

一是,要不要撤除她的灵位问题。在找不到顺姬的日子里,母亲在灵堂为昌浩和顺姬立了灵位。顺姬活着回来了,母亲几次要撤,她几次与母亲翻脸。母亲说:"当初设灵位不是以为你死了嘛,现在你还活着,摆死人的灵位干什么?多丧气,多不吉利!"顺姬开始不与母亲争辩,她认为自己确实是死了,而且还不止一次。既然上了牌位就不能撤,这样反而觉得真实。她认为只有死才能永远记住美国的侵朝历史,才能伴随父亲的灵魂在天国永存。如果同意母亲撤,她的灵魂就没了。母亲说她是异教徒、是鬼蜮。在相持一段时间后,顺姬看母亲日渐消瘦下去,她于心不忍就同意撤除。她认为自己确实还活着,活着才能有朝一日回到她想要去的地方。

二是，长期住在金顺子家。她认为新义州这座城市不是她家，她说义州郡的农村才是她家。在金顺子家住了一个多月，母亲几次去接她，她不从。她说金顺子那儿有爱沙浪村的风景：树、高山和河流，还有猪狗牛羊，有了这些我才有了童年、少年，才有了儿童团的战斗生活，才有了我和壮壮的一切。母亲听后才蓦地意识到顺姬的心里还想着另一片蓝天。朴真实说："我理解你的心情，可妈把你从中国领回来，不就是想让你天天在妈身边吗？再说你也不上学，将来怎么办？"

顺姬拗不过妈妈最终还是进了城。

三是，学校。顺姬去了道（相当于中国的省）最好的中学读书。朴真实再三嘱咐顺姬不能整天像没魂似的，要振作起来，不要让妈操心。顺姬躺在床上无神地望着天花板，一句不哼。顺姬上学没到半月，就辍学了。辍学原因一是没有中文课程，二是骚扰。没有中文对于顺姬来说简直就像没了心没了腿一样，使她精神萎靡，寸步难行；骚扰更让她烦恼，男生见她垂涎三尺，动手动脚，忌妒者就戏弄、嘲讽她。缺少了壮壮的悉心呵护，顺姬像掉进万丈深渊一样感到渺茫。母亲质问她为啥不念书，她顶撞说："除数理化外没啥学的，我要到中国的学校。"朴真实听了，吃惊、生气地说："你是朝鲜人，怎么可以去中国的学校？"顺姬索性不吃饭了，威胁道："要不我就去死！"朴真实说："还是学本国文化好，将来大学毕业可以进政府部门、文化部门、科研部门工作，也才能找个门当户对的好对象；才能对得起你养父、养母，对得起壮壮。"顺姬心烦，烦母亲为她设计的人生道路。于是，她驳道："进什么政府、文化、科研部门，你这是仕途名利思想在作怪。再说整天找对象、找对象，找什么对象？烦死人啦！"母亲劝急了，她就说她一辈子不结婚。朴真实被顶撞、数落得无话可说，眼睛直勾勾地看着顺姬。她知道女儿的心，知道女儿当初在两难的情况下最终还是选择了她；也深知，顺姬虽获得了母爱，但失去的却是她与壮壮的爱情。每每想到这儿，朴真实便说："壮壮这孩子是好，哪儿都好，一切都那么完美无缺，将来也会大有作为。可是，可是壮壮毕竟是中国人，你俩怎么可能走到一起呢？"见顺姬不作声，又说："喜欢壮壮的人肯定不少，什么同学呀、朋友哇，中国有句话叫'近水楼台先得月'，你还隔着一条江呢……"顺姬听到这儿，真可谓怒火中烧，她说："都怪你把我领回来，心真狠！"朴真实被她顶撞得一时喘不过气来，眼泪含在眼圈里，不再说什么。

关于选择学校的事，最终朴真实也未拗过女儿，顺姬还是到中国人开的中学读书了。

这所中国人开的汉语学校，是平安北道华人的最高学府，很传统、很现代。到这所学校读书，顺姬感到十分满意。老师和同学都知道她是从中国回来的朝鲜人，中国话说得流利、标准，中国事知道得特别多，对她格外敬重和包容。顺姬就如同在中国读书一样，舒心、顺心，如鱼得水。到高中，她才华出众，创作了不少格律诗、自由诗，就连马雅可夫斯基的阶梯诗，她也尝试过，她曾写过这样诗句：

一只鸟

飞回了巢

展翅

又想飞回

来时的

巢

不知它

想到没有

它是否

还有

剑的
　　翅膀
　　是否
　　还有雷的
　　鸣叫

　　但她最拿手的是中国古诗词朗诵。朗诵时感情充沛，抑扬顿挫，能把人带入诗情画意之中。朗诵前，顺姬明知道全文吟诵唐人的诗，老师同学未必愿意听或听得懂，但是她认为只要能表达自己的思念，她就是对大山、石头，对一棵树、一棵草，她也要尽情表达出来。在新年的班会上，她朗诵唐朝诗人杜甫的诗《赠卫八处士》：

　　人生不相见，动如参与商。
　　今夕复何夕？共此灯烛光。
　　少壮能几时？鬓发各已苍。
　　访旧半为鬼，惊呼热中肠。
　　焉知二十载，重上君子堂。
　　昔别君未婚，儿女忽成行。
　　怡然敬父执，问我来何方。
　　问答乃未已，儿女罗酒浆。
　　夜雨剪春韭，新炊间黄粱。
　　主称会面难，一举累十觞。
　　十觞亦不醉，感子故意长。
　　明日隔山岳，世事两茫茫。

　　顺姬吟诵这首诗的意思是：人生在世，经常会遭受劳燕分飞、天各一方的痛苦，难得有相逢的机会。这是她借诗隔江怀念壮壮的思念之情。其实同学听不懂，老师也听不懂。一是中学课本上没有，二是新义州书店也没有卖唐诗一类书籍。在赢得一片掌声后，顺姬又吟诵了孟浩然《早寒江上有怀》：

木落雁南渡，北风江上寒。
我家襄水曲，遥隔楚云端。
乡泪客中尽，孤帆天际看。
迷津欲有问，平海夕漫漫！

同学不让下台，顺姬又吟中国宋代王安石之《泊船瓜洲》：

京口瓜洲一水间，
钟山只隔数重山。
春风又绿江南岸，
明月何时照我还。

顺姬吟诵的诗，老师和同学都隐隐约约感到这与鸭绿江和对岸有关。

顺姬高中快毕业那年，恰逢平壤歌舞团招生，由于身材修长，面容俊俏，文艺出众，她被录取了。在歌舞团的两年里，她出尽了风头，也尝到了些许苦涩。风头，是她经常在大型招待会上为国家元首和外宾演出；苦涩的是在练芭蕾舞时，腰部扭伤。更令她不能容忍的是，男教练对她总是动手动脚。顺姬弃艺从医。她考入了平壤护士学校。

自从顺姬回国，壮壮常去鸭绿江边依栏东望，就算一年一次，也来了四次。也怪，每次壮壮蹒跚而来，江面都被雾霭笼罩着。然而，"断桥"却依稀可见。壮壮在想：难道我和顺姬就这么断了，就如同"断桥"一样吗？难道我和顺姬就不能手拉着手、肩并着肩、心连着心一起生活吗？想着想着，他似乎从薄雾中看见了顺姬那孱弱的臂膀和满是泪痕的脸庞。

壮壮和毕建华、庄美娟、茹小娟等人在镇江山顶凉亭上遥望着令人遐想的大江，不禁想起了顺姬。

张有千不无感慨地说："不知徐霞在那边怎么样啦？"

庄美娟说："能怎么样？形单影只呗。想必是憔悴极了。"

壮壮闻之，不再远望。他突然说："难道我们就像炕头汉子、看家狗那样，死死守在这座城市？"

大家不解地望着他。

壮壮说："高中毕业也快一年了，咱班同学有去内蒙古海拉尔、满洲里的，有去黑龙江呼玛的，虽说是打零工，那也算是一条出路，而我们就在这儿待一辈子？"

大家面面相觑。

王克难说："不待咋办？好歹还有个市政卯子工（临时工）干。"

滕少发说："那叫工作吗？整天不是挖水沟、下管道，镶马路牙子，就是路面铺沥青，蓬头垢面，臭气熏天，一天才挣一块五毛八。这是人干的吗？"

刘长利说："那也比我和庄美娟强。都说我们在水果公司干，挺好不累，还能吃到水果，哪是那么回事？水果从南方发来，我们就像驴一样去车站往回扛；回库房码垛，累得腰都直不起来；口渴偷吃一个水果被发现，就开除。我要是考上大学才不像壮壮那么彪，考上念半年就跑回来了。"

王克难说："废话！料你也考不上，无所谓回！"

刘长利说："是呀，基础没打好，能考上吗？关键这几年，不是下乡春种秋收，就是大炼钢铁，哪有工夫学习？"

张有千说："别上不去天怨卵子拽的！茹小娟没有报考，庄美娟高考只差5分。说一千道一万，我们就是不行！哪有壮壮那两下子，我也没考上大学，怨谁？"张有千接着又说："长利，你的相好李冬冬不是考上省师范大学了吗？咱班不是也有考上农学院、吉林大学的吗？算了，此一时，彼一时。我们还是看看鸭绿江，看看花草树木，弄个好心情算了。"

王克难问："问题是壮壮为什么不念了，跑回来跟我们在一起瞎混？"

壮壮说："体育学院有啥意思！我饭量大，整天吃不饱，再说了我就是念完大学下来不过也就是一中学体育老师，孩子王。我原想再复习一年，来年考哈工大。又一想考不上咋办？那样还不如我们在一起，有福同享，有难同当。"大家问什么意思，壮壮说，活下去才是最要紧的。大家问怎么个活法。壮壮说："我们在城里就这么耗着肯定不是个事。天津有个叫邢燕子的，高中毕业后到宝坻县插队当农民，组织团员成立'燕子突击队'，干得轰轰烈烈的。我们差哪儿？我们毕业照上用的那句'忆往昔峥嵘岁月稠'是毛主席青年时代的战斗生活的积淀，我们用之是名不符实。艾青说：'为什么我的眼里常含泪水？因为我对这土地爱得深沉。'为了这条母亲河，为了这片英雄热土，我们到农村去，像邢燕子那样干出一番事业，别说10年后，几年工夫就可做到和体会到毛主席这句话的深刻含义和时代印记。那时我们才不枉是鸭绿江抑或是这座城市的孩子。"

壮壮这番讲话，也激动了一些人。也有人不买这个账，却没有别的出路，只好在那儿唉声叹气。壮壮借机说："退一步说，我们下乡，不图别的，起码能混饱肚子。行，明天就走。"大家一听炸开了锅。滕少发说："农村那个鬼地方我可不去。"刘长利说："他是家里老大，又是男的，他爹还等抱孙子呢。"张有千说："就你那个熊样还能整出儿子？"大家一阵哄笑。滕少发："我们图个啥？"张有千补充说："我们就是打卯子工也是城市户口，到农村就变成铁杆老农了,像原始人似的,可怕!"毕建华推了一把张有千说:"我和壮壮都是农村的,怎么了,原始人啦?"庄美娟说:"在城里确实也干不出啥名堂,到农村碰碰运气也行。"茹小娟说:"壮壮到哪儿我到哪儿。""彪子,彪子,壮壮去死你也跟着去死?"王克难说。壮壮说:"好了,好了,我是想,在目前情况下下乡这条道我们也得学着走。不图将来如何,下乡吃吃苦,锻炼锻炼也好,说不定还是一生的财富呢。总之,愿意去的咱们一起去,不愿去的不勉强;去了不能后悔。想去什么时候都行。"

大家沉默下来,个个小脸绷得很紧、很阴沉。经壮壮反复动员,最终意见达成一致:下乡!

壮壮和张有千、毕建华、茹小娟、滕少发,下乡到黄海北部的黄长北公社林前大队湾湾塘小队。庄美娟奔舅舅家,拉着刘长利、王克难跟她下乡插队到黄海北部的圈背山公社圈背山大队圈背山小队。

壮壮下乡插队就成立了"青年突击队"。由于生产走在前头,兴修水利、围海造田又获得"模范突击队"称号,很快壮壮就当上了湾湾塘生产队队长,不久就升为副大队长。壮壮在农村结了婚,生了孩子。正在事业兴旺时,父亲生病,一纸调令把他召回城接班,成为市港务局1008货船上的船员。

壮壮一到货轮上,就拼命地工作。半年后,因工作积极、不辞辛苦,困难时期在农业第一线入党,政治上可靠,又有较高的文化,壮壮很快就当上了报务员、三副、二副。后来在一次海事抢险中立了二等功,又熟悉江、海业务,壮壮很快又被破格提升为大副、党支部书记。

二

黄长北的海面刮起了阵阵黑风,湾湾塘掀起了层层波澜。

滕少发、刘长利经常在县城游荡，看见陈雪梅（壮壮之妻）一系列举动也太不把壮壮放在眼里了；而轻浮的孙一福夺人之妻也太猖狂了。他们咽不下这口气，进了城来到1008号船上，将他们所见所闻一五一十告诉了壮壮。

　　以滕少发为主，他们如实说："壮壮，你回城那天，我们高兴过、惊喜过、羡慕过，特别是那次在县城为你饯行的宴会上，不少人都哭了，很留恋，亦很悲壮。但也诅咒过自己，为什么我们就没有这样的好机会？记得吧，会餐之后，我们就各奔东西。张有千基本上待在庄美娟的突击队不回湾湾塘。王克难有时跑单帮。无助又失魂落魄的我们俩，像幽灵一样来无影、去无踪，到处游荡。无所事事时，经常到县城去玩，去看电影，去消磨时光。

　　"有一天正当我们闲逛时，在人群中发现了打扮时髦的陈雪梅和潇洒倜傥的孙一福在大街上逛街，又随着人群进入了热闹的街区。我们大吃一惊，开始还以为是你呢，定睛一看，是孙一福。我俩耳语之后，就像公安侦查员一样远远地盯住陈雪梅、孙一福不放。只见陈雪梅、孙一福时而耳语，时而牵手，暗送秋波，宛如一对夫妻一样走在人群中。陈雪梅、孙一福没买什么东西，从市场出来双双进入饭店。我们要看个究竟，但深知这是个苦差事：第一饿着肚子，第二不知里面吃喝到何时，第三怕跟丢了。我俩只好躲在一家小书店里苦苦等了两个多小时，渴了就吃两根冰棍，饿了就买几个火烧充饥。下午3时许，吃得满嘴流油的孙一福和吃得肚子鼓胀的陈雪梅，才从饭馆出来。我们以为他俩就此坐公交车回黄长北公社呗，结果所料有误。陈雪梅挽着孙一福的胳膊，东张西望了一下后，两人就进了一家旅馆。我俩面面相觑，不知所措。我一看双双进入了旅馆，心想：这还有头吗？一个小时，还是两个小时？一两个小时也就罢了，倘若人家住上一宿，我们也能在外蹲坑守候一夜不成？我对刘长利说：'算了吧，再侦查也是这么个情况，肯定在旅馆里鬼混了，咱们走！'刘长利说：'事已至此，坚持到底，看个究竟，对壮哥也有个交代。'我说：'干脆进去给他们俩搅黄算啦！'刘长利说：'看样他俩不是一两次了，天黑再说。'两个小时过去，天还没有大黑下来，陈雪梅、孙一福睡眼惺忪地走出旅店，向站前公共汽车站走去。我们没有再跟踪，就急忙进了旅店。进去就谎称是公安局便衣。店主吃惊。我们查看了住宿登记簿，结果发现孙一福、陈雪梅用的是宋仁庆、古含香的假名。店主说：'钱都付了，不知咋的就走了。'我说：'旅店是特种行业，他们用的是假名你怎么不审查、不向我们治安科报告？'店主忐忑地说：'他俩一直都是用的这个名字，我……'我们一听'他俩一直用这个名字'，大吃一惊。我俩大骂一通店主就走了。"

滕少发、刘长利还未讲完，壮壮就火冒三丈，牙咬得咯咯作响，头上顿时冒出了冷汗。镇静后，壮壮说："这不可能，这不可能！……你小子是否想坏我和你嫂子的事？！"滕少发立刻发誓道："骗你我是王八蛋！"刘长利也说："骗哥哥，我不得好死！"壮壮怒目而视，血管凸出，他说："你们肯定是看错了！看错啦！大白天说鬼话！"

滕少发说："壮哥，要不是咱们是同学、是朋友、是铁哥儿们，谁管这破事！"

刘长利也说："他们这种蝇营狗苟的事，哥，也就是你吧，换别人我们才不扯这份淡呢。"

壮壮差点晕倒在甲板上。壮壮不是不相信他们的话，壮壮想的是面子，面子上过不去。他仍坚定地说："你俩这是在埋汰你嫂子！……"

刘长利说："哥，不是我们埋汰嫂子，孙一福这号人你就忍了这口气？"

滕少发接茬儿说："关于辰生这孩子不是你生的，村里男男女女、老老少少多有议论，简直妇孺皆知。"

壮壮发怒,"胡说八道!辰生哪儿不像我?连放屁的动静、味道都像我。别来烦我!"

滕少发说:"那也未必,像不像再长两天看看。"

刘长利说:"就算辰生是你的,那下一个就不一定是你的了。"

壮壮不语。

滕少发不知趣,又说:"在馆子吃饭两个小时,那是有什么话不能说?在旅店两个多小时,那是有什么事不能办?"

壮壮急了,厉声道:"闭上你那臭嘴!"

滕少发、刘长利一看壮壮发火,气得要走。壮壮喊住他们,说:"是哥心里难受哇!"少顷,又说:"别走了,喝酒去。"

在酒店里,他们喝了一阵闷酒。滕少发实在憋不住了就借着酒劲说:"哥,这口气我们帮你出,回去非打断孙一福的一条腿不可!"

刘长发说:"要弄瞎孙一福一只眼。"

壮壮看他俩眼都红了,怕出事,警告说:"你们千万不要胡来!在农村闹出个好歹的,你们吃不了兜着走,别想回城!"

滕少发含糊其词地说:"哥,你放心,我们会给你争脸的。"

刘长利附和道:"我们心里有数!"

壮壮呷了一口酒说:"想当初我徐吉壮在下乡插队的事上喊得最欢,叫得最响,本想和大家在农村一起受罪一起回城,结果我第一个进城把你们甩在乡下,这件事我一直埋在心里,难受哇!我是一个伪君子。"

滕少发说:"大家没有这个想法,是你运气好!"

刘长利说:"进城这是迟早的事,你不必自责。"

壮壮说:"我回城是想当一个孝子。我一辈子没听父亲的话,所以父亲连我结婚都没到场。这次听他的话,圆了一个孝子的梦。再说回城是想改变辰生的命运,也想把你嫂子变成城市人。未承想,事情会如此这般……"

滕少发、刘长利只能叹气。

壮壮喝了一口酒说："这一切都是我的错，如果我不回城，就不会发生这一切。"

滕少发说："算了，刚才有的话扯远了，我们还是研究一下怎么处置孙一福这家伙。"

壮壮说："这不关孙一福的事，是你嫂子的事。"

滕少发说："孙一福是条狗，狗改不了吃屎！"

刘长利说："可恨的是孙一福的存在！"

壮壮又敬了他俩一杯酒，自己也喝了一杯。喝完后他把酒杯往桌上一摔道："我再次警告你们，千万不能对孙一福下手！下手我就不认你们这些兄弟！你嫂子的事，由我自己处理，千万不要对任何人说，更不能告诉张有千。就他那个脾气，还不拿斧头把孙一福给剁啦！"

刘长利说："你不要把有千看得那么坏。"

壮壮说："当年怒砸生产队和滩涂、槐林大战打伤人的事，不是他干的？"

滕少发、刘长利不语，似乎在回忆。

壮壮说的第一件事：壮壮他们下乡正赶上三年困难时期，虽是鱼米之乡，但生活普遍没有好转。社员家生活好于壮壮城市户的"突击队"是因他们祖祖辈辈为农、肯吃苦耐劳、勤俭持家，又有自留地，家家还养鸡、鸭、鹅、猪，自给自主的自然经济使广大农民在困难面前得到了很大益处。有经验的壮劳动力，在公社的渔业队打鱼，他们的收入就更多了，故生活比纯农户还好。

水田地区的农活比旱田地区的农活累多了。旱田地区一年不过就是春天播种，夏季铲耥、施肥，秋天收获。壮壮他们的水田地区则是开春三四月份壮壮他们就随同农民一起修主水渠和排水渠、叠坝埂、做田间溜子、整理水田、放水平整土地、育苗，5月插秧，六七月拔草施肥，10月开镰收割、脱谷，接着编草席、草绳，隆冬便到河道或池塘中挥镐积肥，直到春节前。这番流程下来，把壮壮他们累得不想起床。

要说最苦、最累的时节还是插秧。初春，一天十四五个小时弯腰泡在水里，到了晚上，真是个个拽着猫尾巴上炕。到了夏日，在滚烫的稻田里撒化肥、拔稗草，没有半月二十天你别想直起腰来。挥镰收割时，虽有阵阵凉风从海上吹来，但公社、大队、小队，一个劲地搞劳动竞赛、评比，把不适应农村生活的壮壮、毕建华、张有千他们累得筋疲力尽。

最寒酸的是突击队伙食。由于生产队不重视，城市户没有自留地，没粮养鸡、鸭、鹅、猪，故没有副食来源。加之口粮又少，工分又低，虽居鱼米之乡，也很少吃上几顿大米饭，整日整月也就是玉米面大饼子。别说平时守海吃不着鱼，大忙季节也闻不到一点腥味。所谓有菜也只有房前屋后自己开点荒地，长的都是些扑拉棵子白菜和手指头大小的萝卜。吃不到海货，他们就到大海礁石上看日出、日落。感到饥肠辘辘时，就趁退潮到人迹罕至的海滩上偷着捉些小鱼、小虾、小蟹烧着吃，或到礁石上割海蛎子充饥。这就算是见腥了。肚子有底了，就一个猛子扎进海里，洗个海水澡走人。

黄长北公社是鸭绿江汇入黄海的一处绿洲。壮壮他们常去观海：看大江、大海交融的壮观；看一望无际海天一色的海；看大海的广博威猛、汹涌澎湃。他们心胸开阔了、辽远了，意志坚强了、不畏惧一切了。"大海唱着它古老的歌儿"，"我们的心灵在随着它们的浪潮奔涌……忘记了自己的缺陷，沉湎于自己的忧伤与大海的忧伤之间的内在和谐中自我安慰，把自己的命运与实务的命运混为一体"，壮壮想起法国小说家普鲁斯特的话。

于是，一场城市知识青年与生产队长之间的"斗争"爆发了。秋收后的某一天，壮壮带领十多人冲进了生产队队部，把队长宋仁义和会计闫本利堵在屋里，壮壮质问他们："为什么不把城市户当人待？为什么像奴隶一样苦干了一年男劳力刚够拿回口粮，而女的还倒挂？为什么你们一天吃香的喝辣的，而我们城市户整年吃的都是大饼子、咸菜、刷锅汤？为什么你们一年就盖起三间大瓦房，而社员和城市户住的却是夏天漏雨、冬天透风的破房子？"宋仁义反驳说："都怪你们自己没挣到工分！"壮壮严厉地批驳道："这都是你们歧视我们的结果，都是迫害我们的结果，都是同工不同酬的结果，都是剥削我们的结果。"听到这里，宋仁义恼羞成怒，大发雷霆地说壮壮他们是流氓、无赖，滚出生产队。张有千一听"滚出"两个字，气不打一处来，不由分说上前就把宋仁义、闫本利按倒在地，像当年斗地主似的把他们踩在脚下还扇了几个嘴巴子、踢了几脚。然后就砸了生产队的办公桌，翻出了账本。这时不少社员来了，把生产队围了个水泄不通。有的说打得好，有的说砸得好；有的则说，驴不听使唤尥蹶子，这不反天了吗？说着有人就跑向派出所报告去了。壮壮怕社员们不理解，先发制人地当众说："父老乡亲们，宋仁义、闫本利他们为什么在一年内就能分别盖起了三间大瓦房？这都是克扣社员工分，贪污副业收入的结果，是剐我们社员的肉，喝我们城市户血的结果。"这一演讲更激发了社员的不满情绪，纷纷要求账目公开。不少社员要进屋打宋仁义、闫本利。壮壮方寸不乱，他拦住了愤怒的社员。正在这时，派出所来人了，制止后很快认定打砸闹事者是张有千。于是就以煽动群众、无理取闹、破坏公物等罪名，将张有千押到派出所。张有千不服，派出所就给他戴上手铐铐在暖气片上。张有千奋力挣扎，一脚踢在一个民警裤裆处，那民警疼得倒在地上。这头，壮壮一看人被带走就追去要人，并交代说煽动闹事、打砸是他干的，不关张有千的事，要求放人。派出所一听有主动交代的就把壮壮也扣了起来。

壮壮、张有千被抓走了，茹小娟哭着去要人。毕建华则组织一大批社员到派出所去示威、要人。派出所不放，警告说，再冲派出所性质就变了。毕建华冲不进去,他们就当众揭发派出所包庇生产队、包庇坏人。这件事后来引起了上头重视。大队、公社派人来了,为了安抚群众,平息这场事件,表示要立即组成专案小组,对宋仁义、闫本利的账目和盖房子的资金来源进行调查,并表示要严肃处理。后经调查、核实,发现宋仁义、闫本利沆瀣一气,狼狈为奸,确有克扣、贪污生产队财物的事实和歧视、打击城市户的问题。调查中又发现宋仁义涉嫌犯有强奸未遂罪,他便被公安机关依法逮捕;对闫本利则撤了他的会计职务,没收了他的非法所得;壮壮、张有千被拘禁三天后放了,派出所向他们做了道歉。

壮壮一举成名,成了为民请愿的英雄。在社员和城市户一致拥护下,壮壮当上了湾湾塘的生产队长。

壮壮说的第二件事是这样的。

农闲了,稻田里人声鼎沸的场面没有了,只有稻子在节节拔高。

张有千想庄美娟了。张有千想庄美娟不说他想,他说王克难病了,要去圈背山。站在田埂欣赏稻浪的壮壮,不由得想起了他的战友们。在张有千的鼓动下,壮壮带领张有千、滕少发、毕建华去了圈背山公社,探望在那里的庄美娟、王克难、刘长利。去的那天正赶上圈背山公社大集,他们就逛了起来。

在张有千的记忆里,圈背山的大集比过去好多了,20世纪60年代一色的青、灰、蓝的男女服装虽然还有,但不是主调了;一些国家统购的"三类物资",例如粮食、花生、木材、生猪、牛羊等,也开始登市了;那些山珍野味、药材、野兽毛皮,市场也有卖的;市里的大宗商品也流到集市。集市热闹了起来,繁荣了起来。壮壮他们走到水产品处,各种水产品应有尽有,很撩拨人的眼球。壮壮囊中羞涩,说了句"咱们快走",就走了回头路。张有千明白壮壮的心思,对滕少发、王克难、刘长利说:"今天正好是大潮,咱们赶海去,弄它一批海货回来,一是为壮壮解馋,二是到庄美娟这儿来总不能空着两手，让人家笑话。"滕少发说："行吗？"张有千说："怎么不行，沿海各公社叫个渔业大队，都有十条八条渔船，下海捕鱼网网不空，收获颇丰。有渔船就有晾网，退潮时几里长晾网拦截大量的经济鱼虾，渔业队捞大头，剩下的就足够我们拿的。这事你也干过多次，明知故问。"

他们穿过了一片密密的芦苇荡，来到辽阔的海滩。在刘长利带领下，沿着一条白白的硬硬的海滩路，来到晾网处。他们看到不少社员、孩童空手往回返，一打听才知道他们赶了不少鱼虾全被渔虎子没收，并还用鱼叉威胁驱赶他们。张有千他们听后恨之入骨，心想：今天非治治他们不可。

张有千他们不听渔虎子的警告，开始在晾网底下捕获牙片、螃蟹、海螺等。他们刚要走，渔虎子上前拦住，并喝令留下东西。张有千不从就与渔虎子打起来。渔虎子用鱼叉、扁担向张有千他们打来；张有千他们就挥舞装海螺的包向渔虎子还击。双方从没脚深的水里打到滩涂上，几个回合不分胜负。张有千看出来渔虎子虽用鱼叉但不敢往死里打，心里有底又与他们斗了几个回合。拿扁担的渔虎子扁担被张有千打落，张有千拾起扁担轮向渔虎子，一阵横扫将一个人打倒在地，头顿时鲜血直流。张有千一看不好，撒腿就跑。四人返回庄美娟突击队。

庄美娟的突击队在公社所在地柏油路北，掩映在一片槐树林中。在没有顺姬的日子里，庄美娟出落得十分俊美。她一头乌黑的头发下，衬着一张红润的娃娃脸，娃娃脸上闪烁着一双虽不大但炯炯有神的眼睛；平时青年不喊她突击队长，叫她"庄主"。"庄主"一词是刘长利、王克难给起的。为什么？因为庄美娟豪爽大方，不计较小事，又有处事能力；对王克难他们很宽容，像大姐般照顾他们；再说她又是张有千的恋人，王克难他们就更高看一眼；庄美娟有权威，她喊一嗓子，王克难他们便服服帖帖，任劳任怨，不敢怠慢。"庄主"就是这么来的。

　　壮壮他们来了，庄美娟感到十分自豪，她认为壮壮他们瞧得起她。她打发人出去买这买那，并亲自上灶，把家里好吃的、好喝的，都拿出来，款待壮壮一行。张有千他们带来的海鲜，庄美娟以为是买的，心里想：知我者，有千也。

　　宴会开始了。在一桌以海鲜为主的酒席上，庄美娟激情又诙谐地说："今天本人就做一把山寨主了，我代表刘长利、王克难及突击队的战友们，对壮壮一行的到来，表示衷心的感谢！来，大家举杯，干！"说着一饮而尽。

　　一阵酒香飘后，她才郑重地说："庄主的酒不能乱喝，喝，必有令。我宣布第一个酒令——思念。思念就是回忆、缅怀。过去我们这一干人马，从初中到高中，形影不离，情同手足，我们怀着青春美好的志向和愿望，数次于秀山碧水间酒酣如泥；又数次于酒店、茶馆推杯换盏，尽显我们少年的豪壮。今天我们就在这大海边、稻浪间、郁林中，一醉方休。来，干杯！"大家互相碰杯，一饮而尽。之后，有人说学生时期是青春的，亮丽的；有的说是清纯的，美好的；有人说是充满阳光和锦绣的；有的说是豪迈而伟大的。大家认可后，庄主放话，让王克难、刘长利好生款待壮壮一行。王克难闻声而动，拿起通红的大螃蟹，给了壮壮、毕建华各一只，酒嘴里冒出："壮哥、毕兄，蟹满子、满黄，肥，壮阳！"刘长利也不示弱，捧起硕大的海螺，给壮壮他们一人一个，说："呛！这种生活我们常过，特别有千一来，我们就像过年一样。"壮壮边吃边有些犯疑地说："经常？那可是吹大牛皮啦！你们哪来的钱？"刘长利说："壮哥，你们只管吃就是了。"借酒兴，庄美娟又说："思念，还有重要的另一半，就是思念徐霞。大家知道早年的酒桌何时少过徐霞呀，没有她的音容笑貌，就如同天上少了一片彩虹似的。"大家一听，顿时沉默下来。王克难说："徐霞回国都五六年了,也不知道现在活得怎样。"刘长利接着说:"壮哥,徐霞没来信?"壮壮叹道:"来是来过,不多。但每次来,都向大家问好。"庄美娟感叹道:"何时我们能再在一起喝酒哇!"大家为思念徐霞,又喝了一杯酒。这时毕建华忽地想起了茹小娟,他说:"今天还少了茹小娟呢?"壮壮说:"是少她。火头军,不能来。"毕建华说:"她知道我们在这儿,会生气的。我替她敬大家一杯。"

庄美娟又道出了第二个酒令——庆贺!庄美娟说:"庆贺就是祝福、赞美。今天我们有幸在这里祝贺徐吉壮同志荣升为生产队长。这可是下乡的城市户当队长的第一人,是范进中举呀!来,举杯祝贺他!"说着,大家干杯。刘长利说:"壮哥当上队长,这可是蝎子屁屁独一份。"张有千说:"何止独份哪,简直就是英雄。你们不知道哇,那一天乌云密布,壮壮像高尔基笔下的海燕一样,在电闪雷鸣中冲进了生产队,砸烂了狗窝,揪出了队长、会计,将他们打翻在地。为了真理,他站在高台上揭发生产队班子贪污、剥削社员的罪行,唤起社员的觉悟,群众一片叫好声。结果他被派出所抓去,在铁笼里待了三天。愤怒的社员包围了派出所,向他们示威,向他们要人。"

庄美娟插话:"太夸张了吧,这么吓人,那后来呢?"

张有千说:"他们敢不放人吗?经公社、大队调查,队长、会计贪污大量钱财,欺压百姓,又查出队长强奸案,就把他捕了!会计也撸杆子了,钱也倒出来了。"

壮壮几次打断张有千的话也未打断,最后他说:"有千净扯淡!那天是你砸了生产队,要说英雄你才是大英雄呢!"

庄美娟说:"不管怎么说,壮壮当上了队长,我们要祝贺他。来,干!"

庄美娟已有七分醉意,宣布了第三个酒令——展望。她说,展望就是理想、奋斗、前进。她说:"我们不能这么晕头转向,我们不能这么纸醉金迷，我们要实现我们的人生价值。"

刘长利说："理想、理想，我们的理想是什么？我认为我们的理想就是实现下乡前的夙愿，吃饱、喝好，将来有个好归宿。"

王克难说："我们也想当队长，也想展翅飞翔，但是有这个机遇吗？"

滕少发说："大海在召唤我们前进，我们不能久驻此地，我们应该像海燕那样高飞，去迎接新的胜利！"

张有千说："哟，少发会写诗啦！"

王克难说："展望，展望，我们从来的那一天起，就像掉进了后娘手里一样。"

刘长利说："我们干脆也像壮壮那样造反算了！我们要求权利。"

毕建华说："醉话。现在不是还是困难时期嘛！"

滕少发有感而发："农民狭隘思想比我们还严重。老婆孩子热炕头，谁管我们城市这帮青年？毛主席说得对，严重的问题是教育农民！"

张有千瞪了滕少发一眼，"你知道个屁！方才还是个大诗人，现在转眼就变成政治家了。今天就是老同学见面喝酒。"说着又敬了大家一杯酒。

王克难话锋一转说："壮哥当了生产队长，大权在握，咱们就不受气了！"

张有千说："得了，娶了媳妇忘了娘，当了队长，还管我们？"

庄美娟说："壮哥，能吗？不能！壮哥哪是你说的那种忘恩负义的人哪！是吧，壮哥？"

张有千说："不能？你看吧。生产队好几百户，事情那么多，哪有精神头管我们？别看毕建华当了突击队长，也不会好到哪里。"

庄美娟说："壮哥，咱可不能胳膊肘往外拐！"

壮壮说:"庄主,今天你设的这三个酒令,非常有水平,非常实际,非常感动人哪。思念,我们是不能忘记同学们之间的友谊,要永远珍惜,永不忘怀,友谊永远是我们前进的动力;你说的庆贺,我理解是庆贺我们的团聚,祝贺有志之士早日大批涌现;你说的展望,我同意你的概括,我们就是要有理想、有抱负,有新时代的创业精神。方才有千说的话,我不能苟同,他就会瞎白话,咱徐吉壮能干那缺德事?"

庄美娟说:"说得是,我看城市青年占据半拉天的时代已经到来啦!来,大伙儿一起干!"

酒会本来可以到此结束,张有千借机又发表新观点:"说一千道一万,要说展望,现实一点还真的需要往女人身上展望展望。二十好几的堂堂男人,过得好苦、好孤独。你看咱们壮壮哥,那才叫男人,那才是风流倜傥、风情万种的男人呢。"

壮壮说:"醉了,醉得不轻,拿我寻开心了不是……"

张有千说:"谁敢哪!不过这点你得承认,初中时你死活地护着徐霞,人家回国了,你傻眼了吧?高中又恋上人家茹小娟,到农村又有陈雪梅疼爱,都是一等的美女,艳福不浅哪!"

壮壮的脸唰的一下红到脖根,"瞎扯,喝醉了找棵树上吊去!"

张有千说:"这点酒算啥?"少顷,又说:"不过壮哥,你可要注意,茹小娟是咱们的知心同学,那陈雪梅可是地地道道的农村人,别让美人蛇把你给缠死!"

壮壮反驳道:"我和陈雪梅没那回事。有千,说归说,笑归笑,千万不要再往外说,让茹小娟知道了,她饶不了我,我也饶不了你!"

毕建华一听大家在谈论茹小娟,他一声不吭,只是低头琢磨着什么。大概心里不太高兴。

张有千说:"那当然,那当然,这个场面说说热闹。"

壮壮说:"谎话说一千遍,就成了真理。"少顷,又说:"有千哪,你小子刚上初中就比我们懂事、开化,为徐霞你不是也揍过我吗?后来你又对人家美娟动了心思。下乡了,你三天两头往庄主这儿跑,司马昭之心路人皆知!美娟,你要提防点陈世美!"

还未等庄美娟反驳,毕建华笑道:"人家美娟早就与有千心心相印啦!要提防那是提防咱们。"

庄美娟脸不红、心不跳,她说:"谈情说爱,这也是我下的'展望'酒令吗?罚,都给我自罚一杯!"

宴会还未结束。

海鲜被掠走,又血洒沙滩,渔虎子个个愤恨不已。涨潮了,船靠了码头。船长朱海带领四五个人,几个小时后就摸进了槐树林。朱海知道这片槐树林是圈背山小队的,但不知林中还有一大户人家。打听社员方知那是城市户青年突击队。朱海是一个膀大腰圆且黑红大脸满脸胡须的人,像鲁智深,但比鲁智深聪明。他没有贸然行事,心想:城里下乡插队青年在乡下大都有亲属背景,弄不好不知冒犯何方神圣,需慎重。再说这些城里人个个有文化,又遵纪守法,不可能赶海掠其海货,是不是有人胡诌?朱海说:"你们看准啦?""看准了,就是这帮小子干的!"朱海心想:不管怎么说,先埋伏在这儿再说。于是他吩咐手下人躲在槐树后、草丛中,守株待兔。

朱海在树下未觉天气怎么炎热,却觉时间过得太慢,于是绕道至房后,找一隐蔽处,向屋里窥探。因做贼心虚,眼睛就发花,看不清楚,只知有不少人围在一起喝酒。这时一股螃蟹、海螺鲜味扑进他的鼻孔,他断定是这伙人。回后向渔虎子们一说,个个摩拳擦掌,有人就说,是否现在就打进去?有人说,是否回去拿鱼叉平了这窝棚?朱海说:"现在还不能进去,也用不着拿什么重家伙,就凭我们这身子骨,拿他们还不像拿小鸡似的?我分析他们一会儿能出来。"

果然不出朱海所料。张有千、滕少发首先出屋,王克难、刘长利随后,干什么?撒尿。他们没进厕所。还进什么厕所呀,农村到处都是厕所。他们分别到远处的槐树下，两人围一株，往上撒尿。遭一扁担者说："船长，就是这帮小子。"朱海问："看准啦？""看准了。""没错？""没错，把我头打破的就是前面那个小子（指张有千）。"朱海上前揪住最后一个人的衣领说："是你们这伙毛贼在晾网夺了我们的鱼、螃蟹不说还往死里打？"王克难猛一回头，见比自己高出一头很像张飞的人卡住了自己脖子，胆虚地说："兄弟、兄弟，你们搞错了吧，谁掠了你们的鱼蟹？"朱海见一嘴螃蟹气和酒气的王克难不承认，就将王克难的脸拉到自己鼻下，问："你们这些青皮小贼敢在太岁头上动土，反了吧！"说着啪啪扇了两个耳光。王克难的脸顿时现出了五指血印。在王克难"不好！有人"的喊声下，张有千回头发现王克难被打，上前说："你们是什么人，敢在光天化日之下打人？"遭一扁担者说："我头是那么好打的？"张有千一看绑着绷带的人正是他一扁担打倒的人，便心虚地说："对不起。"接着又说："社员、小孩儿赶小海弄点鱼、蟹不容易，你们不是没收就是用鱼叉驱赶，是人干的吗？"遭一扁担者说："集体财产，不能动！"张有千说："你们就是渔霸！"朱海一听火了，指挥手下人冲，一场恶战开始了。

在林中，你打我一拳，我踢你一脚；你把我摔倒，我把你打个狗抢屎；你跑、我追；你爬树、我翻墙；上下翻滚，尘土飞扬；树叶纷纷落地，鸦雀弃林而逃。张有千这方纷纷倒地，口鼻流血。朱海那帮也脸见青皮眼窝红肿。总之，还是张有千他们吃亏。朱海他们打仗没有套路又很笨，但实惠。他们都有常年在船上绞盘、拉网的有力臂膀，又有乌贼吸盘一样的手，抓住一个就没个好；张有千等人力虽不及他们，但有分有合，灵巧多变，冷不防出手、出脚的动作太多，也使朱海他们招架不了。

仗，还在继续。

在屋里的壮壮他们，见人出去好久不归，甚是纳闷。庄美娟出去一看，大叫一声："不好啦！杀人啦！"说着进屋抄起菜刀杀将出来。毕建华顺手拿着酒瓶也跟了出来。壮壮来到现场一看：此番酣战槐林中，不见当年真英雄，肢体相搏耍儿戏，衣破面青皮见红。此时，朱海一看对方人多势众，又有武器，就抄起屋檐下的铁锹逼向壮壮。壮壮一个箭步跳到他们中间，大喊一声："住手！"说着就打起了所学的全部功夫：只见狂风乍起、山林呼啸、落叶纷飞、槐树倾斜，在场的人无不目瞪口呆、胆战心惊。张有千高喊："壮壮，为我们报仇，报仇！"壮壮的震慑力大，朱海一看武林高手在此，不敢再轻举妄动，就抱拳求饶。张有千见机夺下朱海手中的铁锹，向朱海后背砍去。朱海后背肌肉发达，未出血，但出现了一条青紫。壮壮问明情况后，说："今后赶小海的，不管是谁，一律放行！如不听，我徐吉壮就把渔业队踏平！"朱海一是不想吃眼前亏，故不想恋战；二是根本就没打算把城市户怎么着，于是连连答应。壮壮又说："今天之事，我们还钱。"朱海说："要啥钱哪，船上有的是鱼、虾、蟹，想吃去拿！"壮壮问朱海贵姓，朱海说姓朱名海。朱海又问壮壮贵姓。在一旁的张有千得意地说："他是我们的武术大侠——叫壮壮，徐吉壮！"朱海识时务，抱拳道："师傅，得罪了，对不起！走，到我们船上去，我请客！"壮壮也抱拳道："谢谢，再会，再会！"

这场"战斗"就这么结束了。后来有人说这场战斗很像《水浒传》里的故事。倘若像，那么谁是大闹野猪林的鲁智深？谁是黄泥冈智取生辰纲的吴用？谁都不是。此乃槐树林无义之战也。

壮壮一口气说完这两件事后，滕少发说："不告诉张有千也行，反正我们回去想办法卸掉孙一福一条腿！"壮壮大怒，拍桌子吼道："是哥儿们，你们就别胡来，听见没有！"刘长利痛心地说："哥，咱不能当那个鳖头哇！"

三

　　滕少发、刘长利在没有月光的夜晚,从边城回到了湾湾塘突击队。

　　张有千一听滕少发、刘长利的讲述,顿时火冒三丈,怒不可遏,当即表示要干掉孙一福。转而又说:"陈雪梅也不是个好玩意儿,干脆休了她算了,留之何用?"庄美娟说:"你净瞎咧咧,都有了孩子,那么容易吗?"张有千说:"当初我就警告过壮壮,警惕陈雪梅这条毒蛇,他不听,把茹小娟坑了不说,自己也身败名裂。"庄美娟不愿听,反驳道:"你行了吧,好像你多么伟大似的,你这是幸灾乐祸!"张有千说:"我幸什么灾,乐什么祸?我是说壮壮进城,又是三千吨级货轮上的大副,找什么样的老婆没有?一个农村的破鞋,还成气候了!"

　　张有千与滕少发、刘长利谋划整孙一福的计划。

　　这得先说说孙一福。

　　孙一福自省农学院毕业后,因家住沿海县城,在自己的积极要求下,就被分配到黄长北公社任农业助理,工资待遇高于公社的领导,使人高看一眼。二十六七岁的他还未成婚,主要原因是在学校读书时有一知心女友,两人感情甚笃,情投意合,亦规划过幸福的未来。女方家住吉林四平,父母就这么一个女儿,毕业后执意让其回四平。因两个人性格都很倔强、古怪,都不肯顺从对方,故没有结合。孙一福在黄长北公社是唯一的大学生,身材虽不如壮壮那般魁梧,但个头也不矮,留着分头,戴着眼镜,清秀的脸庞给人一种文雅可亲、睿智不凡的感觉。在陈雪梅和壮壮谈恋爱前,陈雪梅就非常崇拜和喜欢孙一福。于是他俩就产生了暧昧。孙一福看中陈雪梅有他的审美观,他认为陈雪梅有着妙龄的青春、漂亮的脸蛋、纤细的腰条、银铃般的嗓音，是一个情调高雅、芳香四溢的女人；陈雪梅有知识、有文化，在黄长北是仅次于他的女秀才；陈雪梅工作积极，泼辣大方，情感细腻，浪漫外露，没有半点瑕疵；陈雪梅有靠山，父亲是大队书记，权力之大也是百里挑一，将来会不会提升为公社干部也未可知；陈雪梅家家产丰厚，经济殷实，远近出名。这些对于孙一福都构成了极大的吸引力。二人经常接触的时间是在黄昏后或夜深人静时，去苇塘、去海边、去林间谈情说爱，互相拥抱、狂吻，无所顾忌，还经常去邻近公社、边远大队看露天电影。那时电影开头均是反映农业科学技术方面的新闻纪录片，然后才上映故事片。一年多，他们看过《芦笙恋歌》《柳堡的故事》《青春的脚步》《神秘的旋律》《蝴蝶盃》《寂静的山林》等。每演到有点情爱的部分，他俩便兴奋不已，因旁无熟人，又在黑暗之中，就激动地牵手、亲吻、拥抱。到半夜时分，孙一福才依依不舍地把陈雪梅送到家。

　　壮壮的出现，打破了陈雪梅的思绪，她就觉得一个阳刚之人、白马王子横空出现在自己身边，真乃天意也。于是陈雪梅把爱毫无吝啬地转向了壮壮，而且一发而不可收。更使孙一福不能理解的是，陈雪梅竟然很快与壮壮结婚了，这是他始料不及的。孙一福恨过自己，恨过陈雪梅。恨自己的是，为什么不把他与陈雪梅的爱昭告天下，而总是鬼鬼祟祟的？为什么不及时求婚而错过良机拱手让给他人？真是书生之气，愚不可及，愚不可及呀！他恨陈雪梅，恨她感情轻浮、见异思迁、移情别恋。但孙一福在内心还是爱着陈雪梅的。在陈雪梅和壮壮结婚那天，他是出于心疼陈雪梅、留恋陈雪梅，才去参加婚礼。另一方面，孙一福又想，公社主要干部和各个业务部门干部都参加了壮壮婚礼，农业助理也是一方诸侯，也不能甘居人后，所以他要参加。参加了他才能体会嫉妒、怨恨、愤慨是什么概念、什么滋味。然而目睹雪梅和壮壮的恩爱，又使他在心灵深处为他们祝福。有时孙一福也感到自己十分奇怪，他这种复杂的心境，世界上还有第二个吗？

孙一福得知壮壮调回城里后，就知道陈雪梅娘儿俩的户口根本进不了城；进不了城就无法长期居住在城市里；无法长期居住城市就得打回农村；打回农村就是矛盾的开始；矛盾发展到一定程度就要分手。这是孙一福得意的逻辑推理和预言。

果然不出孙一福所料。壮壮进城不久，陈雪梅带着辰生也进城了。爷爷、奶奶见了辰生那是眉开眼笑，乐不可支。整天不是爷爷领着逛市场、逛大街、游江、看电影，就是奶奶领着跑街道、去商店给辰生买好吃的好玩的东西。家里顿时像过年似的有了生气，仿佛恢复了顺姬在时的那股温馨和快乐。壮壮自从当上了大副之后，工作更加积极向上、认真负责。船上的权力之大，除了船长就是大副。壮壮又主要负责货运工作，任务艰巨、繁重，所以星期天也不休息。特别是经常往返于大连、青岛、烟台、威海之间，每次都是半个月二十天，故家也很少回。壮壮娘就担心起壮壮的安全。每每这时，徐大天就说壮壮娘"鸡抱鸭子干操心"。而陈雪梅不仅担心壮壮的安全，更要紧的是想壮壮，想自己如何摆脱这令人焦虑难忍的单身日子。

有一天陈雪梅上街买菜，路过市农业局门口时恰巧遇上了孙一福。这次邂逅，彼此像陌生人一样仔细看了老半天，之后又激动不已。二人寒暄后，心情似乎平静了下来，但总掩饰不住各自内心的隐痛和惆怅。

"你怎么有时间到城里来啦？"

"噢，来农业局取几份农业技术材料。"

"还好？"

"还好。"

陈雪梅拢了一下刘海，问公社里的一些事情，例如公社干部有没有变化，那块靠山坨子的水稻试验田怎么样了，围海造田还干吗，今年水稻长势怎样，等等。孙一福都一一作答。孙一福应付陈雪梅的询问后问:"听说壮壮升了大副?"

"那又怎么样,整天不在家,有时半个多月,有时一两个月在外面,哪有这样过日子的!"

"大副这职务,除了船长就是他,肯定很忙。"

"这不整天到市场买菜,伺候他们一家三口,弄得我只认这条道,在家连个说心里话的人都没有,唉……"

"你这一进城,村里也少了几分热闹,很多姐妹都想你呢。"

"想我?"

"是呀。"

"我有啥好想的。……能待两天?"

"下午就回去。"

"不到我家去坐坐,认一下门?"

"壮壮不在家,下次再说吧。"

看见路人行走碍事,他俩躲闪了一下,然后互相递了个眼神,握握手就告别了。

进了农业局大门,孙一福就想:陈雪梅怎么掉精神了呢?面部憔悴,心情忧郁,听雪梅那几句话,好像她过得很不愉快。徐吉壮啊徐吉壮,陈雪梅是一个不甘寂寞的人,你壮壮怎么能适应了她的生活?想着想着,孙一福嘴角露出了一丝讪笑。他走进了办公室。而陈雪梅呢?她走了几步又停下,打老远看着孙一福那细长的背影进了农业局大门。陈雪梅脚步蹒跚地伴着混乱的思绪走在人群中。她在想:快30岁了还未成家,唉,孙一福是一个很可怜的人。

在城里,陈雪梅几乎是空住了3个多月。壮壮跑船在外,她除了日复一日买菜做饭外,天天无所事事,那种甜蜜而激情的生活不见了,她感到日子寡淡乏味。无聊之后,就向婆婆提出要回农村,打算将辰生留在爷爷、奶奶身边。见公公、婆婆同意了,陈雪梅就草草写了一封信留给壮壮,第二天就回到了乡下。

也许是农村大自然有无穷的魅力,抑或是大队妇女主任这项工作能给她带来轻松、欢快,陈雪梅回去就积极投入工作中去。她带领和组织大队妇女大搞水田整治、渠道疏通建设,成绩突出,经常受到公社表扬。

陈雪梅从城里一回来,孙一福就认为这是天赐良机。于是他经常以工作名义去陈雪梅所在大队,进行水稻条纹枯叶病防治和水稻高产的宣讲,宣讲旱田地区要保丰收、夺高产,需加强玉米种子的改良和科学的田间管理等。这样一来,他就又与陈雪梅接上头了。旧情复燃,火苗燃烧得比当初还旺、还烈。两个人经常结伴去县城逛商店、下饭馆,演绎着他们的真情。他们尤其喜欢看电影。那时县城里几家影院轮换上映《枯木逢春》《李双双》《冰山上的来客》等,他俩逢影必看,场场不缺。影片里出现少量的男欢女爱的镜头,他俩仍继续着过去在农村看电影的习惯,都能往深处去想。每每至此,孙一福不是紧紧握住陈雪梅的手,就是搂住陈雪梅的腰,一直搂到电影散场为止。

陈雪梅这朵玫瑰,在社员当中十分招人喜欢。尤其是结婚生子后,身体丰腴而不臃肿,匀称适中,十分惹人注目。有的妇女经常不是动手拍拍她的屁股,就是摸摸她的乳房,说:"别说壮壮喜欢,就连俺们也喜欢得不得了。"每到这时,陈雪梅就追打她们、扭她们、骂她们。但陈雪梅不生气,她认为这是同性对她的赞美。而男人们呢,男人虽不敢上前拍、摸,但眼神总盯在那两个部位。

农村长大的陈雪梅,对这样男女之间的噱头、打闹、嬉戏的习俗,虽不赞同,但也从不介意。一到晚上,陈雪梅就想起了城里的壮壮,做梦更想。有时还做起了她和孙一福在农业局见面的梦来。

张有千和滕少发、刘长利策划出什么招呢?

坠桥。

一天夜里,张有千他们各骑一辆自行车,在没有月亮的黑夜里，见孙一福从陈雪梅家的方向出来，拐过了村头就上了公社级土道。孙一福一个人在万籁俱寂的空旷的稻田间行走，本就有些胆怯，这时水稻田里高亢的蛙声和黄鼠狼从草中穿过发出的声音，使孙一福头皮发麻，浑身就有些战栗。忽闻张有千学狐狸和滕少发学狼的叫声，吓得孙一福魂不附体，心想：我孙一福今晚命丧郊野矣。当快到灌区的一座长10米、宽3米、高3米，两侧没有护栏的土桥时，滕少发、刘长利骑车由东往西行，张有千、王克难由西往东行。5个人几乎同时会聚在桥上，这样就把孙一福挤到不足半米的地方。这时张有千超过孙一福猛向右打车轮，就把孙一福挤到绝境，只听"扑通"一响，"哎呀"一声，就没了动静。张有千等迅速撤离现场。孙一福的眼镜摔没了，满脸是血，满身是泥水，车圈歪了，右臂疼痛难忍。好在水不深，孙一福连滚带爬一瘸一拐地上了道。

第二天，孙一福就被送往县医院。经检查，后脑壳起了个拳头大的青包块，左脸软组织挫伤，右臂肩胛骨骨折，轻度脑震荡。陈雪梅知道后赶去看望他。

陈雪梅心疼地问："咋摔成这样子？"

孙一福孩子般涌出了两行泪，"喝完了酒，走在路上头就晕，天黑不说，还有狼叫。"陈雪梅一惊，"咋还有狼叫？"

孙一福说："有。上桥时正赶上不少骑车的人一起过桥，人多路窄，一下就把我挤到桥下，差点摔死。"

陈雪梅仔细查看了孙一福的伤，怨道："我不让你走，你非要走，父亲去县城看弟弟去了，家里没人，要是听我的住一宿，哪能出这事？"

孙一福支吾："这事还是小心点好，一旦壮壮回来，我这条狗命还能活呀。"

陈雪梅说："不会的，他去威海了。"少顷，又说："其实你是有所不知，在城里，我发现壮壮去过茹小娟家多次，每次回来都做梦，喊小娟、小娟的。我问他，他说他做梦，说茹小娟险些掉进大海。"

孙一福说："壮壮是一个事业心很强的人，在爱情方面也很专注。"

陈雪梅忽地想起什么，说："不对，怎么那么巧骑自行车的人都赶在一起过桥？我看这是有人故意害你，你应该去派出所报案。"

孙一福一听"报案"，头嗡的一下，剧痛从后脑的包块一直扯到脚跟，阻止道："碰上十五贯了，哪有故意的事。再说我也没得罪谁，不会的。"

陈雪梅眼睛一翻，说："不一定，咱俩这些事，是不是有人看见啦？"少顷，又说："四五个人一起上桥了，哇，该不是张有千他们四个？"

孙一福沉思一下，说："不会，他们我认识。"

陈雪梅说："天那么黑，你认识个啥？要说是碰上十五贯了，这不必说，要不是的话，指定是张有千他们干的！不行，这事我得去报案。"

孙一福急了，"算了，哪有什么证据？报案，下来调查，事情会闹大。算了，吃点亏就吃点亏吧，吃亏是福。"

陈雪梅听了认为言之有理，不再分析和坚持什么，只是一个劲地为孙一福用热毛巾敷伤、擦脸。

事情还不算完。

孙一福跌入桥下，重伤住院，并没有使张有千他们乐到哪儿去，他们乘兴又调理了孙一福几次。先是由张有千、滕少发合谋写了一封匿名信给孙一福，警告他倘若再做一次伤天害理的事，就不是骨折，而是死无葬身之地。

孙一福看到警告信叫苦不迭，毛骨悚然，不寒而栗。说明他的所作所为别人早已知道，他的一举一动别人早有监视。从"警告"看，这一切真让陈雪梅言中了，是有人报复他。可是他不能去报案，也不敢去报案。他摸了一下发涨的头皮，触了一下疼痛难忍的右臂，不禁流下了两行泪。

　　这两天，孙一福一直坐卧不安，夜不能寐，他感到心在痛，使他烧灼难耐。在病房里望了一阵天花板，就走到大街上散心，稳定心绪。有一次在夜深人静的道上，遭到了蒙面人的殴打。孙一福明知这是写信人所为，不敢告发，只好任脸上又添了几块青紫肉。

　　又过几日，刘长利和滕少发商量由王克难冒充公安局的便衣去了一次旅店，告诉店主说他容留坏人住宿，让他主动到公安局报案。店主吓得真到公安局报了案。公安局一听是一男一女化名住宿，又中途逃离，怀疑是蒋介石反攻大陆的特务，立案侦查。经侦查，找到了孙一福和陈雪梅，查出两人有不正当两性关系。孙一福苦苦哀求，陈雪梅好话说尽，公安人员对他们进行了严厉的批评教育，没有将此事向公社反映。

　　然而，孙一福和陈雪梅却惶惶不可终日。

四

　　滕少发、刘长利将陈雪梅与孙一福的奸情告知壮壮，使壮壮怒不可遏，他送走滕少发、刘长利后就回到船上。

　　茫茫的黑夜把港口锁得紧紧的透不过一丝光亮。平静的江水深处，依稀涌动着一股暗流。在驾驶室里，壮壮踱来踱去痛苦地思索着：也许过去由于对陈雪梅爱得深，抑或出于别人的妒忌、诽谤，壮壮不承认陈雪梅是那种轻浮的人。尽管陈雪梅的所作所为令人匪夷所思，但壮壮一直秉承宁可信其无的信条。然而，通过滕少发、刘长利这么一讲，他便彻底认定"宁可信其有，不可信其无"了。他相信滕少发、刘长利着实是目睹了一切，他们说的都是实话、真话；他相信，过去流传的陈、孙的风流韵事，不是无中生有；他相信徐辰生确实不是自己的亲生骨肉。至此，壮壮忽然认识到，他和陈雪梅的结合是轻率的、错误的、失败的，是不听父母的劝阻闪电般结婚造成的恶果。

他痛苦，他压抑，他无法原谅自己，无法控制自己，终于在一个风雨交加的早晨，他冲上了甲板，打起了许久没打的"壮氏拳"。他没顺序地打，没套路地打。当打螳螂拳时，几下跺地把甲板震得咚咚作响，而且一声紧一声，声声如雷。船舱里的人们纳闷，纷纷跑到甲板上，见壮壮在那儿折腾。周船长屏住了呼吸，侯乃寿捂住了胸口，人们惊诧不已。壮壮还是旁若无人地打，后来人们发现壮壮边打边流泪。

周船长大吼道："壮壮，还有完没完啦?!"

侯乃寿心痛地说："哥，行了！"

壮壮不听，开始打醉拳。人们从未见过什么醉拳，都以为壮壮是不是彪了，这东一头西一头的，要死不死，要活不活的，要是一下翻到江里去怎么办？侯乃寿上前抓住了壮壮，说："你这是怎么啦？怎么啦？"壮壮一看是瘦猴，一下子抱住了他，泪流满面地说："哥哥我心里痛啊……"壮壮推开侯乃寿，倏地冲向扶栏，眺望对岸，似乎在荧荧灯光里看见了顺姬那憔悴的面容。

第二天一早，壮壮回到了黄长北农村的家。他发现雪梅不在，就问岳父。陈贵说："孙一福夜里回公社，不小心摔到桥下去了，听说摔得不轻，住在县中医院里。雪梅大概和有关领导去医院慰问去了。"壮壮听后，马上前往县城。

一进病房，哪有什么领导，就陈雪梅一个人在为孙一福忙前忙后。壮壮压下怒气，走到孙一福床前询问病情，表示慰问。孙一福对壮壮的突然出现感到十分惊讶，支吾道："都怪我不小心才掉到桥下去的，没事，没事，谢谢您来看我。"看壮壮身后的陈雪梅一脸的恐慌，且无地自容的样子，解围说："雪梅到县城办事，听了这事，顺便来看我。您坐，您坐……"

壮壮突然出现在面前，令陈雪梅十分紧张，万分惊恐，从头到脚都在颤抖。当壮壮友好又通情达理地问候一番孙一福后，她的心似乎平稳了一点。当陈雪梅听到孙一福"雪梅到县城办事，顺便来看我"这句很有智慧的话，她将计就计地说："方才公社领导和同志都来探望孙助理。我参加县妇联召开的部分公社、大队妇女主任座谈会，知道孙助理的事，就到医院来了。"她这样说着却不敢正视壮壮。
　　"是吗？"壮壮用轻蔑的眼光看着陈雪梅，说，"应该，应该。妇女工作要做好，做好妇男工作也很重要。"壮壮安慰了几句，借故把陈雪梅叫到走廊尽头，问："你说的都是真的？是真的?！"
　　陈雪梅刹那头就涨得老大，说："壮壮，你这是什么意思？"
　　壮壮问："没有一句是骗我的?！"
　　陈雪梅说："我不明白你今天是怎么了，你从没用这种眼神看我，从未这样对我讲话，你……"
　　壮壮大吼："扯谎！县妇联根本没召开你所说的那种座谈会！"
　　陈雪梅辩解道："你怎么知道没召开？你又不是妇联领导！"
　　壮壮厉声道："今天是星期天，全县都休息！"
　　陈雪梅见谎话被戳穿，说："星期天就不能召开会议了吗？壮壮，今天你来到底是什么意思？"
　　壮壮说："听咱爸说你是专程到县里看望助理的。"
　　陈雪梅怔在那里。
　　壮壮肺都要气炸了，他想扇陈雪梅两个耳光，想一个飞脚把陈雪梅踢出窗外。由于人很多，迎面又来了一个护士提示他们说话轻点，壮壮才压住了怒火，说："你问我什么意思？我没什么意思，没什么意思。"见护士走了，又说："这一年多，你拉扯辰生很累，不愿住城市是怕婆媳关系处不好，我经常不在家，你孤单、烦躁，这些我都理解。关于户口，你爹和我也托了不少人，申请报告打了几次，也不见批文；咱俩老这样长期不见面，农村、城市这么耗着

181

也不是个事,既然如此,不如……"壮壮的话还未说完,又怕影响不好,就把陈雪梅拽到医院后花园树下。

陈雪梅发起了反攻:"壮壮,你很聪明,很有人情味。是呀,你说的一点不假,我在城里住的那些日子,你爹一见我就扭头,只顾逗辰生玩,你娘也不愿意和我多说一句话,她整天跑街道,我成家庭主妇了。农村的饭好做,这城市里的饭,我怎么做?爹有病发急,这也不吃,那也不吃,吃不好就给脸子看,有时还摔摔打打,你说我该咋办?这时间一长,非打起来不可,与其有那么一天,还不如我赶快撤离险境。再说我和辰生的户口根本解决不了,待在城里无事可做,你说我不回乡下我能干什么?我回大队整天和姐妹在一起,也觉得时间过得快,过得有意思。我想你了,你想我了,有的是机会,不影响夫妻关系。"

壮壮轻蔑地看着陈雪梅,道一声:"是吗?"陈雪梅一听"是吗"两字和音调的怪异,绝对是对她的讽刺,她说:"壮壮,我告诉你吧,你不在家的时候,我感到城市的日子实在是难熬,不但难熬还是对我的摧残。"

壮壮心中的怒火终于爆发了:"难熬?扯淡!摧残?污蔑!"见陈雪梅吓了一跳,又平静地说:"你说得似乎有点道理。难道,难道你也不征求我的意见,一封信甩给我就回农村,就不管爹娘,不管辰生?只身回乡,无拘无束,旧病复发,寻欢作乐,无所顾忌?你!……"

陈雪梅一听壮壮是掌握了自己和孙一福的行踪,软下来说:"壮壮,你不要听信别人的谗言,不要听别人无中生有、胡说八道!不要侮辱你的老婆。"少顷,又说:"壮壮,我爱你,辰生爱你!"

壮壮痛苦地说:"别人爱我,我都相信,你说你爱我?"

陈雪梅后悔地说:"壮壮,真的,我说的都是真的,绝无二心。壮壮,我和辰生的户口进不了城,一辈子也进不了城。为了这个家,你还是辞掉工作回来吧。"

壮壮不无遗憾地说："事情都发展到如此地步了，我辞掉工作又能怎么样？"

陈雪梅在背后一下子搂住了壮壮的腰，哽咽道："壮壮，我诚心地爱你。你回来吧，你回来我们就像一个家，孩子有了父亲，我有了丈夫，我们可以幸福地过日子……"

壮壮甩掉了陈雪梅的双手，仰天长叹："陈雪梅呀陈雪梅，没想到你居然是这样一个女人，这样一个轻狂下贱的女人。"

在树下，在寂静的花园里，在天空飘着的几朵灰色云下，无论陈雪梅怎样解释、发誓和憧憬未来，壮壮都听不进去。最后壮壮说："陈雪梅，咱们好聚好散，我要和你离婚。"说着拂袖而去。

陈雪梅声嘶力竭地高喊："壮壮，徐吉壮……"

看着壮壮离开的背影她又惊又怕地瘫倒在树下……

壮壮来到海边。蔚蓝的天空，浩瀚的大海，此时在壮壮的眼里，海天一色，混沌不开。壮壮凝视大海，回忆往事，不禁悔恨起来。

壮壮对大海说，他很想顺姬。

顺姬回国，他形单影只，孑然一身，失去相随相伴的人，感到心中无限的空虚和惆怅。昔日顺姬那欢声笑语，风风火火的丽影，已然远去。他发现，顺姬不在的日子，父亲为了排解心中的郁闷，长时间地扎在轮船上工作，不回家；母亲则整天投入街道工作，以此消磨时光。想顺姬时，母亲就拿出玉坠呆呆地看着、想着。一家人聚少离多。一到节假日，家中尤显得冷清、寂寞，没了顺姬在时那种其乐融融的氛围。

顺姬多次来信，信中介绍她回国后的生活，说些想念爹娘的话，谈些她和他小时在一起时的兄妹情意，和后来的那些事。壮壮每每看后，由激动变为惆怅，却很少回信。即使回信也只写些他的学生生活、下乡情况等，并嘱咐顺姬一定要照顾好自己。而顺姬却一直是鸿雁传书情感真切。例如有一次顺姬在信中有这么几句令人感慨的话，她说：

哥哥：

　　从我入水生还的那一刻，你便是我的终身守护神。……大水滔滔，一江之隔，流走的是岁月，留下的是真情；隔断的是月光，隔不断的是情义绵长。古人曰"大江流日夜，客心悲未央""青青河畔草，绵绵思远道"……

壮壮一时想不起来这两句诗的出处，查了很多书，后在南北朝谢朓的《暂使下都夜发新林至京邑赠西府同僚》中发现了前两句，诗意是：长江的大水，日夜不停地奔流；客居异乡的我，内心的悲伤，就像滔滔长江水一样，永远奔流不尽。又在汉代无名氏的《饮马长城窟行》中查到了后一句诗，诗意是：河边长满茂盛的青草，出门的人老远就可以看见，不觉勾起绵绵的思绪，想念那远方的人。看后，壮壮揣摩着顺姬也站在鸭绿江岸边，遥望对岸有所思、有所想。古人的诗句表达了她内心的伤怀。壮壮领悟后，不觉脸上泛起红晕。

壮壮不会写诗，也不会恰如其分地引用古人的诗词，每次回信中就只有朴实的大白话。他在下乡后，给顺姬写的第一封信是这样的：

顺姬：

　　阿姨好吧！你也好吗？
　　想去看你，没机会。有时与张有千他们游泳过江，心想上岸能看到你，但前方仍是一片茫茫无际的芦苇塘……

壮壮似乎有些心灰意冷。

随着海浪拍打着礁石，壮壮又想：如果说小学六年级的他和五年级的顺姬还是兄妹之称，那么在他上初中的时候，内心就莫名奇妙地产生了一种既有兄妹情义又蕴藏男女之爱的情感了。顺姬一走，对他的打击很大，一腔热情冷却到冰点，变得形只影单，剩下的就只有一种不见的思念。在顺姬的问题上，他忏悔过自己，忏悔的是不该与顺姬在情感上发展得那么快，那么真挚、强烈和执着，以致出现了离别时那种天塌地陷的感觉。这些年来，他愿意往从前想，愿意往从前看，而且越往前越好。他认为，早知有顺姬回国这一天，就应该停留在初中、小学、儿童团，乃至两小无猜睡在一铺炕上的时光。倘若这样的话，就不会有今天这般爱的牵挂和痛苦，乃至以信传递的惆怅心绪。

坐在海滩上，壮壮想起了顺姬的最近一封来信。信中说：

哥哥，见信如面：

我多么希望我们有两小无猜时的岁月，有少年潇洒时的爱心，有离别时的热泪……

现在除了你，还没有一个懂得我内心的人。我亦不想读懂他们。

我们真能"同心而离居，忧伤以终老"吗？哥哥，夜里每当想起你的时候，我就拿出照片，看完了爹，看完了娘，就轻轻用手捂住他们，那时照片上就只有你我二人，晚上就做梦。

哥哥，我知道你下乡了。在大千世界，但愿你能找到你的幸福。

等我做护士工作一两年后，稳定了，我会回去看你。

想到这儿，壮壮抬头一望，大海上只有一只海燕在飞。

壮壮对大海说，他对不起茹小娟。

在顺姬尚未回国时，茹小娟就对壮壮产生了好感。和壮壮坐同桌，茹小娟总感觉她比别人幸福和自豪，每天脸上总洋溢着愉快的笑容。壮壮少什么东西，茹小娟主动给买；考试时有意让壮壮偷看几眼自己的试卷；在运动会上为壮壮保管衣物，精心为壮壮系好钉鞋鞋带；和壮壮多次看过电影，还请壮壮到她家做客；等等。更令壮壮不能忘怀的是，茹小娟居然给他写过情书。那时壮壮故意显得城府很深，使茹小娟丈二和尚摸不着头脑。后来在张有千的点拨下，茹小娟才知道壮壮和徐霞的关系，才看出徐霞确对壮壮一往情深。顺姬突然回国，茹小娟高兴极了，但见壮壮整天闷闷不乐，又不愿意伤害他，所以小心从事。主要还是开导壮壮、关心壮壮。两个人的感情到了一个新的阶段。

　　下乡后，茹小娟因为人和善，疼爱别人，加之性格温顺和气，深得同学们的爱戴和信任，所以长期担当城市户的火头军——做饭。开始城市户穷，巧妇难为无米之炊，俭朴就是她的最大本色，由此带领大家度过了最困难的时期。后来突击队有所好转，特别是壮壮当上了生产队长后，她除了一天三晌地做饭外，还喂了一口猪、一群鸡，还有房前屋后的五分菜地，日子过得算是有点起色了。一年下来，因她计划得好，伙食没有超支，生活虽不如社员家，但一个月也能改善几次。所谓改善，也就是能吃上几顿当年产的大米，做几个青菜而已。最好的时候，赶公社的早集，买些便宜的海货，城市户就算是见到腥味了。茹小娟的吃苦耐劳，有点母亲的影子，这使壮壮非常感动。壮壮还经常帮她做饭、喂猪、喂鸡等，两人默默地经营着爱情。茹小娟和壮壮之间的恋爱关系谁都知道。最清楚不过的是毕建华。在突击队，茹小娟三天两头给壮壮洗衣服、补衣服。尤其在吃的问题上关心备至，把自己的那份省下来给壮壮，有时还偷着给壮壮留一碗米饭，多留一条小鱼。这些大家都看在眼里，但谁都装傻，也不计较。壮壮当上生产队长后，茹小娟胆子更大了。插秧时多给壮壮一个鸡蛋、鸭蛋。突击队每年杀一口猪，大家暴吃三天，第五天除炼一些大油留着平时炒菜用外，肉是没有了。但壮壮碗里总有一块炼油的油梭子垫底。为此，壮壮警告过她几次，茹小娟总是不听。

　　生活不都是苦涩的，浪漫点缀着岁月。在黄昏稻田的小径上、在绿树成荫的树下、在辽阔的海边，壮壮和茹小娟除了欣赏美好的大自然风光外，就是规划和憧憬未来，然后两人情不自禁地拥抱在一起。在海滩上，壮壮似乎又找回了当年他和顺姬的感觉，紧紧牵着茹小娟的手，在沙滩上飞奔……

　　圈背山"庄主"宴会后，壮壮返回湾湾塘突击队正是9月。

　　9月的秋风，从海上习习吹来，一望无际的稻穗在微风中荡漾。太阳照在纵横交错的河渠上发出万道银色的光芒。远处，海面上打鱼的船只正破浪返航。这一切使坐在沿海公路客车上的壮壮，感到大自然和人类创造的美融汇在一起，是一幅多么壮观的画卷哪。

　　下了客车，壮壮沿着小道向突击队走去。在路上，壮壮没有去想槐树林中那场酣战是如何的精彩，也未回味与"庄主"聚会的喜悦，而是想起了酒席桌上张有千那番关于女人的说辞。

　　壮壮想着想着就过了一座小桥，看到眼前金黄的稻子在向他频频点头，他弯下腰摘了一穗看了看，又尝了尝，感到十分得意。他不禁抬头向远处望去，稻浪泛起，金黄一片，没想到第一年当生产队长就是个丰收年。恰在这时，一红衣少女在稻田小径上飘逸而来，壮壮定睛一看就是张有千说的那个陈雪梅。

　　此时，壮壮对仙女一般的陈雪梅只有心仪，没有举动。他对陈雪梅有好感是在他当生产队长前后的事。当突击队长时，壮壮带领大家艰苦奋斗，与社员打成一片，每次大队、公社掀起的劳动竞赛，他们都走在社员前面，这些都给陈雪梅留下了深刻的印象。特别是壮壮敢于带领大家大闹生产队队部，并把队长宋仁义、会计闫本利拉下马，她对壮壮这种有胆、有识、有勇、有谋的大无畏的集体主义精神所震撼、所感动。而且壮壮带领青年把副业也搞上去了，生活也提高了，城市户的出勤率提高了，团结的风气也加强了，壮壮的威信不仅在突击队，在广大社员中也高了起来。恰在这时宋仁义又犯有强奸未遂罪被捕，在社员、城市户的一致拥护下，壮壮就开了城市青年下乡当生产队长的先河。上任后，壮壮走访了生产队的上百户人家，为贫困户，特别是为军烈属、五保户排忧解难，深得民心。在兴修水库的工地上，湾湾塘生产队受到了县建库指挥部的表扬；在围海造田的会战中，他带领突击队、民工不怕酷暑严冬，营造水田几百亩。那是怎样的一种情形啊：湛蓝的天空飘浮着几朵游云，大海在涌动；在人山人海的工地上，红旗招展，号子震天，他们用铁锹、镐头一个月内硬是在这片盐碱滩上筑起了防洪大坝，驱赶海水造田百亩，修筑干渠三里。创造了沧海一夜变良田的北黄海精神。他受到了公社的通令嘉奖。与此同时，他加强稻田管理，一个丰收在望的年头呈现在人们面前。壮壮的组织能力、指挥能力以及以身作则的作风得到大队党支部书记陈贵的赏识。在全大队生产队长会议上，经常受到陈贵表扬，并一再肯定壮壮文化高、素质好，能和城市户、社员打成一片，积极有效地调动一切积极因素，使生产队的生产上去了，每户的副业收入上去了，生产队也变为账面有盈余的先进单位了。陈贵的重视、信赖及壮壮的谦逊、朴实，引起了陈贵的女儿陈雪梅的注目。毋庸置疑，陈雪梅对壮壮有了好感。接着对壮壮由早期的好感开始向爱情的轨道上推进。

陈雪梅年轻漂亮、有朝气、身体好，是远近十里八乡有名的美人。初中毕业后，就回乡务农了。由于工作积极，又有文化，敢于抛头露面，就早早当上了大队的妇女主任。真是世上无难事，只怕有心人。由于工作上经常和壮壮接触，以及父亲有意安排，陈雪梅就盯上了壮壮。她经常以研究工作为名，长时间和壮壮在一起说说笑笑。这一来二去，两人就产生了感情。壮壮越来越被陈雪梅的秀美、朴实、热情、真挚所感动；陈雪梅则被壮壮的英俊、健壮、有才华和阳刚之气所折服。爷儿俩有时不谋而合经常设局请壮壮到她家喝酒。如果说开始陈雪梅对壮壮的感情还像"小荷才露尖尖角"的话，那么到了茹小娟发现她和壮壮的来往不正常而产生反感后，陈雪梅就有对茹小娟公开挑衅的行为了。她整天找壮壮有事，很晚才回家；故意在光天化日之下和壮壮肩并肩走在大路上、人群里。茹小娟生气，多次质问壮壮。壮壮就劝说："我们是工作，你别胡思乱想。"其实壮壮知道自己有些地方做得不够检点，对于茹小娟的不满和警告，壮壮是理解的。

壮壮边往突击队走边想：这些事情咋就瞒不过张有千这小子的贼眼，以至于他在圈背山"庄主"的宴会上披露他和陈雪梅的关系？

田野的傍晚是宁静的。那白天墨绿的几棵白杨，此时尤显得黛青和高大。壮壮回到突击队，天已经大黑了，他刚进院门就发现陈雪梅往外走。

"雪梅？"

"壮壮！"

"你这是……"

"今天公社开了妇女工作会议，我来是向茹小娟她们传达会议精神的。你怎么才回来？"

"噢，去圈背山公社看望老同学去了。"见陈雪梅想走又不想走，正徘徊时，壮壮说："进屋坐呗。"

陈雪梅深情地看了一眼壮壮，嗔怪道："不了，太晚了，老爸还在家等我回去呢！"她说走又不走，又补了一句："其实我在这儿等你两个多小时了。"

壮壮歉意地说："是吗？天这么黑，那我送你回去吧！"说着就与陈雪梅走出大门。

茹小娟有礼貌地将陈雪梅送至门口刚想回屋时，听见壮壮在院门和陈雪梅对话，就宛如触电似的警觉起来。听壮壮要送陈雪梅回家时，茹小娟怒火中烧，猛地一个箭步蹿到院子中央，大吼一声："徐——吉——壮！你敢！"

壮壮吃了一惊，回头望着离他几步远的茹小娟。茹小娟说："她是狐狸给鸡拜年！你是农夫和蛇！"见壮壮不动，大吼一声："徐吉壮！你听见没有！你给我回来！！"这一连串的吼声如同雷声大作，他走向茹小娟小声说："人家是客人，天又这么黑，家又这么远，答应送人家回去的，这……"说着要走。

茹小娟死死地拉住壮壮不放，说："这两天我都快病死了，你管我了吗？这个妖精传达工作是假，等你是真！一两句话的事，她居然像牛倒嚼似的说个没完，真不要脸！"茹小娟这几句话声音很高、很响，就是故意说给陈雪梅听的。

陈雪梅在门外听到茹小娟的话，想回去扇她耳光。但又一想，这样有失身份。她原地不动，坚信壮壮一定会送自己的。她想，这一"送"，比耳光来得响亮、痛快；这一"送"，茹小娟在精神上马上就会崩溃。想到这儿，陈雪梅故意喊了一声："壮壮，那我走啦！"等了一会儿，见壮壮没有送她的意思，气得她悻悻地走出了大门，并很快消失在黑夜中。

茹小娟终于将壮壮拽回到屋里。把已经为壮壮洗好叠好的衣服放在壮壮床上，说："今天你要是真送她，我就跟你没完！"

壮壮倒在床上，说："你呀，就没有徐霞那胸襟。"

"那是徐霞没遇上这骚狐狸，遇上了都能把她心给挖出来！"少顷又问："这两天你都去哪儿野跑啦？"

"和有千他们去庄美娟突击队了，有千想她了。对了，美娟让我给你带好，还说她要来看你。"

"张有千他今天爱上一个，明天又看上别人，现在又盯上人家美娟了，真流氓！"

"别瞎说,人家是在谈恋爱,想哪儿去了。"

"他张有千可以,你不可以!徐霞回国了,你只有我!"

"好,好,只有你,只有你。"壮壮说着吻了一下茹小娟。

茹小娟说:"我就纳闷了,庄美娟怎么能看上张有千这个小流氓?"

壮壮说:"这你就不知道了,人家张有千和庄美娟那可是门当户对、青梅竹马。张有千的父亲是区政府办公室主任,庄美娟的父亲是二三〇医院政委,官职相当,又在一个院里住。美国飞机炸三马路时,是有千把她从震塌的防空洞里背出来的;小学野营,美娟被野鸡脖子长虫咬伤了脚脖子,有千二话没说就给美娟用嘴吸毒,你说他俩是不是青梅竹马?"

"这事我不相信,就张有千那德行能干出这等英雄事?说出龙叫我也不信!"

"不信就没办法了。平时你看美娟很讨厌有千,其实美娟一直都很喜欢有千的。"

"看不出来,好了,不谈他们了。壮壮,你可不知道哇,你走了这两天生产队可闹出大事啦!"

"什么事?"

"社员高朋把葛承岩打得头破血流,大队陈贵书记说了都不好使,派出所都来人了。"

"为什么?"

"为什么,狭隘呗。为了地边、地角,你占我的了,我过界了。开始是吵,后来就动手了,再后来高朋就动了铁锹拍人家。葛承岩吃了亏,当天晚上就放火点了高朋家的柴垛。要不是大家及时救火,整个村子就火烧连营啦!"

"是吗,这么严重,那我得去看看。"说着起身要走。

茹小娟把壮壮摁倒在床上,说:"显你啦,人家陈书记和派出所早就处理完了。葛承岩因放火当天晚上就被拘留了。"说完,茹小娟给壮壮打了一盆洗脚水,又给壮壮铺好了被,说句"老早休息吧",就回到了自己的房间。

第二天一早,壮壮就去了葛承岩家,对其老婆说些安慰的话和要注意的话,并建议其主动向高朋赔礼道歉等。见女人哭哭啼啼的,壮壮说葛承岩不会有大事的,好在火没有烧到邻居家,没酿成大祸,拘留几天就会放回来的。见女人情绪有些稳定,壮壮还是建议她去高朋家看看,赔个礼道个歉,缓和一下矛盾。壮壮见女人点头同意了,就从葛承岩家出来,一抬脚去了高朋家。了解情况后,壮壮对高朋进行了严厉批评,说他私心太重,还动铁锹拍人。针对葛承岩被拘留一事,壮壮斥责道:"这下好了,葛承岩进去了,你解恨了吧?你这是把葛承岩往死里整。"高朋反驳,壮壮立眉道:"你不服是吧,不就烧了你一垛柴火嘛,又没有烧了你的房子,更没有火烧连营咱湾湾塘,值得你去派出所告发把葛承岩送进去?如果派出所调查,公安局认定,检察院批捕,总有一天法院会以故意纵火罪判葛承岩十年八年徒刑。"高朋说这样更好。壮壮说:"好什么!判刑,判刑,判刑了他老婆你养活?你供他孩子上学?自留地你给种?他家欠的钱你给还?出狱后就变成刑满释放分子,街坊邻居低头不见抬头见的,你怎么办?哦,对了,你们还是沾亲带故的,你怎么面对人家?"

高朋被壮壮这么一吓唬,觉得壮壮说得有道理,就问咋办。壮壮说:"咋办,你去县看守所探视一下葛承岩,承认自己的过错,然后推翻自己的证词。"高朋问怎么推翻,壮壮说:"到派出所就说你自家烧炕做饭的稻草灰倒在粪坑里,风一吹死灰复燃了,又一吹就刮到柴火垛上了,不是葛承岩放的火。"高朋说:"这样说就行?"壮壮说行。高朋说:"那我马上就去?"壮壮说:"马上去。"高朋按着壮壮的说法去了县看守所,去了派出所,推翻之前的证词。好在派出所还未结案,也未批捕。鉴于高朋新的证词,和未酿成严重后果,派出所批评一顿高朋后,不几天就放了葛承岩。

壮壮从高朋家出来，听人说陈雪梅昨晚差点淹死，就赶紧去了陈雪梅家。一进屋，刚好看见陈雪梅自己用稻草烧成的灰加上烧酒和香油搅拌一起做成药，往患处敷。陈雪梅见壮壮来了，精神焕发起来，眉宇间流露一种既感动又怨恨的神情。感激的是壮壮登门看望，说明心里有她；怨恨的是茹小娟一声吼，他居然就不敢送自己回家。

陈雪梅慢慢地扶着椅子站起来道："壮壮，你来了，坐。"

"怎么不小心崴成这样？"

"你心真狠，那么黑的天让我一个人走。"

"这……"

"这可倒好，图近，经过你们湾湾塘芦苇塘时……"

"遇到狼，还是狐狸啦？"

"遇到狼把我吃了倒也痛快。这可倒好，风一吹苇叶哗啦哗啦直响，像鬼叫似的，还有不知是田间老鼠吃青蛙，还是长虫吃老鼠，窸窸窣窣的，我的头就大，就发麻，心突突地跳。"

"那声音是有点叫人头皮发麻。"

"走不远，大概是一个什么水鸟突然腾空而起，我一晕就一头栽倒在水里。好在水浅没淹死，醒了才知道脚崴了。"

"是吗，真危险！那你是怎么回来的？"

"我在水里挣扎着，挣扎着，爬起来浑身是泥。到了天快亮时，我才连滚带爬地回了家。"

陈雪梅说着哭了起来，哭得身子直发抖。壮壮怕她站不住，扶着她，并为她揩拭眼泪。她一下倒在壮壮怀里。

"要知道这样，我……"壮壮愧疚地说。

"茹小娟厉害呀，她放个屁，你就不敢送我了。"

"都怪我立场不坚定，不坚定。"壮壮有意安慰地说。

"什么立场不坚定啊，是热血！"

"热血？"

"装傻！"少顷，又说："壮壮，爸爸不在家，去圈背山公社参观大型农机了，你真的要陪我几天。"

"……那好。"壮壮说，"不过这不太方便，我派一个女同学来照顾你。"

"我还要专人陪护？我没那么娇贵，我只是想咱俩……"

"那好，我处理完高朋、葛承岩两家的事，有时间就来陪你。"说着，壮壮哈腰给陈雪梅上药，发现陈雪梅脚脖子肿得像馒头似的，说："稻草灰配的药，这哪行，还是去医院吧。"说着抬头看了一眼陈雪梅。陈雪梅心里一热，抚摸着壮壮的头，嗔怪道："壮壮，我爱你，为了你，我不能死。"

壮壮红着脸，站起来说："要是不去医院，那我先走了。"陈雪梅哪能这么放壮壮走，她拽住壮壮的手说："壮壮，爸爸可能一会儿就回来了，你们爷儿俩再喝几盅呗。"壮壮一听"爸爸""爷儿俩"两个词用得既亲切又自然顺畅，像是一家人似的，他蓦地意识到事情的严重性，于是告辞要走。陈雪梅一看壮壮真的要走，灵机一动，说："壮壮，我的脚，我的脚，不行，我受不了啦！快送我去医院，快！"壮壮看陈雪梅确也疼得够呛，背起陈雪梅出了屋，用大国防自行车载着陈雪梅就跑。

自行车在乡间小路上颠簸着向前。

陈雪梅在后座上紧紧地抱住壮壮的腰。此时她忘了脚的疼痛，她觉得一股暖流流向全身。特别是她的脸紧紧地贴在壮壮的后背上，心在剧烈地跳动，仿佛她的一腔热血正与壮壮的热血融在一起。田间干活的人，向他俩投来艳羡的目光。

到了卫生院，壮壮为陈雪梅挂号、检查、打针、吃药，忙得满头大汗。陈雪梅因为踝骨骨折住进了医院。

陈雪梅脚伤没有告诉在县城中学读书的弟弟。爸爸开会又没回来。痛苦中，没有家人的疼爱。现在壮壮在她身边，这是她战胜疼痛的最有效力量。

壮壮在医院陪护陈雪梅的事，有人告诉了茹小娟。茹小娟正在和面，一听这事，顾不上洗掉手上的苞米面，两手往衣服上胡乱地一抹，拢了拢乱发，向公社卫生院跑去。进了医院她东一头西一头地到处乱找，最后在住院部的房间里找到了壮壮。她一进屋正好看见壮壮抱着陈雪梅往床上放，她的眼泪唰的一下流了出来。又见壮壮给陈雪梅拢了拢头发，盖好了被子，茹小娟按捺不住心中的怒火，冲到他俩跟前，大吼："徐——吉——壮！你还要不要你那张狗脸啦！"壮壮回头，见是满脸泪水的茹小娟，吓出一身冷汗。茹小娟斜视着陈雪梅，说道："这个臭女人，值得你这么下贱吗？"陈雪梅一看满身、满脸、满头苞米面的茹小娟，眼放射着凶光，她受到了威慑，不由得一翻身差点从床上滚落下来，恰好被打针的护士拦住才没有掉下床。

茹小娟不听壮壮解释，拽着壮壮往外拖，一直把壮壮拽到卫生院后花园。

茹小娟暴跳如雷，"大白天你就抱上人家啦！"

壮壮不知所措，"小娟，是这样的……昨晚我怕她一个人回家出事，想送她回去，你死活不同意，结果她摔在芦苇塘里差点淹死，还好只是把脚扭伤了。"

茹小娟斥道："昨晚没捞着送，大清早你就跑到人家去啦？"

壮壮说："什么大清早，我不是听高朋他们说的嘛。"

茹小娟一脸凶相，"我不信！你准是想她了，想这个妖精了！"

壮壮哭笑不得，"现在什么难听你说什么。如果高朋他们不告诉我，如果没有昨晚我的过错，别说陈雪梅脚脖子崴了，就是死了也不关我的事。"

茹小娟听到"死"这个词很满意、很解恨，说："你怎么不让她去死！去死呀！死才好呢！"接着又说："看看也就算了，怎么到医院还抱到一起去啦？"

壮壮说:"我到她家一看,脚肿得跟馒头一样,我说这哪行,去医院吧,她说不去。后来疼得直流汗,陈书记又没在家,她说要去医院,我能说不去?"

茹小娟眼珠一转,又说:"大队不是有赤脚医生吗?他们都死了,显你啦!"

壮壮说:"赤脚医生不是不在嘛,无法我就用自行车驮她去医院。医院检查,踝骨骨折了。检查完了,用石膏固定好了,她又不能走,只有我抱她……以后的事,你不是都看见了嘛。"

茹小娟说:"又有大夫又有护士,怎么就显得你能?说到天黑我也不信!"

毕建华去公社供销社买东西,听说陈书记的千金陈雪梅住院,壮壮在那儿满张罗,就直奔卫生院。此时,任茹小娟怎么数落,壮壮连个屁都不敢放。毕建华想,壮壮肯定做了见不得人的事让茹小娟抓住了。

茹小娟的一番数落,壮壮有些生气,见毕建华来了这才压住了火,"好,好,我不是人,我变了,这行了吧?"

茹小娟知道壮壮是在故意气她,她边拽壮壮边说:"跟我回去!"壮壮闪了一下,茹小娟拂袖而去。

毕建华朝茹小娟喊了一声,茹小娟佯装没听见,边哭边跑。毕建华想追上去,被壮壮拦住。壮壮挥挥手,说:"让她走!"毕建华左右为难,追也不是,不追还怕茹小娟出事。此刻,他不管壮壮愿不愿意听,开了连珠炮。

毕建华:"徐吉壮,你还像个男人吗?她生气,你得追她、哄她,怎么就这么让她走啦?!"

壮壮:"你看她这脾气……"

毕建华:"这事放在谁身上也不能容忍!"

壮壮:"建华,你什么意思?"

毕建华："你说什么意思，这边你和小娟好得像天仙配，那头你又和陈雪梅勾搭。你这不是脚踏两条船嘛！"

壮壮："你说我脚踏两只船，你也这么认为？"

毕建华："怪不得有人说你轻浮、不正经，你还真是这种人！"

壮壮："建华，咱俩可是从小光屁股长大的，我是什么人别人不知，你毕建华不清楚吗？我能和陈雪梅搞上吗？"

毕建华："那你说今天是怎么回事？"

壮壮把事情经过说了一遍，又说："小娟来了，就看见了。就这么回事。"

沉默一会儿，毕建华说："总而言之，你是不太关心小娟了，心是不是往陈雪梅那边使劲，你自己知道。连张有千都看出来了，你还狡辩什么？你要不关心、不珍惜，有人可要关心、珍惜了，到那时候你别后悔。"

壮壮："小娟、有千，还有你，你们这是瞎扯！"

毕建华："扯不扯你自己考虑，顺姬你没得到，又丢了茹小娟，我看你咋办……还不赶快去追她！"

壮壮："那陈雪梅这儿……"

毕建华："不是有大夫和护士嘛！"

壮壮："这，这太不仗义了吧？"

毕建华见壮壮像电线杆子一样站在那儿一动不动，说："你不追，我去追！"说着向茹小娟追去。

茹小娟像疯了一样从卫生院跑回突击队，她一头扎在被窝里哭号着。她越想心里像火烧似的难受。她忽地爬起来，到壮壮屋里翻到一瓶山东产的地瓜酒，就喝了起来。

毕建华往突击队走，边走边想：我毕建华这不是鸡抱鸭子干操心，七十二道我算哪道？我是壮壮吗？又一想，不管壮壮咋想，不管茹小娟咋想，茹小娟也是自己喜欢的人，眼下遇到这种情况，我不能不管。于是他加快了脚步，回到了突击队。一进门，女生宿舍没动静，毕建华以为茹小娟没回来，就想走。他刚想走，忽听男宿舍屋里有呻吟声，他推门一看茹小娟正在喝酒。毕建华劝茹小娟不要再喝了。茹小娟抓住毕建华胳膊说："建华，我知道你诚实、厚道、心眼好，对谁都好，对我也好。可是壮壮他……"毕建华有点受宠若惊，刚要解释，茹小娟气愤地说："这事要放在你毕建华身上，你绝不会背着我干出这种缺德事！"毕建华听了很激动，又劝了她几句。茹小娟不听劝，还是大口大口地喝酒。毕建华夺不下酒瓶，又不好与她滚死球，就出去找人，没找到人就回了屋。茹小娟哭后、骂后，就倒在地上不省人事了。污物从她嘴里喷出，溅了自己一身。毕建华一看手足无措，又出去喊人，没人应，又回屋。这时茹小娟不断地呻吟，然后就抓挠起自己的胸脯来，把衣服都撕碎了。毕建华在屋里打了一个转儿，这才拿了脸盆，倒上热水，洗了毛巾，给茹小娟擦了脸，擦了嘴，擦了脖子。茹小娟还用手狠抓自己的胸。毕建华明白茹小娟的意思，想擦，又不好意思。但看茹小娟难受要死的样子，他环视了一下屋子，见没人，就横下一条心，给茹小娟擦起胸来。他骇惧了，手颤抖了，他想放弃。然而，醉成烂泥的茹小娟，下意识地搂住毕建华的脖子不放。

在卫生院，毕建华去追茹小娟，壮壮想：别他妈的打铁烤煳卵子不看火候，不能再去陈雪梅那儿了。于是，他骑自行车回到生产队，派一名女社员去医院护理陈雪梅，就赶回突击队。

壮壮进屋发现毕建华趴在茹小娟身上，大吃一惊！怒火中烧，他上前一把将毕建华揪了起来，打了毕建华几个耳光。

毕建华被打蒙了，用手轻轻抹掉嘴角上的血，定神一看是壮壮，没还手，也没解释什么，怔怔站在那儿。

壮壮骂道："你给我滚！给我滚！！"

毕建华感到很委屈，但也深知自己做法欠妥，他扔下手中毛巾就出了屋。

壮壮打跑了毕建华，观察了一下现场，似乎明白了什么。此时，茹小娟又在呻吟，又在抓挠自己脖子。壮壮将茹小娟抱到炕上，给她理了理头发，给她喝了点水，给她盖上了毛巾被。壮壮收拾完房间，出门把酒瓶砸得粉碎。

茹小娟半睁着眼，呻吟道："建华，我不想活了，壮壮不是人……"

壮壮坐在炕沿边守着茹小娟。

茹小娟清醒了一些，但头还是痛。看看自己的衣服，还整齐着，她平静地看了一眼壮壮。

壮壮握住茹小娟的手，忏悔道："小娟，都是我不好，我对不起你。"

壮壮的真诚道歉，打动了茹小娟。茹小娟的气消了，露出了甜美的笑容。二人没事一样，照常热恋。

毕建华被壮壮打回城后，反思两个问题：一是为什么被打，二是以后怎么办。为什么被打？毕建华认为他当时的做法太过分、太胆大，他太在意茹小娟了，太令壮壮不能容忍了；反过来，要是他是壮壮，还不拿刀捅了人家？壮壮打得我嘴角出血，还是便宜了我。以后怎么办？怎么办？从小的朋友、战友，一起长大的哥儿们，能说掰就掰、说决裂就决裂吗？

毕建华在城里住了几天，感到无聊，就回到了突击队。

毕建华一进屋，见壮壮和茹小娟在一起，想退回来，被茹小娟叫住。

茹小娟："建华，怎么这几天没见到你？"

毕建华："噢，回城，看看老娘。"

茹小娟："大娘还好？"

毕建华："还好，谢谢。"

壮壮没有搭理毕建华。毕建华要走,被壮壮喊住:"去哪儿?!"

毕建华:"问我?"

壮壮:"回家有意躲我,还是自责?"

毕建华:"任你怎么说。我走了。"

壮壮:"我希望你走得越远越好。"

毕建华:"壮壮,你要是这么狭隘,那我还不走啦!"

壮壮:"你……"

茹小娟不解其意:"你俩这是……"

毕建华:"不就是小娟喝醉了,我给擦了擦,怎么啦?"

壮壮没想到毕建华会将那天的事说出来,呆若木鸡。

茹小娟突然想起,原来醉酒后她是那样狼狈。于是她说:"你们别吵了,都是我不对,我不对!"

三人默默地坐着。

1962年的秋天,是一个金色的秋天。湾湾塘生产队全体社员和突击队员,满怀豪情地准备投入这场关乎丰收的金秋会战。

一天上午9时许,茹小娟正在做饭准备往工地上送时,发现一对黄鼠狼从鸡窝后蹿出来,她以为是狐狸。黄鼠狼东张西望后就直盯着她。茹小娟与黄鼠狼对视后,黄鼠狼不但不怕、不逃,反而还歪着脖子蹲在那儿一动不动。茹小娟在灶前没有站起来,坐在小板凳上用烧火棍驱赶,它们还是不怕、不跑。茹小娟吓得连灶火烧到灶外也不知道。她闭上眼睛,又睁开,那一对黄鼠狼还在原处,她一句话也喊不出来。她感到头痛、恶心,手脚无力,一下子倒在灶台前。

中午下工的毕建华、张有千、滕少发从外面回来,见茹小娟倒在灶台前,口吐白沫,两眼发直,一副惊恐万状的神态。三人面面相觑。张有千说:"没听说茹小娟有癫痫病啊!"毕建华意识到茹小娟一定是遇到了什么恐怖的事件了,他不由分说背起茹小娟就往医院跑。

经抢救,茹小娟神志有些好转,但面部开始痉挛,发出含混不清的"狐狸、黄鼠狼"的声音。大家问医生这是怎么回事，医生一时也说不清楚，分析是受惊吓了。毕建华问医生怎么治疗，医生说："休息休息，观察观察。你们去办住院手续吧。"

正在生产队开会的壮壮听说茹小娟住院了，会也不开了，立即去了医院。他询问了情况，看到茹小娟怪异的神态，不由得泪花盈盈。他深情地给茹小娟披了披被角，用热毛巾敷了敷茹小娟的额头，握住她的手说："茹小娟你怎么啦，怎么啦？你醒醒，你醒醒啊！"在一旁的张有千斥责道："壮壮，你整天忙活什么，连自己的老婆都照顾不好！"滕少发也说："这还用问？一定是让陈雪梅气的！这个臭女人。"壮壮没说什么。毕建华一个劲地劝说大家不要互相埋怨、指责，问壮壮怎么办。壮壮看了一眼昏睡的茹小娟，果断地说："回城住院治疗！"张有千出门拦住了一辆拖拉机，壮壮把茹小娟抱到车上，他们一起到客运站。在四个人的护送下，茹小娟回城了。

茹小娟住在市医院神经科病房里。几天来，壮壮良心受到谴责，内心感到万分的内疚。他认为张有千、滕少发说的"壮壮，你整天忙活什么，连自己的老婆都照顾不好""这一定是让陈雪梅气的"都一语中的。他对毕建华说："看来我这个生产队长是不能干了。"

毕建华说："这和当生产队长有什么关系，关键是你的心不完全在小娟身上。"

壮壮说："你说得严重了。"

毕建华："一点不重。这些年来，茹小娟对你那是一心一意的，在她的感情世界里，别人是针插不进水泼不进的。可你伤透了她的心。她整天生活在担心、忧愁、哀怨之中，由于对你刻骨铭心的爱，她变得自私、狭隘，不然她也不可能被一对黄鼠狼吓成这样。她的病，你要负全部责任的。"

壮壮说："建华，你说得对。可是我的确工作很忙，没有时间陪她、照顾她。我知道她生我的气……"

毕建华："一个陈雪梅看把你忙活的，你心里还有小娟吗？"

壮壮："这一段是慢待了她，要是换成你，小娟也不会是这样子。可是我和陈雪梅没那回事……"

毕建华："换成我，什么意思？"

"这些年，我发现她对你的印象很好。你对她也像个大哥哥似的关心、体贴。要是开始你就与我争，我怎么会争过你呢？"壮壮把埋在心里的话说了出来。

毕建华愕然。

壮壮："我是说咱俩有一个对她好，她也不会得这种病。"

毕建华："壮壮，你千万别这么说，我可担当不起！"

壮壮："正人君子，死要面子，在男女问题上你就是不如张有千。"

"我……"毕建华愕然。

壮壮在市一院神经科精心地护理一周后，茹小娟的病情没有明显好转。壮壮未经大夫同意就将茹小娟转到精神病院了。住了半月，病情有所好转。大夫说医院条件差，病房人多，休息不好，建议病人回家静养一段时间就会好的。壮壮听了，就将茹小娟接回了家。他向茹小娟父母赔了礼、道了歉，痛恨自己没有照顾好茹小娟。茹小娟父母通情达理，认为这和壮壮无关。临走时壮壮说："我回去安排一下工作就回来。"说着从兜里掏出30元钱交给了茹小娟母亲。

壮壮安顿好茹小娟后，顺便回家看望了一下父母，第二天就返回了突击队。

壮壮从城里回来，茹小娟那恍惚的眼神，狂笑的面孔，孱弱的身体，还萦绕于心。为解除心中的压抑和内疚，他决意不当生产队长了，他要用全部精力和时间陪茹小娟渡过这个难关。

秋收会战在即。壮壮无精打采地走在田野里。

壮壮走在田野里的时候，天高云淡，景色灿烂，金黄的稻浪向他涌来，稻穗向他频频点头，等待的大丰收到了。壮壮顿时改变了主意。他想干，他想继续带领湾湾塘的父老乡亲，改变贫穷落后的面貌，让家家过上幸福美满的日子。有钱了，他才能使茹小娟重新好起来。此时，壮壮咀嚼着稻子的清香，兴奋地仰起头、掐着腰，以胜利者的姿态检阅着眼前的一切。

在壮壮的号召和带领下，生产队掀起了劳动竞赛——社员小组和小组比，民兵排和突击队比，做后勤保障的家属和家属比，真是干劲十足，热火朝天。这些天稻田里，红旗招展，锣鼓喧天，人声鼎沸；妇女们不但送鸡蛋、送鸭蛋、送大螃蟹、送牙片鱼，还唱着情歌鼓动人心；过去打仗的高朋和葛承岩齐头并进；毕建华、张有千遥遥领先。大队陈贵书记也来坐镇指挥，壮壮挥镰奔在最前头。在不到10天时间里，就将3000亩水稻割完，又搞了两次回头看的小秋收。然后放一天假给社员收割自己的自留地。接着组织社员、突击队运稻子进谷场，开机脱谷。与此同时组织部分强劳动力，帮助邻近生产队收割。脱谷结束后，生产队3000亩水田打了将近15万斤粮食，平均每亩产500多斤，是全公社亩产最高的生产队。壮壮一边组织人力向公社交公粮，一边组织妇女劳力编草绳、编稻席。余者又投入了深秋、冬季的积肥运动，为明年大丰收打下良好基础。

壮壮的组织能力、号召能力和以身作则的作风，给湾湾塘生产队带来了前所未有的经济效益。上缴国库的粮食超额完成了；社员的粮仓满了，城市户的钱袋子鼓起来了。这些成绩得到了陈贵书记的表扬，也受到了公社的通报嘉奖。壮壮被授予当年最优秀生产队长称号，并于年底加入了中国共产党。

从精神病院出院不久，茹小娟又回医院住了半个月。有一天，壮壮在医生的介绍栏上发现了曲文忠的名字，他愣了一下，他到医生办公室找到了曲文忠。叙旧后，说在这儿住院的茹小娟是同学、朋友，在农村受到黄鼠狼严重惊吓后精神不正常住进了医院。曲文忠说："她不属于精神病患者，不疯疯癫癫，不喜怒无常，也不构成精神分裂，只是有神经官能症，比较严重，主要是心理问题。我建议你还是送她到市一院神经科住院。"

为此，茹小娟又回到市一院神经科住院。住了一段还是没有明显好转，这使壮壮甚感忧虑和惆怅。回到农村后，壮壮睡不着觉的时候，总想：这个倒霉的陈雪梅，要不是她崴脚、骨折和我的一系列不当行为，茹小娟也不会生我那么大的气，也不会为防范陈雪梅而耗费那么大的体力，精神崩溃，致使她一病不起。壮壮想到这儿，流下了忏悔的泪。

壮壮对大海说，他瞎了眼看上了陈雪梅。

最使壮壮苦恼和招架不住的是陈雪梅疯狂的爱情攻势。

茹小娟反复住院的这几个月，陈雪梅认为天赐良机，对壮壮展开了全方位的猛烈攻势，使壮壮陷入迷茫和困惑之中。就说这次秋收会战吧，陈雪梅不是以她脚伤初愈为由就是以其父之名，常邀请壮壮到她家去吃饭；会战中，到田间地头给壮壮送饭、送水、送鸭蛋、鸡蛋、鱼和肉等。不仅如此，一个星期必请壮壮到镇上下馆子、吃海货、逛街。每次都是那样真挚、火辣、灼热。壮壮心情高兴时，陈雪梅不知出于心计还是怜悯，经常在壮壮面前提起茹小娟是个好人、好女人，也想进城去看看她；见壮壮唉声叹气时，就又说茹小娟小心眼、狭隘、嫉妒心强，这样对病是没有益处的；等等。有时还单刀直入地说，凡是得这种病的人很难治好，弄不好会终身残疾，等等。壮壮每听到这些不入耳的话，也不生气更不辩解。他往往是从善意的方面理解陈雪梅的话。

茹小娟的病，确实没有太大好转。但偶尔也有清醒的时候。清醒时她在想自己性格的懦弱，遇事的不冷静，不会变通处之，不会卧薪尝胆，而是执着地不让其他女人有半点对壮壮的好感，有了就争斗、生闷气直到喝醉酒等。现在知道自己病了，又回城，把农村这块美好爱情的处女地拱手让给了陈雪梅。为了不让陈雪梅这个狐狸精得逞,她执意想跟壮壮回农村,但每次都遭到母亲的坚决反对。就这样她只好长期在家养病。

陈雪梅的脚伤彻底好了。这一好,她对壮壮的爱情攻势更加猛烈,进展越来越快,这是始料未及的。陈雪梅想,一定要在茹小娟病情痊愈前解决自己的终身大事,否则一旦茹小娟病愈,那么一切都前功尽弃了。

为达到目的,陈雪梅意识到光靠自身的条件还不足以让壮壮就范,必须让父亲帮忙钳制住壮壮才行。于是她把自己的如意算盘撒娇般对陈贵讲了。陈贵虽心领神会,但工作一忙,就忘了天天请壮壮到家喝酒、吃饭的事。陈雪梅对此就大发雷霆,说陈贵不关心她,不疼爱她,说要是妈妈还活着该多好哇,等等。陈贵嘴上说配合,但内心怀疑这门亲事的可能性。他公开对女儿说:"人家壮壮是城里人,有知识,有文化,有远大的志向、抱负,还有茹小娟的爱,怎么可能要一个农村人做老婆?"陈雪梅听后就痛斥父亲是自卑的农民意识,不懂爱情的魅力,不懂男人的致命弱点等,并用哭闹逼父亲帮助她。

陈贵让自己闺女弄得头疼,有时也在想:陈雪梅自幼缺乏母爱、娇生惯养、固执己见、容易走极端,由此,一旦有个好歹对不起死去的老伴。于是,想到老伴,想到陈雪梅将来的幸福,他决定放手一搏。陈贵自信地认为:陈雪梅有近乎完美的长相加上智慧,一定会打动壮壮的。倘若真成亲,娶个倒插门的女婿,这也是农村人的荣耀。陈贵热血沸腾了,第二天就把壮壮请到家里做客。

在丰盛酒席间,陈贵赞美壮壮有知识、有文化、有智慧、有领导能力,是个前途无量的人。见壮壮客气了几句,陈贵又说:"你们城市户想方设法想回城那是短见,回城有啥好,在农村发展也很有前途。"见壮壮微笑,又说:"你是党员了,政治条件优越,不久就会当上大队长、书记,或许不出几年,你就会是公社的副社长、社长、书记哩。"壮壮客气地说他到农村是自己选择的生存之路,如果有机会,还是回城的好,因为城市毕竟是政治、经济、文化的中心,等等。陈贵见为他设计的仕途之路并没有得到壮壮的认可,尴尬之时,听到陈雪梅喊了一声爹,遂唤起了陈贵的灵感,于是又说:"雪梅也是百里挑一的人,农村不少人向我提亲,都被我拒绝了。壮壮,雪梅是真心爱你的,这你也体察到了。我说你是城市人,怎么能娶个农村姑娘,她反驳说我不懂爱情,不懂爱情的魅力。"陈雪梅赶忙将最大的螃蟹递给壮壮。陈贵趁机说:"雪梅说这辈子就看中你徐吉壮了,非你不嫁。"壮壮脸红了,支支吾吾不知说啥好。陈贵又抢先说:"雪梅这孩子从小就缺乏母爱,我这个当父亲的又不合格,只有你的爱,才能使她健康幸福地生活下去。"壮壮明知父女在演双簧,又不好说什么,离又离不开,就只好与陈贵碰杯。陈贵又说:"雪梅就一个弟弟在县城读初中,将来考上大学,国家分配,肯定不能回农村了,将来这个家,还不是你和雪梅支撑?这一切家产还不是你和雪梅的?"

壮壮由于几杯酒下肚,不认为这是鸿门宴,他感到陈书记这番话讲得很实在、很实际,很中肯、很精辟,故有些自负地想:如果我看中了雪梅,绝不是你陈贵说的什么仕途,也不是你陈家的万贯家财。我看中的是陈雪梅的俊美,陈雪梅的朝气,陈雪梅的热情,陈雪梅的坦诚。

家宴掀起了几次高潮。壮壮对于他们的"进攻"未加防范,虽多喝了一点,但头脑还算清醒,心想:我并没有答应你们什么。最后壮壮说突击队还有事,表示要回去。陈雪梅一看不好,又给壮壮斟了一杯酒,她先喝了下去。壮壮见此,将酒也倒进肚里。陈雪梅怕壮壮路上出事,提出留宿,壮壮不肯。趁着月色,壮壮走出了陈家大院。

月光下,壮壮醉眼蒙眬地走在乡间小路上。人越兴奋的时候,就越想家。壮壮娘见儿子回来,迎上去摘下壮壮肩上的挎包,扯住壮壮的手,高兴地说:"放假啦?"壮壮认真地端详着母亲答道:"没有，想您想爹就回来了。爹呢?"娘说："你爹也不知得了啥病，一个多月没回来。我看你爹这几年的精神头一年不如一年，身体也瘦了很多，老说肝这个地方不舒服。"壮壮说："没去医院看看?"娘说："你还不知道你爹那驴脾气，上医院就像上刑场似的。"说着把壮壮外衣挂在衣服架上，要去做饭。壮壮拉着娘的手，坐下，汇报了自己一年多来的工作情况。娘听后兴奋地说："哎呀哟，都当上生产队长啦，还入了党，庄稼丰收，你也丰收哇！好啦，娘做饭去。"

壮壮很长时间没回家，回家似乎又感到十分的陌生。他的目光停留在墙上挂的全家福上。他发现照片下方爹和娘的地方被一张白纸遮住了，留下的只有他和顺姬。看着看着，他心知肚明地摇了摇头，自言自语："还是娘知儿心哪！"壮壮足足看了半个小时。他非常欣赏母亲的这种创意，因为这种创意和他在农村的创意如出一辙。每当他想顺姬的时候就拿出照片，把爹娘的一半捂住，痴心去看他和顺姬的一半。母亲叫壮壮吃饭时，壮壮的眼神才从照片上移到桌子上，故意问："娘，相片咋遮住了一半，想顺姬了?"娘说："这是你爹上个月回来时，喝着喝着酒就下地把照片整成这样。大概是想顺姬了。"

吃饭的时候，娘就从抽屉里取出了顺姬的来信，说："顺姬来了好几封信，快念给娘听。"壮壮放下筷子，急切地打开信，念道：

爹、娘安好：

很长时间没有给二老写信了，很是想念。爹还在轮船上工作吗？江风凉、海风大，爹要多保重；为了自己的身体，烟要少抽，酒也要少喝。娘在街道工作很忙吧，繁杂的事务很多，不一定事必躬亲，累坏了身子。爹、娘养我这么多年，也未得到女儿尽孝，请二老多多原谅。想念你们时，就看桌上的照片，看了就高兴，有时也流泪。

我现在还好。几经周折，现在做了护士工作，工作还算顺心。个人问题，妈妈也着急，朋友、同事也多有介绍对象的。我想总有一天我会回到二老身边的，尽女儿的一片孝心。

壮壮娘听后流着泪，喃喃地说："顺姬善良的心没变，感恩的心没变哪！"

壮壮娘忽然想起一件事，说："壮壮，前几天茹小娟姑娘来过一次，打听你回来了没有。是不是有什么事呀？"壮壮语气平和地说："这不又到年终了嘛，她的工钱、粮食，我都给带回来了，一会儿我就送去。"

壮壮娘说："这么好的姑娘，咋就得了这个病呢？"

壮壮来到茹小娟的家，茹小娟朦胧中好像认出了壮壮，一骨碌从炕上爬起来，搂住壮壮的脖子不放，央求壮壮把她带回突击队，还说："都是那个骚货（指陈雪梅）放的黄鼠狼把我害成这样！"

小娟母亲说："娟儿，别缠着壮壮。"

壮壮说："没事，阿姨。"

小娟母亲说："医院说小娟的病好多了，还需在家静养一段。"

壮壮很高兴。

壮壮回到突击队的第二天，公社就召开了三级干部会议，总结一年的农村工作，表奖先进集体和先进个人，部署来年的工作要点。在大会上，壮壮做了《团结一致，努力奋斗，进一步打好农业翻身仗》的经验介绍。

会议结束时，陈雪梅在人群中把壮壮拽到别处，兴奋地告诉壮壮说她今天过生日，请他晚上务必到场。还说爹找他有要事。陈雪梅见壮壮默许了，就去镇上买菜了。

壮壮一听邀请他参加生日聚会，第一不好推辞，第二当真要去怎么也得买点生日礼物。刚要走，陈贵又迎上来说今晚到他家去商量、研究大队如何深入贯彻落实公社三级干部会议精神问题。壮壮认为陈书记借陈雪梅生日之际，将全大队10个生产队长都请到他家去，未必不是个好主意，故欣然接受了。

壮壮回到突击队时，收到茹小娟的一封来信，他急忙打开，信上说：

壮壮：
　　你好！
　　因病不能回去看你，你多保重。
　　一个即将残废的人是没有权利恋爱的，这是命运的安排。
　　你忙，建华也经常来，我很欣慰。妈妈说这人像你。
　　陈雪梅人挺好，什么都好，比我强，但我仍妒忌她。
　　妈妈为我选定了一个人。
　　祝你和雪梅百年好合。

茹小娟

壮壮看完这六个短句，蒙了，傻了。这是一封绝交信哪！怎么会有这个结果？他不想去陈家，他想回城质问茹小娟，斥责她为什么给他写这样无情的信！我哪点对不起她？信中看出她爱上了建华。

壮壮双手颤抖，把信藏在枕下，抹了一把泪就出了住处。为了工作，壮壮还是去了陈贵家。

一桌丰盛的酒席早已摆在人们的面前。壮壮一看没有第二个生产队长参加，心里着实明白了十二分。落座后，陈贵向壮壮介绍陈雪梅的弟弟陈雪源，在县中学读书，今天特意回来为姐姐过生日。又向陈雪源介绍壮壮是城市青年，是湾湾塘生产队队长，是陈雪梅的男朋友。壮壮、陈雪源互相握手。陈贵高兴地说："壮壮，雪梅知道你是渔民的儿子,今天特意为你准备了你最爱吃的东西。"壮壮一看,果然如此:通红耀眼的对虾,红得闪亮的大螃蟹,胳膊粗的大巴鱼,盘子大的牙片,新鲜的海蜇,还有各种贝类等。桌子四角有四碟小菜围绕,显得红中有绿,绿中映红,鲜味沁心,香气扑鼻。陈贵打开泸州头曲,给壮壮斟满,又给自己倒满,又叫陈雪源把果酒杯斟满果酒、啤酒,届时,他喊陈雪梅上桌。见雪梅坐在壮壮身边,陈贵说:"今天是雪梅的生日,是家宴,这里没有外人。壮壮能参加雪梅的生日家宴,我表示衷心的感谢。来,为雪梅的生日干杯!"大家一饮而尽。

壮壮举起酒杯与雪梅碰了一下,说:"祝你生日快乐!"然后一饮而尽。

陈雪梅饮后说一声谢谢,就将壮壮给她买的生日礼物打开,一看是一条孔雀绿的披肩,高兴地说:"壮壮,你咋知道我喜欢这条披巾,今天我在商店里还端详了半天,因太贵就没买,壮壮你……"说着就披在肩上。她下地照镜子,拢了拢刘海,又在头上插了一朵梅花,问大家好看不,大家一看陈雪梅宛若一只开屏的孔雀,美丽动人,就此又干了一杯。

席间,陈贵找到了话题,谈起了壮壮在公社受表扬的事,然后就与壮壮简单地沟通了一下大队如何贯彻三级干部会议精神的事宜等。酒还未过三巡,公社农业助理孙一福蹑手蹑脚地走了进来,说道:"陈书记在,队长在。"陈贵马上把孙一福让到桌前喝酒。孙一福看了一眼陈雪梅,见不是往日那含情脉脉的眼和热情奔放的脸,便知趣地说:"不知道是雪梅的生日,我今天来是想通过陈书记要壮壮在大会上的发言稿,我想回去整理一下,在公社农业通讯上刊载一下,没想到壮壮在这儿……"

陈雪梅知道孙一福应变能力强,方才这番话纯属现编现卖,一派胡言。她深知孙一福的来意。可是在她已经和壮壮好到这份儿上了，再捡起和孙一福以往的旧情，那简直就是一个大傻瓜、大彪子，就该像茹小娟那样住进精神病院了。于是她没给孙一福以热情，只是淡淡地说了几句客套话后，就下了逐客令："没想到孙助理工作还挺主动热心呢，壮壮的发言你不是都听到了嘛，还有别的事情没有？"

壮壮当然不知道他们之间的隐私，出于礼貌解释道，他是来和陈书记研究大队如何贯彻公社三级干部会议精神的。

陈贵虽然热情、客气，但生怕孙一福搅和了这场好戏，为及早打发孙一福离去，连敬了两杯后，说："孙助理，发言稿明天上午让壮壮给你送去，你看……"

孙一福全然明白今天来得不是时候，起身告辞了。

陈雪梅把孙一福送到小桥边，警告道："以后没有我的话，不要再私闯我家，有事我会去公社找你的。"

孙一福像受了委屈的孩子一样"嗯"了一声，恋恋不舍地走了。

酒过三巡。陈贵醉意已酣地说："壮壮，你和雪梅的婚事我看就及早办了吧。"

壮壮一怔。

陈雪梅："爸……"

陈贵对陈雪源说："还不赶快给你姐夫敬酒？"

陈雪源倏地明白了今日他的特殊使命，端起酒杯："姐夫，小舅子敬姐夫一杯！"

陈雪梅虽然嘴里说爸爸长，爹爹短的，似乎很腼腆，但内心不知怎么痛快呢。她喜欢这氛围，喜欢这情趣，喜欢这样一针见血地讲话。她见壮壮不时地看着她，心里有别样的喜悦。在又喝了一阵之后，她嗔怪道："爹，你和壮壮都喝多了，该休息了。"并示意雪源将爹搀到自己房间去。陈雪源聪明绝顶，心领神会，下地迅速给陈贵穿好了鞋，把父亲扶到自己屋内，回头对壮壮说："姐夫，我也喝多了，想睡觉。"

要说陈贵喝酒醉过，那可是瞎说。别说这个场面，就是比这还大的场面，陈贵也不会喝醉的。陈贵是什么人？他长得不高不矮，中等身材；不胖不瘦，匀称适度；眼睛不大不小，炯炯有神；胡须不浓不淡，周正不俗。他有一个不大不小的目标，在农村能混上个公社副书记就心满意足了；对于家庭，也不希望大富大贵，没灾没难就行了。他对社员群众很好，喜欢蹲在田间地头、园边谷垛旁与人谈话唠嗑儿。人们都说，其实陈贵这个人才"鬼头"呢。

陈贵及时离开酒桌，并非雪梅的智慧，他是留时间给雪梅和壮壮的。因为开头他那句"壮壮，你和雪梅的婚事我看就及早办了吧"，似乎没有引起壮壮的重视，却没有一个明确的答复。陈贵意识到：本来这是他们俩的事，当父亲的怎么可以强行包办呢？再说也不到火候。想到这儿，陈贵才恰到好处地离席。

壮壮今天委实喝多了，这和茹小娟的绝情信有直接关系。

陈雪梅将已醉的壮壮搀扶到自己的房间，放好被褥，让壮壮躺下。她迅速地收拾完桌子，坐在炕沿边含情脉脉地看着壮壮那红润、英俊的脸庞。发现壮壮额头有汗渍，她就下地用温热毛巾柔情地揩去汗水。然后趁壮壮闭眼欲睡时，她就俯下身子侧卧在壮壮身边，轻轻地吻着壮壮的面颊、额头和唇。此时，她心里总觉得不踏实，总听屋外有动静，就蓦地下地，将门闩好，将窗帘放下，心感到平稳了，就开始为壮壮脱衣服。脱衣时，发现钱夹掉了出来，她借灯光一看，是壮壮和一个漂亮女人的照片。她疑惑。她把遮住的部分揭掉才发现是壮壮一家人的合影，这才放心了。又发现茹小娟端庄美丽的单身照片时，脸刹那间阴沉了下来，她轻蔑地一笑：你茹小娟再美、再漂亮、再妩媚动人，现在你也已是一个病人了，一个再也没有能力与我竞争的病人了；尤其是现在，壮壮在我的屋里，在我身边，你茹小娟还有回天之力吗？想到这儿，她感到满足了、胜利了。她见壮壮难受地哼了一声，急忙将相片收拾好，原封不动地放在钱夹里，装进了壮壮的衣兜里。

当一个魁梧大汉躺在自己身边的时候，陈雪梅控制不住内心的激情，抚摸着壮壮健壮的臂膀、发达的胸肌，然后吻了一下壮壮的额头。陈雪梅开始脱掉自己的外衣……

过去只能在美术杂志上看到的女性艺术照（素描），现在竟然出现在自己眼前，壮壮不寒而栗，再看自己也光着，壮壮不由得惊慌起来。他后悔赴宴，赴宴也不该喝醉。

壮壮死死地盯着陈雪梅，看着看着，突然大哭起来。他推开了陈雪梅，穿好了衣服，迅速离开陈家。

陈雪梅光着脚追到门口。

壮壮与陈雪梅这样生活了一段时间，每次过后，壮壮总感觉到有一种前所未有的精神压力在啮咬着他。他认为这不是长久之计，于是他决定结婚。

壮壮以沉重的步伐迈进了自己家的大门，见父母均在家，就将他要和陈雪梅结婚一事告诉了父母。

徐大天听到壮壮要与陈雪梅结婚，心中的怒火顿时爆发了："不行！这绝对不行！兔崽子，我养你这么大是送给农村当女婿的吗？你是我的儿子，是城市的儿子！！"

壮壮娘也气愤地说："这事你咋不早回来和我们商量商量就答应了人家？那农村的姑娘你也敢要！"

壮壮不语。

徐大天说："现在是工人阶级领导一切，没听说农民阶级能领导一切。壮壮，我告诉你，这门亲事，必须得退！"少顷问壮壮娘："街道办事处有没有合适的？"

壮壮欲言又止。

壮壮娘唉声叹气地说："急忙急火的上哪儿去找顺姬那样的好姑娘。"

壮壮说："娘，老顺姬顺姬的，那不是妄想吗？再说就是她不走，那是你闺女，我的妹妹，怎么可能……"

壮壮娘说："人家经常来信，是不是有让你等的意思？"

壮壮说："哎呀，娘，你这不是痴心妄想嘛！这是两个国家，就是顺姬有这个心，人家国家能放吗？就死了这条心吧。"

壮壮爹说："就算你说得对，那同学中就没有合适的？"

壮壮娘补充道："对了，那个叫茹小娟的，不是总往咱家跑嘛，我看这姑娘既漂亮又大方，诚实稳重。"

壮壮说："娘，茹小娟根本就没有这个意思。"

徐大天猛吸着旱烟。

壮壮娘长叹了一口气，"这……"

壮壮说："爹、娘，人家陈雪梅也不错，除了生在农村，人家也是有知识、有文化、有思想、有远大理想的人，和城里人没啥两样。我看在很多方面比城市人实在、纯朴。"

徐大天来硬的："徐吉壮，你听好了，你要是在农村结婚，你就一辈子别进这个家！我没你这个儿子！"

壮壮娘忙打圆场："他爹，能不能叫壮壮把那个陈雪梅领来咱看看？"

徐大天翻着白眼，"看？看什么看！就算是长得跟天仙一样也不看！妇人之见。"

壮壮乞求道："爹、娘，您二老别生气，孩儿不就看上了一个农村姑娘嘛！这孝敬老人的事，你们放心，我和陈雪梅会侍奉到你们老的。"

就在全家三口近乎唇枪舌剑时，潘友阳领着爱人从外面进来，说了句"真巧都在家"，然后就把糖果和烟大把大把地往外掏。

壮壮娘惊喜地问："友阳，你这是结婚啦？"

潘友阳腼腆地说："结了，上星期二结的。"少顷对杨丹说：

"这是我师傅，这是师母，这是壮壮。"

壮壮娘看得出神，"看这姑娘长得多俊，多水灵，是……"

潘友阳机灵地接话："噢，她是杨主任的小妹妹，也是我的小学同学，工人，在化纤厂工作。"

壮壮娘赞美道："看友阳多有福，娶了这么个好媳妇。来，快坐，快坐，我给你们沏茶去。"

杨丹上前说："师母，不用了，一会儿……"

潘友阳会意道："一会儿我们还去杨主任那儿。"

徐大天生气道："结婚这么大的事，怎么也不告诉师傅一声？"

潘友阳歉意地说："师傅去了烟台，杨主任说等你回来再补办一下。再说现在结婚简单，有一间屋，一套行李，双方老人和介绍人在一起吃顿饭，这婚就算结了。"

徐大天借题发挥道："看人家友阳多有眼光，文化不在多少，能辨个是非就是高人。"

壮壮斜睨老爹一眼。

壮壮娘打了一下徐大天，说："说那些干啥。来，友阳、杨丹喝茶。中午别走了，师母给你们做饭去。"

潘友阳似乎看出了师傅家有不愉快的事，马上说："不麻烦师母了，杨主任还在家等着我们呢！"说着就离开了壮壮家。

潘友阳一走，"内战"又起。徐大天吸着老旱烟，一口接一口地往外吐，就像火车的烟囱似的冒着黑烟。他指着壮壮的脑壳道："看见了吧？看见了吧！人家小潘都能找个城市姑娘，你却跑到农村堇摸她，你真他妈的鼠目寸光，不是个东西，你还是老徐家的人吗？！"壮壮娘怕壮壮吃不消，拉了一把徐大天，说："就不能好好对孩子说？"徐大天气得牙都要崩了："好好说，好好说，他听吗？这倔劲还不像你！"壮壮娘翻脸道："咋不说像你，像你这条驴！"徐大天愤怒地说："党员、队长，别在农村胡来了，明天就给我回

215

来，听见没有！"

壮壮说："您二老就别为我操心了，反正我喜欢陈雪梅，我必须和她结婚。"

壮壮娘："壮壮，你就听你爹一句吧。"

壮壮说："娘，陈雪梅都、都怀孕了。"

徐大天一听，狠狠地打了壮壮一记耳光，"你这混账东西，你这是先斩后奏哇！你这不是糟蹋人嘛！"

壮壮娘："你呀！"

壮壮和陈雪梅结婚的组织调查、审批过程都是陈贵一手操办的，这不必细说。问题是壮壮的婚礼究竟在何处举办，这的确是件难事。婚礼不能在徐家举行，这显然是壮壮父母坚决反对这门亲事的必然结果。在农村办，就出现两种意见，陈贵和陈雪梅坚决要在陈家办，理由是理所当然的：体面隆重，风光无限。壮壮怎么想？壮壮嘴上不说，心里在想：做陈家的上门女婿已经够丢人、够窝囊的了，还要在陈家举行婚礼，这大丈夫的脸往哪儿搁？徐家的尊严往哪儿搁？坚决不能听从陈家人摆布，一定是徐家娶陈家女人，而不是陈家娶徐家的男人，这样才能突出自己的社会地位、权威，才能体现男人的价值。于是，壮壮坚决要在突击队办。

壮壮明确表达一定在突击队办的决心后，陈贵、陈雪梅还是以各种理由不依不饶。陈贵说："你们突击队条件差，一没房子，二没资金……"壮壮说："城市户是穷点，再穷也是我徐吉壮的家。要是你们不同意，这婚我就不结啦！"陈贵父女俩只好同意壮壮意见。壮壮申明婚礼由突击队队长毕建华主持，陈贵也答应了。但陈贵说："婚礼的一切花销均由我出。"陈贵是个聪明人，他当然知道在突击队举办只不过是个形式而已，只要一切费用都由陈家出，这十里八乡的人就会知道还是陈家招了上门女婿。更深层的意思是使没娘的陈雪梅不受委屈，不受丈夫的气，同时显示一下大队书记陈贵的身份和本事。然而这个意见又被壮壮否了。壮壮想：连城里的潘友阳结婚都那么简单，一个农村婚礼能花几个钱？他陈贵想大包大揽，无非是让我一辈子受制于他。再说一个生产队长当着，我没有宋仁义盖三间瓦房的胆子，但我借点公款的能力还是有的。

壮壮说："我有钱。"

这是一年的春天。

湾湾塘春天的脚步来得平稳、踏实。去年大丰收的喜悦一直还挂在社员和突击队员的脸上，又过了一个久违的好春节，送走了热闹的正月十五，他们还等什么呢？他们等的是壮壮的婚礼。

湾湾塘的历史不是很久远、很传统、很文化的，他们没有自己特别的节日、民俗，只有图福、图吉、图热闹的风气。比如谁家当兵、添丁、上大学，在城里提干，姑娘出门子等，都去祝贺一下；特别是谁家娶媳妇，这可是最轰动全村的大事，不能说全村人都到，也是户户有代表参加，分享这份快乐。

壮壮的婚礼如期举行。

壮壮婚后7个月儿子就出生了，取名徐辰生。

徐辰生的落地，既是喜事，又是悲事。喜的是壮壮早生贵子，悲的是背后有人说辰生是个"杂种"。人们私下说：这一定是孙一福的。壮壮结婚不足7个月，那小兔崽子咋就落地了呢？所以，按十月怀胎，一朝分娩，那孩子一定是孙一福的。高朋不愿意听那些闲话，经常与人争论，说："你们说孙一福和陈雪梅那些事，你们是看见了还是抓住啦？你们这是埋汰人家壮壮。"葛承岩也说："尽扯王八犊子，怎么能说不是壮壮的孩子呢？七活八不活，辰生就是个早产儿。"

人们私下仍在议论。风，最终还是刮到了壮壮的耳朵里。壮壮不信，壮壮一直认为辰生就是自己的儿子，就是喝醉酒那天晚上惹的祸。但对于冒出个孙一福，他着实有些疑虑、不快。心想：无风不起浪，雪梅过生日那天，孙一福突然出现，面部拘谨，言语含混，吞吞吐吐，很不自然。是去约陈雪梅？不对，孙一福那天确实是去要他的发言稿，而且他的发言稿确实也很快在公社刊物上转发了；结婚那天，孙一福也到场了。善良的人，善良的心，得出了善良的结论：纯属胡说八道，无稽之谈！

辰生过百日后，壮壮才携陈雪梅和孩子回城见父母。父亲不在家，去了山东威海。壮壮在家住了很长一段时间。

就在壮壮携妻带子进城探亲的个把月里，湾湾塘的人们利用农闲的空隙，可以不用避讳壮壮，又戗戗起辰生这孩子来。孩子过百日的时候，不少人似乎发现辰生是个怪人。

有的说："这小子长得大手、大脚、大鼻子、大眼睛、大头大脑盖，头顶上长了三个旋，胸脯上还长了一撮毛。怪人。"

有的说："你说他像二郎神长三只眼得了。"

有的说："真闲着没事，孩子成了咱湾湾塘的作料了，整天挂在嘴边，就没有一个重要一点的新闻？"

有的说："你以为这不是重大新闻吗？这孩子长得就是出奇，很打眼的玩意儿。你家孩子这样长法了吗？"

有的说："有人说这孩子还是像孙一福。叫我说别管他像谁，像谁并不重要，重要的是他的存在使我们湾湾塘能兴旺起来。你看孩子降生前，我们湾湾塘就取得了一个大丰收，往后不一定还会出什么好事呢。"

有的说："这孩子肯定是壮壮的，不是壮壮这外来的一块肉，咋这么有灵气？"

有的说："辰生这一来只准给壮壮带来福气，咱湾湾塘准能飞出个金凤凰。"

有的说："或许是条龙呢，顶不济也是个大鹄。"

有的说："别他妈的满嘴胡咧咧，照你这么说，咱湾湾塘要诞生个皇帝喽？"

有的说："嘿嘿，没事磨磨嘴皮子呗。"

有的说："是呀，不说牙痒痒。"

别说，果然让这帮小子一屁崩着了。壮壮返乡不久，就到团沟大队任副大队长了。不久就回了城，接替父亲的工作。

壮壮结束了面对大海的忏悔、苦诉。

壮壮向大海请罪后，带着对陈雪梅的恨，于当晚回到了1008号船上。

五

张有千他们把孙一福摔到桥下，打了一顿，又冒充公安威吓，使得孙一福狼狈不堪。张有千他们很得意，很开心。

天热，他们去大海洗澡了。

不久，黄长北的天空仿佛下起了火。除了稻田里的水稻灌浆、噌噌长外，周围的世界似乎都凝固了。狗在门前树下吐着舌头，不时呼哧呼哧直喘。猪在圈里屎尿中泡着，懒得起来吃食。它突然大哼一声，把驴都惹惊了，也跟着喊。散放的鸡跟在鸭子后面，东一头西一头地找凉快处。人就聪明些，全村的男人几乎都在树下穿着大裤衩子，用蒲扇扇膀子又扇裤裆。女的还做啥饭哪，全在屋里光着上身冲洗、擦汗。

湾湾塘突击队队长毕建华，早蹽到城里照看茹小娟去了。不巧，爷爷去世，他回到爱沙浪村料理爷爷丧事。在墓地他见到了侯乃寿，问候中，得知瘦猴读高二时母亲改嫁，他在渔业队干了两年，后被何坤要去，在1008号货船上当船员。

张有千、滕少发、刘长利，到大海去洗澡，等待庄美娟、王克难从圈背山来。

海水有盐，下去上来，太阳一晒，全身一层白色盐末，身上痒痒的，使人心烦。泡在浅滩水中，滕少发说："孙一福就这么拉倒啦？"张有千说："不拉倒，你想把人家往死里整啊！""这太便宜他了，不就摔在桥下，住了几天院，我们揍了一顿，冒充公安吓唬一阵，再没有……"刘长利说："能不能把他整傻啦？"张有千说："那不行。黄长北的农业科研还全依仗他呢。"滕少发说："屁！丰收全是我们干出来的！"张有千摇了摇头，说："总不能踩着孙一福的肚子把人家的那家伙拽掉吧？我们为壮壮出了气，也得给嫂子留点面子。得饶人处且饶人，这事到此为止。"

庄美娟、王克难来到了湾湾塘，下午他们就回城避暑去了。

盛夏的鸭绿江过于热情，热情得简直让人透不过气来，发起狂来，使人灼热难忍。天湛蓝湛蓝的，水碧绿碧绿的。到了三伏天，船只都不肯远离港湾，鸟儿都钻到树林里躲藏起来。

热，对于鸭绿江两岸的大人来说，就好似一种心底的火盆。然而对于孩子来说，又可以到大江里游泳了，游泳才能释然。不管是在天然浴场，或在大江的别处，只要选择一处有沙石、有树荫的水边，一个上午、一个下午、整个夏天，边城的孩子就可以不中暑，就可获得一年的好心情。

朝鲜那边的孩子，也像中国孩子一样，深切感知这条江的无私和魅力。

顺姬与同事穿着美丽的泳衣，在天然游泳场的边缘，尽情地纳凉、嬉戏。顺姬的水性大有长进，有时还向远处、深处畅游。身体健壮且窈窕的顺姬，在水中游起来，就如同当年在平壤跳芭蕾一样，姿态潇洒自如，引起了同伴和远处男人们的称赞。然而在顺姬看来，这不过是发泄心中的郁结而已。在水中她忽地想起在中国每逢夏季她如何与壮壮到树荫下乘凉，如何在壮壮结实胳膊的保护下畅游鸭绿江。特别是在水波平稳的水面上，两个人如同鸳鸯一样戏水，还不时发出阵阵笑声。顺姬感到幸福、美满、惬意。如今，不见心爱之人的笑容。她站在齐腰深的水里，痴情地瞭望对岸，希冀见到壮壮向她游来。正在她无限惆怅时，同伴过来把她拽走，一起向孩子多的区域游去。

一年四季的轮回，凸显大自然的恩赐。对于"四小霸王"来说，鸭绿江的夏季绝对是他们展示不羁性格的好季节。今天，他们和庄美娟来到鸭绿江，想换个心境，想冲淡一下压抑、烦躁；想洗刷一下汗臭和揭掉被蚊虫叮咬的疮疤。

庄美娟是旱鸭子，不会游泳，在初中时张有千单教，她也没学会。任张有千怎么劝，她也不肯下水，照看大家的衣物。张有千他们就纷纷钻进水里，向江心游去。在水里，他们或蝶泳或蛙泳或仰泳，随波逐流。游着游着就看见朝方天然浴场人山人海，热闹非凡。滕少发呛了一口水，说："敢不敢过去？"张有千说："这有啥不敢的，每年都过去算个啥！说不定这次去能见到徐霞呢。"王克难说："以前年年过去也没见她，真扫兴。"张有千说："这次我有预感，一定能见到她。"刘长利附和着："差不多，这几天做梦，老梦见她。"张有千说："扯淡，你说壮壮天天做梦我信，你做的是哪门子梦？痴人说梦吧！"刘长利反驳道："你不做梦，哪来的预感？你也是想人家徐霞了不是？"滕少发说："谁不想？想得我心都疼。"

离天然浴场20米处，有一朝鲜男孩儿越过了警戒区，顺水向下漂去，周围的孩子慌了、哭了，声嘶力竭地喊着那孩子的名字。张有千他们一看，加快了速度，向漂走的孩子游去。当接近孩子时，孩子在水中上下翻滚，拼命挣扎。张有千、滕少发两人潜入水底，王克难、刘长利在水面上，孩子被张有千、滕少发顶出水面后，四人两前两后，架着孩子的胳膊和腿，救上了岸。一群孩子围了上来，见同学被救了，高兴得跳了起来。

顺姬与同伴也从远处向小男孩儿游去。顺姬发现孩子是被四个大人救上了岸，就向围观的人群冲去，二话不说，蹲下查看孩子的情况，一看不需要做心脏按压和人工呼吸，就放了心。顺姬四处张望，寻找那四个人。四个人陆续下水。这时，她发现岸上人们用观赏的目光看着自己，她才意识到原来自己还穿着泳装。顺姬回到了水中。在齐腰深的水里，顺姬突然发现离她不远的四个人，站在水里向岸边张望，并指指画画。顺姬快速向他们游去。张有千他们以为有人要抓他们，就向深水走。突然，顺姬狂喜地大喊："张有千！滕少发！"张有千他们蓦地认出是徐霞。

顺姬说："是你们，是你们救了孩子？"

张有千嗯了一声。

"真没想到会是你们！"

"徐霞，我们想你都想疯啦！"

在岸边，庄美娟目送张有千他们远去后，就脱掉鞋，穿着短裤下到水里玩水。沙子从她脚丫子间滚动，她感到像按摩一样舒服；水里的媳妇鱼撞击她的大腿，痒痒的，很惬意。她拾起扁石抛向水面，起了八九个涟漪，她感到太神奇了。玩了一阵子，觉得有些累了，就上岸回到树下看管衣服的地方，在阵阵凉风的吹拂下，望着空中的江鸥，水中的野鸭，远处的白色农舍，绿色的庄稼，感到无比畅快。久了，又甚觉寂寞、沮丧。她想，我也是鸭绿江的孩子，怎么就学不会游泳呢？还是胆小、怕死。想着想着就骂张有千他们死哪儿去了，都快三个小时了，怎么还不回来？

在返回的途中，王克难说："天赐良机，真没想到看见徐霞了。"刘长利说："简直就是一仙女，太漂亮了，壮壮真没有福气。"滕少发说："有千的梦灵啊！说见徐霞还真的见到了。"张有千说："当年徐霞扇我两个嘴巴子，至今还觉得热乎乎的。好！感觉就是好！"滕少发说："你就自我陶醉吧。"张有千说："不管怎么说，我们也算光荣了一把。"快到岸时，张有千追加一句："回去对谁也不能讲，绝对保密！"

第四部

一

　　壮壮接受一项去青岛的运输任务。

　　行前，壮壮一直在为自己的失败婚姻而苦恼。他深深地认识到：人的一生不是累在工作上、事业上，非但不累还能感到轻松愉快、精神旺盛，增强社会责任感、成就感；人的一生是累在心上，累在情上。他回忆，自己与顺姬那时是累在她的突然回国；他回忆，自己与茹小娟是累在茹小娟的性格和病上。现在他累是累在陈雪梅的出轨上。长叹后，壮壮的结论是：爱情——他是一个失败者；亲情——他是一个不孝之子。想到这儿，壮壮决意要离婚。于是，起程前，壮壮急忙草拟了离婚诉状。

　　然后他又给顺姬写了一封信。信中说：

很后悔没有和张有千他们一起去游泳。

来信收到。谢谢你一直在默默地关心我。

婚后虽然有了孩子,但很不幸福。

想把崔护的《题都城南庄》一诗中精彩的两句抄录与你,又怕……

爹、娘,很想念你。对你选择的护士工作很满意,他们说:那是一份治病救人的工作。

离婚诉状和给顺姬的信写好,壮壮就急忙到港区内邮政所发了出去。

壮壮感到很轻松,他站在甲板上,望着一轮红日从江面喷薄而出,光芒四射;群鸥在天空飞翔,是那么自由、安详。

壮壮正扶栏远眺时,侯乃寿从船舱出来。

侯乃寿说:"壮壮,心情不错呀!"

壮壮说:"瘦猴,在船上怎么样?"

侯乃寿说:"当然不错!进城了,又是国营单位,做梦也没想到。"

壮壮说:"好好干!"

侯乃寿拽着壮壮到船头,见四周无人依栏小声对壮壮说:"徐师傅为什么提前退休?这都是周船长使坏。周这个人很强势,老是想当官,老想进局调配处工作。他那把刷子行吗?不行,但他就这么想。你在农村结婚,徐师傅生气,他们经常在一起喝酒。喝酒时他不但不劝徐师傅,还火上加油说,我要是有这么个儿子非和他断绝关系不可,哪有这样的不孝之子!你说他是不是个东西?整天陪徐师傅这么喝,结果你爹就喝出了肝病。他一看不好,怕传染,就打小报告给局里,说徐师傅这也不行那也不行,非把他调到陆上工作不可。这不你爹还真调到陆地上了,长期在家养病。你看周船长还叫人吗?"

壮壮说:"听说周船长这人还是不错的,他能……"

侯乃寿耸了一下鼻说:"人哪,都是知人知面不知心。壮壮,这些事,有些是我听别人说的,有些是我猜的。不管怎么说,你得小心点周船长。"

壮壮说:"瘦猴,从青岛回来到我家喝酒。"

侯乃寿高兴地说:"你结婚的酒我还没喝着呢!"

这次去青岛的任务是运输本市产的大宗丝绸印染产品和少量仪器、仪表。从青岛运回的是山东的粉条和面粉。

1008、1009号货轮是临时组成的对船,1008为A号,1009为B号,全程由周船长负责。货轮在海鸥的盘旋和叫声中起航。

在驾驶室里,周船长对壮壮说:"自从徐师傅病退之后一直没去看望。"壮壮说:"父亲还好,酒喝得少了。"周船长说,他当大副时,徐师傅是轮机长;他当船长时,徐师傅是三副,负责后勤和船修工作,说两人相处得跟兄弟一样。壮壮只管听,心里琢磨:照瘦猴说的,你周船长和我爹是不是像兄弟一样,你周船长自己心里明白,你呀就别在我面前讨好了。周船长又说,他也喜欢喝酒,一到休息日就和徐师傅到酒馆喝酒。喝酒时徐师傅就常念叨顺姬,说这么好的一个儿媳妇咋就保不住呢。说着就大盅大盅地喝,一次斤八两。后来听说你在农村找了个对象,他非常不满。你又结婚,他更不满,骂你如何如何不孝,如何如何忘恩负义。你爹这么一说,我也不赞成你在农村找对象,结婚更是错误的。壮壮心想,这话倒是说得实在。周船长接着说,为了解愁,这酒你老爹越喝越多,不喝醉不算完,未承想把肝喝坏了,这不转眼就病退了。壮壮心想,什么病退,还不是你周船长打小报告的结果。周船长说,可惜你爹的为人和那一手好技术哇。壮壮听之不语,待船长讲完,叹了一口气说:"都怪我不好,唉,不听老人言,吃亏在眼前,后悔莫及呀!"周船长不知壮壮此话啥意,忽觉自己说话不妥,便将舵交给了壮壮,说他要下机舱看看。

壮壮并没有生周船长的气。他看出周船长这人说话还挺直的,挺实在，也挺义气。他从船长手中接过了舵轮。

壮壮兴奋地掌舵航行。此时他似乎忘却了一切烦恼和不愉快。他觉得如今他能亲手驾驶这么一条3000吨级的货轮航行在碧波荡漾的鸭绿江上，感到无上光荣和自豪。小时候随父亲驾驶小船在江上打鱼的那份小里小气的感觉，顿时消逝在水流中，成了永久的记忆。他加快了航速。船掀起的白浪和犁出的那一条绿绿的、白白翻花的水线，在阳光的照射下，发出七彩的光芒，宛如一条长虹；在浪中航行，就如同骑着骏马飞驰在辽阔的草原上似的。壮壮感到豁达，感到激情万丈。心想：只要从青岛回来和陈雪梅离婚，就摆脱了婚姻的羁绊，争取了自由。他知道茹小娟至今没有结婚。倘若茹小娟的病好了，还有等他的意思，他会诚恳地向茹小娟赔礼道歉，和她组成家庭。到那时，他就会一心一意为一个老婆、一个孩子，为一只船、一条江，幸福地生活。

想到过去，忏悔自己舍弃茹小娟而与陈雪梅结婚这绝对是对爱情的亵渎，是在茹小娟的伤口上撒盐，致使茹小娟的病雪上加霜。事到如今又无端地想起人家茹小娟，简直是可悲、可笑又可耻。恰在此时，一只海鸥向他飞来。他重重地击打着自己的脑袋，并发出一阵自嘲的哀叹。

壮壮又想起了陈雪梅。他想起陈雪梅就想起离婚诉讼一事。心想，大概法院已经接到了诉状，接到就得受理，判离是迟早的事。

陈雪梅被壮壮下了离婚通牒后，就如一块肉扔进油锅里一样，发出吱吱的煎熬声。她突然感到问题的严重性，决定立刻回城，牢牢抓住公公、婆婆、辰生不放，坚决维持婚姻。

在壮壮去山东的当天，陈雪梅就回到了婆婆身边。

在壮壮去青岛的半月中，离婚诉状法院确已受理，其间找过陈雪梅调查、询问过几次。陈雪梅除了大为吃惊外，就向法院讲述了她是如何如何爱壮壮，如何如何孝敬公婆，如何如何培养抚育孩子等，根本不存在感情破裂的问题。并说，生活中有点矛盾，实属正常，无可厚非，等等。总之，她不同意离婚。因系陈雪梅一面之词，法院不能做缺席判决，故壮壮离婚诉讼案，暂时没有结果。

A、B号货轮，进入鸭绿江下游开阔的水面，时已立冬，寒气袭来，使壮壮感到一丝凉意。此时黄海海水上涨，狂风大作，向宽如大海的鸭绿江口扑来。两条货轮迎风劈浪，向前航行。

这时，在一望无际的鸭绿江江口水面上，有许多挂着中国国旗和朝鲜国旗的马力不等的渔船和运输船，从江口方向返回。壮壮怕货轮的速度快，掀起的浪会把渔船掀翻，就减速航行。

瘦猴说："壮壮，还是你讲究，周船长开船才不管这一套呢！每次都把渔船吓得老早就躲得远远的。"

壮壮说："从小咱在江上打鱼，就怕大船的浪把我们小船掀翻。"

瘦猴说："可不是，有一次我爹的船就被大船给造翻了，我差点淹死。"

瘦猴望了望前方，说："在海上打鱼的渔船，怎么这么早就回来啦？"

壮壮说："每到立冬之后，也许是大海被渔民搅闹得不得安逸，才有狂风袭来；也许是大海在释放怜悯让渔民早日回家与亲人团聚，故意显出它的威严，驱赶着劳作了春、夏、秋的渔民，收起网具，奔回久违的鸭绿江畔，享受母亲的担忧、妻子的怀恋、孩子的笑脸。大海都这般慈悲为怀，我们哪能不减速航行？这也是向做出贡献的广大渔民兄弟，表示崇高的敬意嘛。"

瘦猴对壮壮这番精彩讲解，感到无比激动。

A、B船，经过两天两夜的航行，安全到达了青岛港。

在码头上，巨大的龙门吊将船上的货物卸下，又将粉条和面粉装入船舱。

为了得到充分休息，A、B船的船员在青岛港海员俱乐部宾馆休息了一周。

二

周船长和曲船长各自检查完装载的货物和加满淡水、油料后，周船长命令报务员肖影将正式启航时间向市局运输处发了电报。

A、B船，由青岛出发后迎风劈浪沿着海岸线很快到达了威海，休整一天后，又向烟台港进发。到达烟台港时，又补足了柴油、淡水，第三天就开往旅大。快到旅大时，夜已降临。远处的灯塔不时闪动灯光。天空的星星埋在夜空里，偶尔露出点点的寒光。高处不胜寒。

站在甲板上的周船长，披着部队的黄棉大衣，迎着从东北方向刮来的寒风，不禁打了个冷战。他巡视了一下B船后，进入驾驶室对壮壮说："这才过了小雪天就这么冷，看来今年冬天不会是一个暖冬。"壮壮补充道："天气预报说，明后两天气温骤降，将有冰冻出现。"周船长接过舵轮，深思片刻说："我们必须赶在鸭绿江封冻前，返回安东港。"

壮壮从驾驶室出来，发现侯乃寿一闪身进了报务室，等了半天不出来。他晃了晃脑袋微笑着回到了自己的宿舍。壮壮打发人把侯乃寿叫到跟前，关上门劈头就剋了他一顿。

壮壮说："干什么不坚守岗位老往人家肖影报务室里钻？而且半天不出来！"

侯乃寿说："没有哇！"

"没有？有人看见都向我反映了！"

"有这样的人？那一定是眼瞎！眼不瞎，就没有这样的人。"

"怎么没有，我就亲眼看见的，我眼瞎？"

"要是你看见的，眼不瞎。我还以为是船长呢！"

"船长也看见了没说罢了。报务室是重地，人家又是一个女同志，你怎么可以……"

"是……是肖影让我去的。"

"胡说！她怎么可能让你去，去了干什么？"

"那是她的影子叫我去的。"

"是你的影子吧？据我所知，人家肖影连你的影子都没看中，怎么可能让你这块臭肉进屋？"

"好好，我是块臭肉，是块臭不可闻的臭肉，你满意了吧？"

"癞蛤蟆想吃天鹅肉了吧？"

"哪儿呢，是我瞎寻思，是我看走眼了。"

"看上了就是看上了，怎么能说是看走眼啦？"

"半夜想媳妇，一厢情愿。"

"你小子从小就鬼头，我还不知道？说顺姬鬼点子多，你比她厉害十倍。用绊马索绊你老子，猪棚里斗人，不都是你的点子？"

"壮壮，你可别这么说，那不都是执行你的命令嘛……不，你是在夸我呢，还是在羞辱我？"

"自从肖影上船以来，你就屁颠儿屁颠儿地给人家拖地、打水、送东西，没话找话，整天魂不守舍，你呀，肯定有贼心。"

"没有，真的没有。要是有，哥，你把我的脑袋扭下来当球踢我都不叫一声。"

"是吗？"壮壮说着上前扭瘦猴的头。

"哎哟，你真扭哇？"

"瘦猴，真的看上了肖影，哥帮你使劲。"

"真的？这半天看你把我吓的！"

"在船上你别像驴腚苍蝇似的盯住人家不放，叫人烦，影响工作。"

"那我……"

"现在你是二管轮了吧，把工作干好，弄个三副，有资本了，哥一使劲，肖影准是你瘦猴的！"

"哥……"

肖影是一个性格开朗、对人热情、美貌动人的女孩儿,今年才二十出头。她不是A船上的报务员,而是局里的报务员。因A船的报务员长期有病,一时又配不上男报务员,就把肖影借调到A船上。肖影一上船,就感觉比在局机关好,在局里整天关在屋子里,闷死人啦。到A船,她感到自己像雀一样飞向蓝天、白云,翱翔在天地间。她感觉生活如此丰富多彩,如此鲜活有力。特别这次远航到青岛,她高兴极了,她对瘦猴说,她终于见到大海了,见到大海的汹涌,见到大海拍岸的"千堆雪"了,并让瘦猴帮她说说就留在船上。瘦猴第一次得到女人的信任,也不管自己是老几就满口答应了。两人兴奋地扶栏远眺,远眺海鸥在飞翔。

两条货轮补充足了给养,天一亮,就开足马力向鸭绿江口前进。快进入黄海北部海面时,就发现了零星的流凌顺潮流而下。周船长见此情景,皱了一下眉头,命令壮壮电告曲克船长严密注意流凌,防止发生碰撞,并指示肖影将发现的流凌情况,货轮所处经纬度及船速,电告局运输处。不一会儿,报务员肖影将局里发来的回电交给了壮壮,壮壮扫视了一下就交给了周船长。

电文如下:

1008、1009号请注意,受西伯利亚强寒流影响,气温骤降。东北地区已冰天雪地。边城气温已下降至零下15℃,且继续走低。据悉,黄海北部海面,特别是鸭绿江口一带,已经出现了大面积的流凌、冰排。最大外缘线达12海里,最大冰厚为20~25厘米。请你们注意安全,务必在鸭绿江封冻前安全返港。

周船长看后,凝视着前方海面出现的不大不小的流凌说:"没想到今年的流凌来得这么早,这么凶。"经壮壮提示,周船长令壮壮将电文告知曲克船长,并要求B船保持距离,注意安全,发现险情及时联系。

在距离鸭绿江口20海里处,发现了数块大而厚的流凌,随着退潮向黄海北部海面涌来。

A、B船,因不是破冰船,为了安全只好一会儿前进,一会儿后退;一会儿向左打舵,一会儿向右打舵,躲避流凌和冰排的撞击。对于不大不小的流凌,壮壮指挥侯乃寿和船员用铝制撑杆拨离。在驾驶室,壮壮说他还是第一次见到这样可怕的冰情。周船长说,在这个时间段出现这么严重的冰排,他也没见过。壮壮信口说:"鸭绿江是从长白山流下来的淡水,每年冬天不是全部就是部分江面被冻、被封。小时候,经常在封冻的江面上玩爬犁、打陀螺,未承想海水是咸的,也能结这么厚的冰。"周船长说:"鸭绿江口这一海区,是咸、淡水交汇处,天不嘎嘎冷是不会结这么坚而厚的冰。但鸭绿江是受潮汐影响最明显的内河,遇强冷气流,又处在低潮期,江水落差弱,流速又缓,易结冰。最严重时,鸭绿江会全部封冻。好在海水一上涨就把冰层掀起,破碎的冰凌顺着退潮向海上流去。这些流凌也好,冰排也好,冰山也好,涌下来对航行的渔船和运输船危害最大。像我们这种马力较大的船,遇到这种情况,也是退避三舍,不敢贸然前进,必要时要紧急避险的。进入三九天,我们的船就停航维修不作业了。"壮壮说:"是这样。"周船长又说:"今年的流凌、冰排来得这么早、这么严重,这是我始料不及的。"壮壮说他听父亲讲过,不过没船长讲得这么详细。周船长兴致盎然地说:"我记得50年代的时候,鸭绿江每年都是全封冻。这几年好了些,但部分封冻的次数也不少。看今年的情况就危险,不是个好兆头。"壮壮说,要不局里不会来电指示我们务必在鸭绿江封冻前返港。

A、B船已经进入自由航行区。顾名思义,自由航行区就是中朝双方船只只能在这一区域航行，不得在这一区域里打鱼的。这时，从望远镜里壮壮发现前方几百米处有一大片流凌、冰排汹涌而下。就在周船长和曲船长交流情况时，又接到局里电文。

1008、1009号：
据有关部门报道，由于被寒风和流凌、冰排逼迫，中朝两国近百只渔船被坚冰刺破、掀翻、搁浅和封冻在鸭绿江口靠朝鲜一侧的岛屿或沿海海边。情况极其危急。请在保证自身安全的情况下，立即全力投入抢险营救工作。
市里有关部门，正在组织人力、物力，前往一线救助。

壮壮将电文告知曲船长后，就把中朝边境地区江海、领海分界图铺在桌上。他认真地看着地图说："我们现在所处的位置是离鸭绿江江口大约15海里的地方。"周船长说："没错。"少顷，又说："大部分遇难船只都在朝方领海一侧，如果严格遵守海上分界线的话，我们进入人家领海去救船、救人，那可是犯大忌。"壮壮说："周船长，我们不能考虑线不线界不界的，救人、救船要紧。"周船长说："那不行，这个问题要慎重行事，不可胡来。"壮壮说："要想慎重就不能救人，救人就不能讲慎重。"侯乃寿瞥了一眼周船长说："对呀，都火烧眉毛的时候了，还讲这些没用的话！"周船长剜了侯乃寿一眼。

肖影插话说："局里的电文能指示我们全力抢险营救，就说明局里是同意我们进去的。"

侯乃寿说："对，肖影说得对！连肖影都看出看来了，船长你……"

周船长忐忑地说："事倒是这么个理，但是一旦出了问题可是国际问题。"

壮壮说："国际海洋公约也有打破界限救助这一款。不会出啥事，出事，我担着！"

周船长："好大的口气，你担当得了吗？"

壮壮："我？……我担着！"

周船长看了一眼壮壮，微笑着。周船长虽不能完全苟同，还是亲自驾船，向朝方一侧驶去。此时北风渐起，雪花飞舞。刚走不远发现右前方有两只挂有中国国旗和朝鲜国旗的渔船绑在一起，前不着村后不着店停泊在两块大的流凌之间。A号船撞破大约6厘米厚的流凌靠近渔船。壮壮经喊话、询问，得知朝方渔船柴油已尽，我方渔船也断了淡水。壮壮下到机舱问明油料情况后，就让侯乃寿装满了50公斤的一桶柴油，又用两个塑料桶装满了淡水（不是船上机械用的循环淡水）欲用吊车送到遇难船上。但由于风大浪大，靠不上渔船，壮壮就令侯乃寿放下救生艇，他亲自下到水面去送。这时雪直往壮壮眼睛上打，加之风大浪大，一时靠不上渔船。几经反复，壮壮才将缆绳抛到渔船上。船帮靠一起后，壮壮将油和淡水送到渔船上，并提示渔船立即向前方岛屿靠近。壮壮上了货轮。中朝渔船刚撤离险境，流凌就占据了渔船的位置。壮壮在甲板上向渔民喊话："右前方有流凌，注意！要全速超过去，快！"话音刚落，远处又发现冰排、冰山（不高）向他们涌来。壮壮发现渔船已经撤离了危险区，这才放心来到了驾驶室。

周船长问："冰凌这么严重，你也敢下去？"

壮壮笑着说："没事。"

周船长严肃地说："以后不要擅自行动。"

周船长和曲船长经过一番巡视，并没有发现大量的遇难船只。周船长又打开了海上地图，仔细地查看。

壮壮指着地图说："周船长，自由航行区至鸭绿江江口一带岛屿，大部分都在朝方一侧。自由航行区有椴岛、月泳岛、鱼泳岛、鼎岛等；在鸭绿江口一带更多，你看，有园岛、水运岛、大小溪岛、加次岛、大小烟囱岛，还有大多狮岛等。局电文说遇险渔民靠朝方一侧，是否指的就是这一区域？"

周船长边看图便肯定地说："嗯，是这样。根据以往的经验，无论遇到狂风也好，恶浪也好，双方渔民遇到这种险情往往都躲到这些岛屿避难。现在的问题是像这样多的渔船被冰封在海上还是第一次，而且这些岛屿上又没有居民，救上来的人也无法接应，困难太大了。"

壮壮听懂了，说："就是说渔民只能暂时避险，不能解决他们的粮、油、淡水等问题。"周船长点点头说："凡叫岛屿，周围大部分是浅滩，像我们这样大吨位的船，根本靠不上去。硬要靠，搁浅了是重大事故。事故出现，不但救不了渔民，就连我们自己也搭进去了，所以说不能冒险。"

壮壮不解地说："人命关天。见死不救，这不就是不仁不义吗？"

周船长说："我们的命，也是命！好了，通知曲克船长，我们分头挺进岛屿先侦察一下再说。"

A、B船分头到了椴岛，发现少量的中朝渔船搁浅或抛锚在冰面上。周、曲船长看这一带水域较宽、较深，就南北夹击，撞开了三寸厚的冰面，进去查看。情况清楚后，壮壮、侯乃寿驾艇将柴油、淡水和面粉送到了渔民手中。渔民站在船头上，挥舞着中朝国旗，以示衷心感谢。

A、B船破冰向鸭绿江江口的水运岛、园岛进发。这一带有名的无名的朝方大小岛屿很多，朝称盘城列岛。周船长用望远镜观察后，发现大小渔船几十只，对壮壮说："看来遇难渔船大多集中在水运岛一带。"

壮壮接过望远镜细心地观察，发现遇险的船只情况十分严重：寒风中，中朝两国的国旗混杂在一起猎猎飘荡，风将一些旗帜撕成条状。船只东倒西歪排列无序，有几条还被冰排架起来悬在半空中。情况十分危急。由于结冰的厚度已接近15厘米，A、B船一时不能靠近，只有采取拉锯前进的办法，才能靠近渔船。所谓拉锯，就是挂倒车20米，然后中速前进，然后再倒车、再前进，冰面就被打开。就这样经过两个多小时的拉锯式前进，才拉近了与遇险渔船的距离。

壮壮站在甲板上用望远镜望去，发现有的渔船被冰推上岸搁浅；有的渔船被冰排掀翻在流凌上；有的渔船船舵被冰排割断，抛向远方；有的渔船船尾被冰拉去了一半；有的渔船被冰刺透，伤痕累累；有的渔船折断了桅杆。渔民有的登岸，有的站在船头上向A、B船张望、呼救；有的大概是生病躺在甲板上；有的在破损的驾驶室内披着露棉花的棉袄向外张望。还有不少渔民逃出渔船，在厚的冰排上无助地爬行。此时已分不清是哪国的渔民，一切都是满目凄惨，令人痛心。

侯乃寿、肖影急得直跺脚，问壮壮怎么办。壮壮不语。侯乃寿说："你变成哑巴啦！"肖影说："你还是我们船上的书记吗？"壮壮也急了："我是船长吗？"

A船绕到水运岛西部，选择最佳地形，停在冰水中。这一水域暗礁丛生，不敢轻举妄动。驾驶工作，只有周船长亲自担当。壮壮在甲板上指挥营救工作。水中冰块太大，又连成一片，救生艇不敢下到水面上，壮壮只好用吊车将物资送到能靠近A船的渔船上，再由他们回去转发。能靠近的渔船，壮壮指挥侯乃寿用吊车往上送水，指挥轮机长送油；没有粮食的，壮壮往船上送面粉、粉条和蔬菜。

一场轰轰烈烈的抢险营救在A船上展开。

壮壮扫视了一下形势，侯乃寿装上面粉解开救生艇正要放入水中时，轮机长急忙进了驾驶室。

轮机长："周船长，你不能老在驾驶室里，你得出去看看。"

周船长不解地问："什么事？"

轮机长急切地回答："我们的柴油不多了。"

周船长惊讶地说："不多了，还有多少？！"

轮机长："现在已经出去3吨多了。"

周船长急了："我是说现在还有多少?!"

轮机长吞吞吐吐地说："还有不足6吨，刚够到家。"

周船长来到甲板上，看了一下营救情况。

轮机长跟在周船长的后面，又说："现在淡水也快见底了。"

周船长火了，喊道："又是不多了，我要你准确的报告!"

轮机长战战兢兢地说："机械循环用水没问题，问题是我们食用的淡水只够坚持三天。"

周船长吃惊："三天？三天!"

这时二副进来向周船长报告："面粉已经出去七八吨了，如果照这样下去不出几天，我们舱底就空了。"

周船长思忖片刻，让轮机长立即通知壮壮等，到驾驶室开会。

壮壮正要乘救生艇下水，听说要开会，马上喊住侯乃寿停止工作。

侯乃寿嘟囔着："开什么会!"

周船长见大家到场，严肃地说："我们服从命令全力抢救渔民是对的。我们已经做出了很大努力和牺牲。然而抢救任务才刚刚开始，眼下这些遇难渔民可能只是极少的一部分，大量的遇难渔民还在后头。现在我们自己用的柴油不多了，我们用的淡水也不多了，粮食也发出去不少了，这……"

还未等周船长讲完，壮壮抢先说："周船长，你的意思是我们现在该停止抢险啦？"

侯乃寿瞪着眼珠说："下边的渔民还等我们的粮食、油、水呢，怎么就停止啦？"

周船长怒气冲冲地说："我下令停止了吗？我是说，我们的任务还很艰巨，需要大量的物资供给。如果现在把主要物资都投放出去了，对下步的营救不利，对我们自身更不利!"

轮机长附和道："是呀，周船长说得对，我们1008号船更需要油需要水，如果我们都保证不了自己，还谈什么救人？"

壮壮激昂慷慨："物资放多了，是因为渔民需要；我们又没有白白往海里扔，渔民需要就是我们的责任！"

侯乃寿说："你们出去看看，看看！外面有多少人需要我们马上去救，那是人，是活生生的人！"

周船长平静地说："我是说，我们需要调查，需要有计划、有的放矢地进行，不能乱来！从现在起，没有我的命令，不能往外送物资！"

壮壮有些吃不住劲，"周船长，你是说我徐吉壮胡来是吧？"

周船长说："要有针对性！要加强组织性、纪律性，一切行动听指挥！"

侯乃寿顶了一句："既然是胡来，我现在就下水去把东西收回来！"

壮壮一看侯乃寿说得太硬，便说："侯乃寿，你，你不要乱来！听船长的指挥！"

周船长说："现在渔民最需要的是粮食，有了吃的，他们就可以坚持，我想不出几日两国就会派人营救他们。所以他们暂时还不需要大量的柴油，我们要节制用油。"

壮壮思忖后，说："周船长，我不同意你的意见。他们是需要粮食，但是他们更需要油；有了吃的，他们就有了力量，有了油，他们就可以逃生，就可以报告朝鲜政府，朝鲜政府才会派人营救。我的意见是在保证我们用油的前提下，还是要全力保证渔民的需要。至于还有没有更多的渔民遇险，我们不得而知。我们至少要把眼前的人救下。"

周船长环视了一下大家，厉声道："徐吉壮同志，我是一船之长，一切都听我指挥，一切都由我负责！"

侯乃寿怒目而视，"徐吉壮，还是书记呢。"

壮壮阻止道："侯乃寿同志，你不要乱来！"

侯乃寿不服，说道："如果一人说了算，还开会干吗？"

壮壮心平气和地说:"周船长,摆在我们面前的不管是中国人也好朝鲜人也好,都是一条条鲜活的人命。为了他们,只能舍弃我们的物资;只有舍弃我们的生命,才能换回他们的生命。"

侯乃寿骂骂咧咧地说:"一点粮、油算啥,能救活人才是真的。"

周船长火了,说:"侯乃寿!我是船长,还是你是船长!"

侯乃寿看了一眼周船长,未敢再说什么。

壮壮理直气壮地说:"船长这个职务是光荣的、神圣的。危难时,死,死在人先;生,生在人后。周船长,你是经过大风大浪的人,你怕什么?"

周船长看了一眼壮壮:"我怕,我怕什么?"

肖影插话道:"没有比人的生命更宝贵的了。周船长,你胆子不大一点,我们怎么办?"

侯乃寿突然想起周船长的丑事,他不伦不类地说:"靠怕死当船长,不如让给别人;靠打小报告升官,那叫小人!"

壮壮一听侯乃寿说话又不着调,阻止道:"瘦猴,闭上你那臭嘴!"

周船长对侯乃寿蹦出这两句话不理解但很反感,说道:"侯乃寿,你是什么意思?你不怕我把你赶出1008号?!"

侯乃寿一听周船长说话更不着调,就说:"操,我怕什么,我当儿童团时,美国飞机扫射、扔炸弹我都不怕,我还怕你赶我走?再说你也没那个权力!"

周船长气急败坏地说:"好,你们不是说要胆大吗?我就胆大一把。为了对你们的生命负责,为了对1008号负责,为了对局里负责,从现在开始,没有我的命令,谁也不许胡来!救生艇绝对不能再下水!"

壮壮解释道:"周船长,现在光靠吊车还不行,远处渔民的问题,还得靠救生艇去。"

在甲板上，周船长望着远处的渔民在向他们呼救、喊话，甚觉责任重大，但又不好处理。他看看吊车，看看救生艇，看看冰情，看看船员激昂的情绪，他也无法控制局面了。壮壮请示周船长要立即下水。

周船长抚摸了一下壮壮的头，"去吧，要小心。"

壮壮将粮、油、水装满了救生艇后，就与侯乃寿下到艇上。

这时有三条渔船被大小不等的冰块紧紧地裹在一起，缓缓地顺流而下。他们无力挣脱冰的羁绊，没有柴油燃烧的青烟，没有马达的轰响，只有黑色的、扭曲的、恐惧的脸。中国渔船上的朱海，把仅有的一点大米锅巴和几个苞米面饼子送给了朝鲜渔民。

壮壮的救生艇已经从冰的夹缝中开进渔船间。

站在甲板上的周船长高喊："壮壮，侯乃寿，你们要小心，要小心！"

中国渔船上的黑脸大汉朱海，听见周船长在喊壮壮的名字，惊愕地说："壮壮？难道是那个会武术的壮壮？他！……"

壮壮快接近朝鲜渔船时，老远就喊："同志，有什么情况吗？"喊了几句没有回声，侯乃寿说他们是朝鲜人，听不懂。壮壮就对挂有中国国旗的渔船问话。

朱海靠近仔细一看，果然是壮壮，高兴地说："壮壮，壮壮你好！我们船上也没吃的、喝的啦！"

壮壮没有与朱海答话就往朝鲜渔船上卸了两袋面粉和一些水，还有少量柴油。朝鲜渔民站在船上，谢天谢地地表示感谢。

壮壮回头问："你们是什么情况？"

朱海说："我们也没吃的、喝的了！"

壮壮说："等等，我掉头。"

朱海大声说："壮壮，我是圈背山公社渔业队的渔虎子朱海，你忘啦？"

壮壮一时想不起来，没搭腔。

朱海又说:"壮壮,我就是诬赖你们偷鱼,在海滩、槐树林与你们打仗的朱海。想起来了没有?"

壮壮想起来了,惊喜地问:"原来是你们!需要什么?"

朱海说:"给加300公升油吧。"

壮壮说:"那太多了,一半吧。"

朱海说:"行!粮食少给点,够我们返回就行。"

壮壮给朱海加了柴油,给了一袋面粉。"谢谢!"朱海说,"一会儿我们趁着涨潮就往回返。"壮壮说:"涨潮水稳,要走快走,千万小心!不行就往朝鲜岛上靠!明天我们去救你!"朱海应了一声后就往壮壮艇上扔了些鱼虾。朝鲜渔民见机,也往壮壮艇上送鱼虾。壮壮再三推辞,冰排已把他们隔断,壮壮只好收下了。隔冰,壮壮嘱咐朱海,千万要小心,注意安全。朱海说:"壮壮,要保重,回去到我们渔业队喝酒去!"壮壮与他们挥手告别。

这时中方的港务、公安、水产、渔政等部门,组织大型船只,乘风破浪地向大小多狮里岛、加次岛挺进。

朝方也派出了最好的船只,向龙川郡的岛屿进发。

朝方已在龙岩浦工人区设立了医疗救助站。

A、B船,在海上迂回艰难地营救渔民。

此时,海水上涨,近20厘米厚的冰被潮水顶破,产生流凌和冰排。由于互相撞击和挤压,一块叠一块就形成了小的冰山、冰川。正在这时,一只刚刚获救的朝方较大的渔船被冰排撞击开始倾斜,不一会儿就被掀翻。七八个渔民有的被甩在坚厚的冰排上,有的掉在水里,还有三个被扣在翻船内。壮壮发现后,来不及请示周船长,就和侯乃寿从软梯下到救生艇上,驶向遇难船只,将落入水中的5名渔民救到艇上,然后排除冰块的阻碍,又将人送到货船下。周船长组织人,将朝鲜渔民救到1008号船上。翻在渔船内的三人,在船底用拳头、脑袋拼命撞击船底发出咚咚的声音。壮壮一时靠不过去,急得团团转。壮壮终于在冰排的缝隙间驾艇靠近了朝鲜那条翻扣的渔船。听见舱内急促而闷闷的敲打声,得知人还活着。壮壮心急如火,他抓住另一条渔船的船舷上了船,命令侯乃寿去1008号船上取板斧。

周船长从朝鲜渔民口中得知三个渔民扣在船里,在甲板上用望远镜观察到了这一切,领会壮壮的意图,就命令轮机长取板斧和锯,派人下软梯送到侯乃寿手里,并传达他的命令:一是注意安全,二是实在不行,立刻返回!

侯乃寿驾艇赶回渔船时,就有几块大而长的冰,挡在渔船的左舷部位。壮壮上了艇。艇向翻船驶去。这时冰排包围了翻扣的渔船。艇进不去,壮壮一看等冰排过去是来不及了,为抢时间,他要下水扶冰登翻船。周船长发现壮壮要下水,便声嘶力竭地喊:"壮壮!不要鲁莽!危险!"因距离远,加上风大,又下着雪,壮壮根本听不见船长的喊话。

周船长在甲板上急得团团转,恨不能插上翅膀飞过去。轮机长、肖影也在喊不让壮壮他们下水。艇快到渔船了,遭到冰排撞击,壮壮、侯乃寿落水。他俩向朝鲜渔船游去。侯乃寿登上船,把壮壮拽上去。天冷,下雪,船底已经结了一层薄冰,滑得厉害,加之船底又是凸的,站不住脚。壮壮让侯乃寿用绳子系住自己,另一头绑在渔船推进器上。在侯乃寿的辅助下,壮壮抡起板斧向船底劈去。劈出一道缝,侯乃寿就锯,两人轮番劈、锯,经过近半个小时的拼力,船底终于被凿开了一个大洞。渔民得到了氧气,见到了亮光,纷纷爬了出来。然后,他们登上了厚冰排,等待周船长营救。这时冰排随着潮水移动,天意般地把救生艇推向了渔船边。侯乃寿、壮壮解开了安全绳刚要动身上艇,这时一块厚厚的冰撞击到渔船上,壮壮、侯乃寿纷纷落水。由于衣服早已浸透,又结了一层冰,落水后急速下沉。他俩用尽浑身解数,蹿到水面,纵身上跃,胸脯上了冰排。就在这时,一块大流凌又将壮壮和侯乃寿推向了渔船,在大冰和渔船两面夹击下,壮壮的左腿被卡住,顿时昏了过去。侯乃寿被碎冰击中头部,眼前一黑,也不省人事。

甲板上的周船长看见这惨烈的一幕,吓得魂不附体,一个劲地高喊壮壮、侯乃寿,两行热泪喷涌而出。

轮机长捶打着船舷。

肖影抱住周船长大哭起来。

在这千钧一发之际,朝鲜一艘小型拖船从冰的夹缝中驶来,将壮壮、侯乃寿拖上了船。

在甲板上流着泪的周船长、忏悔的轮机长和哭得死去活来的肖影,见壮壮、侯乃寿被朝鲜拖船救上船,心才又跳动了起来。

自由航行区、鸭绿江口一带,中朝双方除出动大批船只外,还动用了直升机。自此,一场营救中朝两国遇险渔民的战斗,全方位、立体式地展开。

营救场面极其宏大、惊险……

三

顺姬从护士学校毕业后,就到新义州市医院外科当护士。半年多来,她与金昌龙医生配合密切、默契,成功地完成多例疑难外科手术。院里很满意,科里很满意,患者很满意。这些除了他们技术精湛、娴熟外,主要是对患者具有强烈的责任感。在金医生眼里,顺姬是一个唯美、纯朴、热爱事业的姑娘;在顺姬眼里,金医生是一个帅气、正直、医术过人的医生。总之,他们在内心深处都萌发了爱的火焰。

有一天,顺姬和金医生刚给病人做完断臂手术,母亲就在走廊递给顺姬一封信,说壮壮来的。顺姬急忙打开信一看,脸变得有些阴沉。妈妈问壮壮写了些什么,顺姬很伤心地说:"壮壮说他结婚有了孩子，但过得很不幸福。"妈妈叹了一口气，没有说什么。临走时她叮咛顺姬下班早早回家。

金医生从办公室出来，朴真实已经拐过了长廊的尽头，见顺姬站在走廊窗前，心思凝重地向外张望什么。金医生上前搭住顺姬双臂，关切地说："这儿多凉，累了吧，快到屋里休息会儿。"顺姬说："不累。"金医生看顺姬脸色不好，摸了摸顺姬额头，说："是不是感冒了？"说着就给顺姬倒开水，又冲咖啡，还用热毛巾给顺姬敷额。顺姬不好意思，说："没事，是妈送来哥哥的来信。"金医生看顺姬确实没事，为使顺姬高兴，就邀顺姬去看电影。顺姬说不想看。

就在这时，金医生接到院长电话，让其参加重要会议。金医生回来说："海上出事了，医院领导派我们去龙岩浦一带营救遇难渔民。"顺姬有点惊讶。金医生接着说："任务很艰巨，很光荣。去的人很多。海上结冰了，又刮风又下雪。你要多穿些衣服。"顺姬深情地看了一眼金医生。

他们向龙岩浦挺进时，天已渐渐黑下来，雪还在不停地下着，刺骨的北风呼啸着把雪卷到半空乱舞。龙岩浦显得异常空旷而冷寂。

在朝方海岸，被营救上岸的中朝渔民在北风和雪中战栗着。金医生和顺姬立即投入战斗。人们或用担架抬、或背、或用小车推，将受伤严重的渔民送到远处的救护站。一些伤势不重的渔民，相互搀扶，紧随其后，向救护站走去。这场面，不禁使顺姬想起母亲在朝鲜战争前线的情景。母亲曾说，每当一次大的战役下来，每当一次冲锋下来，她都深入前线，冒着敌机的狂轰滥炸，在硝烟弥漫的烈火中抢救受伤的中朝战士。顺姬想，时下她和金医生，就仿佛是当年的母亲。

天黑了。在风雪中，金医生给顺姬焐焐手，把自己的手套给顺姬戴上。看顺姬还是冷，金医生又把自己的帽子给顺姬戴上。顺姬不要，说："天这么冷，你戴吧，我还有围巾。"金医生掸去顺姬脸颊、眉毛上的雪花，还是把帽子给顺姬戴在头上。

从拖船上抬下来的壮壮和侯乃寿，死人一样躺在木板上。金医生、顺姬迅速将他们抬上担架，正要走，这时开来一辆救护车。壮壮、侯乃寿被金医生、顺姬等人抬上了救护车。车向救护站开去。

在车上，顺姬说："这两个人是中国人。"金医生说："怎么知道？"顺姬说："他们穿的是中国船上的制服。好家伙，这两个人冻得像两根冰棍似的。"金医生诊听壮壮、侯乃寿的心脏，摇摇头。顺姬问咋样，金医生说："血压下降，脉搏微弱，危险，弄不好半路上就得冻死。"顺姬急切地问："怎么办？"金医生说："必须立即脱掉这两个人身上的衣服。"

金医生、顺姬二人忙活半天也未脱掉一件衣服。金医生说："衣服、裤子冻成这样，要脱掉，谈何容易呀！"无法，顺姬脱掉自己身上的棉大衣给壮壮他们盖上，希望融化薄冰后再脱掉他俩的衣服。海边到救护站的路很远，金医生发现冰有点融化，就和顺姬脱壮壮他们的衣服。由于冰衣紧贴在身上不好脱，加之壮壮、侯乃寿休克，死人一样沉，翻又翻不动，顺姬灵机一动说："用手术刀可以割开衣服。"金医生听后，马上用手术刀割侯乃寿的衣裤；顺姬就割壮壮的衣裤。割完，将湿衣扒下，两人赤条条的，金医生、顺姬将自己的棉衣盖在两人身上。然后，金医生提示司机全速前进。

救护车嘶鸣着，向龙岩浦工人区医院驶去。

在车上，也许是棉衣下有了暖意，使几乎冻僵的壮壮感觉腿疼，他佝偻了一下身子，下意识地翻了翻身，然后神志不清地"哼哼"了两声。顺姬怕棉大衣被蹬掉，就给壮壮他们盖了又盖掖了又掖。发现两个人不动了，以为冻死了，顺姬就伸手摸摸他俩的胳膊，见有体温，才放下心来。

顺姬闭目养神。就在这时，壮壮呓语般低吟："周船长……

我，我……"顺姬忽地睁开眼睛，神经绷得紧紧的在观察。这时壮壮又微弱地喊："周船长……我，我徐……"顺姬忽然听到声音很熟，就蓦地意识到：难道他是壮壮？是壮壮?！顺姬迅速地打开了手电筒，照了一下壮壮。由于壮壮满脸的柴油和灰，看不清楚，顺姬就用毛巾揩去壮壮脸上的油灰，由于脸色青紫，也未认出来。顺姬又照了一下侯乃寿。由于侯乃寿头部、面部已经被简单包扎，也无法辨认。顺姬不甘心，往毛巾上吐了几口唾沫，开始擦壮壮的脸，这一擦不要紧，那张熟悉的脸出现在顺姬面前，顺姬又喜又惊。为进一步确认，顺姬看了看壮壮的身材、个头，像！掀开棉大衣一道缝，用手电筒照着壮壮的左手，发现无名指有她小时候咬伤的大疤，因此断定是壮壮。

顺姬惊叫起来："壮壮，壮壮，哥！"见壮壮毫无反应，她跪在壮壮面前，用温暖的双手抚摸着壮壮青紫、苍白的脸，不禁泪就流了出来。金医生有点莫名其妙。顺姬又在凄厉地呼喊壮壮的名字。见壮壮毫无反应，想必是冻僵了，她就趴在壮壮身上给壮壮取暖。同时将手伸进棉大衣里，把壮壮支起的右腿调整一下。当她触摸到壮壮的左腿时，壮壮在昏迷中惨叫了一声。顺姬这才意识到壮壮的腿伤势严重。于是顺姬拼命敲驾驶室的玻璃，要求司机加速再加速。壮壮开始抽搐，每一次抽搐顺姬的心就如同刀绞般难受。顺姬怀疑壮壮的左腿断了，为了证实判断，她又检查一遍，发现壮壮的左腿不但血肉模糊还凹凸不平。断了，是断了。顺姬开始担心壮壮能不能挺过来，壮壮的肌肉会不会坏死？坏死了会不会截肢？截肢了壮壮还能站起来吗？退一步想，截肢不要紧，会不会危及生命？一旦生命……顺姬不敢再往下想了。此时的顺姬真是撕心裂肺，心如刀割，肝碎肠断。

在龙岩浦工人区医院，壮壮和侯乃寿住在一个病房。

金医生看完了X光片后，对在场的医生和顺姬说："经初步诊断，这位（指壮壮）同志是左腿股骨粉碎性骨折。"顺姬一听是粉碎性骨折，便急切地问金医生："会截肢吗？"金医生说："好在时间短，肌肉没有坏死，也未感染，目前尚未发现并发症，暂时不用截肢。"顺姬一听，心才落了地。然后顺姬又问这个同志（指侯乃寿）怎么样，金医生边看片子边说："颅骨没有损伤，但颅腔内是否有淤血，还需要进一步做检查。"顺姬问："要有淤血怎么办？"金医生说："只有开颅手术。"顺姬听后惊道："这！……"金医生说这两位同志都需要马上手术。他环视一下周围情况，又看看工人区的医生，坚定果断地说："这儿的设备不行，需立即送往新义州市医院，马上出发！"

龙岩浦的医生说他们这儿也可手术。金医生说："不行！大型手术需要设备、血源和术后监护，这儿的条件不具备，必须到新义州医院。"此时，墙上的挂钟已指向了晚九点一刻。顺姬担心地问："金医生，路远，来得及吗？路上会不会出什么问题？"金医生自信地说："不会的，我已经电话通知了新义州医院，他们已做好了一切抢救准备。"龙岩浦的医生说："金医生，你这样固执，你能保证他们的生命安全吗？"金医生说："我保证不了绝对安全，但他们留在你们这里必然死路一条！"这时有人还坚持留下手术，金医生怒道："新义州就管不了你们龙岩浦吗？不要啰唆，还有重病号没有？没有，马上出发！"

救护车上增设了一些备用物品。壮壮、侯乃寿盖着医院的被，打着点滴，在顺姬精心护理下向新义州驶去。途中，顺姬总想辨认一下壮壮身边那个人是谁，但侯乃寿脑袋缠着纱布还是无法辨认。

金医生从副驾驶座来到车厢内要顺姬到驾驶室休息。顺姬坚决不肯。无奈，金医生给顺姬披好了棉大衣，同顺姬依偎在一起，护理病人。

十点一刻，救护车安全到达新义州市。

壮壮被推上了手术台。

由金医生主刀，顺姬配合，手术进行了5个多小时。可以这么说，这5个小时的每一次拨肉，每一滴流血，每一枚钢钉的植入，每一针在肉中穿行，对于灯光下传递工具的顺姬来说，都宛如钢刀刺入她的胸膛；壮壮在死亡线上挣扎，顺姬也备受煎熬。有谁能承受得了，为亲人亲自传刀见血的场面？有谁能在心里流血的同时，还镇定自若地工作？只有顺姬。只有顺姬能够战胜死神的追杀，只有顺姬才能配合金医生夺回壮壮的生命，手术成功了。这是希望和光明，是冀盼和保佑，是力量和战斗的结果。

壮壮被顺姬推进了病房。

顺姬为壮壮输液，并虔诚地守候在壮壮的床前。

金医生走进病房进行术后查房。顺姬问那个同志（指侯乃寿）怎么样，金医生说："他只是严重的脑震荡。"顺姬问："有淤血吗？"金医生说："没有。"金医生怕顺姬过于担心，就详细述说病情。他说该同志属颅脑外伤出现的意识丧失。顺姬问为什么出现抽搐。金医生说："重度脑外伤就出现剧烈头痛，并伴随抽搐，吃点镇静止痛药，休息一段时间就会好的。"顺姬高兴地说："那太好了，太好了！没有生命危险就好！"金医生指示顺姬要精心护理好这个人（指壮壮）。顺姬说："谢谢金医生对我的信任。"至此，顺姬才将她和壮壮的一切，告诉了金医生。金医生开始是屏住呼吸听顺姬讲述战争年代她和壮壮的故事，并为之动容，当听到顺姬和壮壮有着深厚的情感时，就有些不自然。不管怎么说，金医生还是控制住了个人感情。临走时，他又特别强调要顺姬守护在壮壮身边，不得发生任何问题，有情况随时向他报告。

四

风，还在怒吼着；雪，还在飞舞着；冰，还在疯狂地流泻着、重叠着、撞击着，这一切似乎要把大海撕成碎片。

在海上，朱海告别壮壮之后，在冰的夹缝间，迎风冒雪，驾驶渔船，战战兢兢驶进了黄长北渔业队码头。他没有回圈背山自己的渔业码头，他想把海上遇险的事，把壮壮冒死营救的事，告诉壮壮的朋友们，让他们为壮壮祈祷。朱海登上码头后，就到处打听湾湾塘突击队的住处。在人们的指点下，朱海带着少量鱼虾直奔湾湾塘突击队。

湾湾塘似乎也有海上那番风猎猎、雪飞舞的景象。三月前那一片金黄的稻田，转眼就被一望无际的冰雪覆盖着。此时，社员在家闲吃闲喝开始猫冬。突击队他们不能猫冬，也不能回城。他们要在那儿等待一年的年终分配。分配，那是多么诱人的时刻呀！

已经病愈的茹小娟再也按捺不住激动的心情，为了减轻父母的负担，为了久违的农村一线，为了心爱的毕建华，这一天中午，她回到了突击队。在她的眼里，湾湾塘突击队变了，变得清新而明快。房子翻修了，灰瓦变成了红瓦；屋里黑色的泥地，铺上了红砖；马棚一样的屋顶，吊上了蓝色的天花板。那些咸菜缸、酸菜缸，移到偏厦里；炕也变成了桐油纸的；黄纸贴的窗户，换成了明亮的玻璃。院内的猪圈、厕所，和惹她生病的鸡窝，统统迁到了院墙外。茹小娟激动得流下了热泪。

茹小娟回来的那天中午，突击队正在吃午饭，一看茹小娟回来，大家吃了一惊。看眼下的饭菜不足以欢迎、祝贺茹小娟的回归，庄美娟说："毕建华，看小娟看呆啦？还不赶快去买菜呀！"在大家的鼓动下，毕建华做了精心的安排：有的到市场买海货，有的去社员家借刚杀的猪肉，有的忙乎杀鸡，有的做大黄米干饭，大家忙得不亦乐乎。

欢迎会上，大家耍起贫嘴来了，你一句我一句地说：没想到小娟还能活着回来；小娟的悼词我都写好了；花圈我都扎好了；墓碑我都准备了；眼泪我都储存好啦，就等一泻而下。

茹小娟笑着说:"你们这是盼我早死呀,我偏不死!"

庄美娟说:"小娟命大、福大、造化大!俗话说,大难不死必有后福!祝贺你,我的好妹妹。"

张有千说:"什么福大、造化大,那是建华艳福大。"

刘长利问:"此话怎讲?"

张有千说:"壮壮是踏破铁鞋无觅处,人家建华是得来全不费工夫!"

王克难说:"壮壮未得到小娟,人家建华可把小娟带回来了。"

刘长利道:"神,真神!"

滕少发称赞道:"为了接回小娟,建华把咱突击队房子里里外外翻了个个儿,最得意的一笔是将鸡窝搬到墙外去了,保护神,绝对是小娟的保护神!"

张有千说:"建华,智多星吴用也。何时喝你们的喜酒?"

毕建华满脸绯红,说:"有千净扯淡,我和小娟……"

张有千说:"我什么我?你偷着乐吧。是小娟把壮壮让给了陈雪梅,壮壮才把小娟让给了你。"

庄美娟说:"什么叫让啊,那是命该如此,是缘分!扯别的没用,来,我敬建华、小娟一杯。"说着干了。

张有千又问毕建华:"到底你们啥时结婚?"

毕建华打了张有千一拳。

茹小娟红着脸说:"拿我开心?我说有千,我就纳闷了,你当初下乡为什么不跟美娟一起走,跑到我们湾湾塘干什么,害得人家美娟单相思!"

滕少发说:"这你就不知道了,青梅竹马、两小无猜早已化为乌云,人家美娟根本没看上他能让他去圈背山?是他死乞白赖老去缠着人家。有一次他去突击队想跟美娟热乎,被美娟舅舅发现,差点揍他。"

刘长利接过话题,说:"为什么?那天有千衣帽不整,留有八字黑胡,贼眉鼠眼,一看就像个小流氓,对美娟还动手动脚,她舅遇上就险些动手,直到把他赶出圈背山为止。"

张有千刚想争辩,被滕少发捂住嘴,说:"这就叫癞蛤蟆想吃天鹅肉!'庄主',你说有没有这件事?"

张有千推倒了滕少发说:"夸大其词。不过她舅也绝不是个好人。冲他那德行,我要坚决把美娟弄到手!"

开始庄美娟不在乎大家说什么,听到有千骂舅舅,就说:"有千,闭上你那臭嘴!我舅怎么了,我舅那可是农机站站长,他是你骂的吗?"

张有千嘿嘿一笑,"说着玩呗,你还当真?"为解尴尬,转移视线,接着说:"滕少发,讲讲你英雄救美后和社员张晓凤天天黏糊在一起,去人家不走,被人赶出的故事。刘长利讲讲你一到年节假日跑到大连外语学院泡高中同学李冬冬,左一个亲右一个吻,结果人家爱上了大学同学,你知道后想跳海。王克难讲讲你和胡同的美妞发小雷小欣,是怎么个风流韵事?讲给大伙听听!"

正当他们说说笑笑、频频举杯时,听见屋外有动静,就都警惕起来。

朱海一进突击队的院大门,就高声嚷道:"这是壮壮的突击队吗?"见没人答应,又高八度地喊:"这是不是湾湾塘突击队?!"

毕建华、张有千他们听院外有人喊话,出了屋门,见有5个人,就警惕起来。

张有千:"你们瞎喊什么,死爹还是死娘啦?"

朱海:"这比死爹死娘还严重。这儿,是不是湾湾塘突击队吧?不是,我们走人。"

毕建华疑惑地问:"你们是……"

朱海道:"甭管我们,你们是不是壮壮的朋友吧!"

张有千警惕地问:"你们是何方人士竟敢壮壮长壮壮短地大喊大叫?"

朱海道:"我是圈背山渔业队的朱海。"

毕建华:"圈背山渔业队?"

张有千:"朱海,朱海是谁?"

朱海:"看来你们是壮壮的突击队,我就是在圈背山突击队槐树林中与你们打架的朱海。"

毕建华一听是那帮无赖渔民,心想他们到这儿来干什么,是否又来找仗打的?故与张有千耳语后把滕少发他们叫了出来。

张有千在房檐底下抄起一把铁锹说:"你们今天还送上门来了,你们想死还是想活?痛快点!"

滕少发也抄起了一把翻稻草用的铁叉,说:"槐树林中你们捡了条命也就罢了,今天又找上门来,你们是活腻了吧,来呀!"

王克难抄起一把锄头,"想决一死战吗?"

刘长利抄起一条扁担道:"你们敢上来,叫你们脑袋开瓢,有来无回!"

茹小娟从未见过这阵势,但意识到这是一场火拼,于是回屋抄起铁饭勺和锅铲子,来到了阵前。

庄美娟抄起带火的烧火棍冲出来,挥舞道:"狭路相逢,同归于尽!上!"说完,就计上心头。根据槐树林一战经验,她故意向屋里高喊:"壮壮,壮壮,你出来,出来!"

朱海一看突击队人人都抄起了打人的硬家伙,有些怕,就后退了两步。听到喊壮壮的名字,认定这就是壮壮的突击队。于是,上前道:"你们误会了,我们不是来打架的,有壮壮在,我们岂敢在太岁头上动土!我们刚从海上回来,是壮壮叫我来的,是壮壮在大海里救了我们。"

毕建华说:"胡说!"

张有千说:"想死就痛快点!"

朱海说:"是这样,我们和朝鲜渔船都冻在海上,冰山、冰块、冰排,把船团团包围,撞碎、掀翻很多船只,不少人死在海里。我们也生命难保,要不是1008号,要不是壮壮下水给我们送粮、送油、送水,我们就葬身海里了!壮壮是我们的救命恩人。壮壮还说要与我们一起喝酒。今天我带点鱼虾一是来感谢你们,二是来求你们为壮壮祈福保佑。"

毕建华审视朱海不像是在撒谎,他们手里又没拿什么打人的家伙什,就说:"既然是这样,就屋里请。"

为表示诚恳和友好,朱海他们就进了屋。进屋后见桌上有些好吃的东西,就连喝三盅酒,说是自罚。毕建华与朱海也碰了几杯酒。

朱海继续描述冰海救生的壮烈场面。他反复讲两国渔船遇难的情况,壮壮海上营救的情况,他们如何冲破千难万险返回的情况。

毕建华、张有千他们像听战斗故事似的听朱海滔滔不绝地讲。兴奋之中,不免怅然起来。

毕建华说:"壮壮有危险没有?"

张有千说:"双方死人了吗?"

茹小娟:"壮壮他不能死,不能死!"

朱海:"我们走时,壮壮还在驾驶救生艇在冰海里营救中朝渔民,还一再叮嘱我们要注意安全。上天保佑,我想他不会出什么问题的。再说有你们保佑,更不会有危险。"

尽管朱海这么讲,毕建华、张有千他们仍然不放心,仍然为壮壮捏把汗。他们不吃饭,个个坐在那儿沉默着。

朱海看了一下饭桌上的东西说:"你们吃的什么破饭,走,咱们到镇上喝酒去!我请客。"

张有千说:"你请客?"

朱海说:"是呀,我掏钱。"

毕建华说:"我们吃得很好。美娟、小娟,你们再去做几个菜。"

朱海说:"算了算了,那得什么时候,走,去饭店!"

张有千说:"去可以,我们有钱。"

朱海说:"有钱是你的,今天我请客,一是感谢壮壮救了我们,二是槐树林一战,向你们赔罪,三是祝壮壮平安无事!"

他们一起来到了海鹰饭店。

海鹰饭店坐落在镇中心,与它毗邻的是供销社。在供销社前100米处是公社粮库,那里存放着几万吨的稻米和杂粮,是供黄长北地区居民口粮和战备储存的。每个粮囤都是用苇子编的席子围成,高20米,直径10米,草帽式的囤顶也是用苇子编成的席子围成,在方圆百亩的地面上有30多个粮囤。粮库周围是居民区。

朱海还未落座,就让手下人回船上,把打来的鱼、虾、蟹全部拿来,一部分让厨师现做,大部分送给了突击队。

一桌极其丰盛的酒宴开始了。

在宴会上,他们连喝三杯表示相见恨晚,又喝三杯保佑壮壮平安无事。气氛热烈,情绪高亢,感情融洽。张有千、滕少发谈起那天赶海和打伤渔民的事很是内疚。朱海他们就讲那天如何布局实施报复,如何想一举踏平圈背山突击队。张有千说:"如果没有壮壮凌空出现,你们是不是想把我们一个个干掉?"朱海笑着说:"没那么凶狠、残忍,那天我们根本没带任何凶器。"滕少发说:"还不够惨烈呀,血都流出来了。"朱海说:"好男儿血染疆场,不打不成交嘛!"说完大家哈哈大笑起来。

双方又连碰三杯。朱海接着说:"壮壮答应回来到我们渔业队去喝酒。"毕建华兴奋地说:"我们都去!"朱海说:"都去。不过去了就别想走。"毕建华问:"为什么?"朱海说:"今年渔业队又造了一条45马力的渔船正愁没人上呢。"张有千说:"45马力的船在大海里就是一叶舟,风一刮,浪一打,死都不知道怎么死的。"朱海说:"要不你们到我们那儿去晾网?"张有千说:"拉倒吧,老百姓赶点海,看把你们心痛的。要是让我们去,两天半就给你们干黄。"朱海说:"船也不去,晾网不干,以后你们想干什么?干什么,总得有个打算!"

朱海这一提示,加上二两酒闹的,人们似乎个个在表态。

刘长利说:"我想跟朱海去打鱼,那里挣钱多,吃好的,有干头,大海永远不会干涸。"

张有千说:"你不是想和少发当公安吗?"

刘长利看了一眼茹小娟说:"那不是为了壮壮才干了几天业余警察的活嘛。"

张有千说:"我想去当兵,到有仗打的地方去!"

庄美娟说:"我要当教师,让自己的孩子上大学。"

茹小娟说:"我要当个医生,专治被黄鼠狼伤害的人。"

有人问毕建华:"毕建华,就剩下你没讲了。"

毕建华沉思半天说:"将来我想当作家,写写你和我的故事,就是写我们少年时代的英雄壮举、学生时代的求学梦、青年时代下乡励志史,写我们的爱情故事。特别是壮壮和顺姬的故事,很值得去写,因为它象征着中朝民间友谊。这些难道不需要有一个作家去记述和歌颂吗?"

王克难鄙视地说:"就你那把刷子还能当作家?喷喷,没看出来。我呀,进城当个工人就算我爹我娘没白生了我。"

正当他们开怀畅饮,高谈阔论,想入非非时,一场突如其来的大火从居民家着起,瞬间向供销社物资仓库扑来。闻讯起火后,毕建华、张有千、滕少发、王克难、刘长利立即冲到现场,娴熟地抄起灭火器、铁锹、铁钩、沙袋子,冲向火海;庄美娟、茹小娟拿起饭店里的铝制饭盆沿街拼命地敲着,大喊:"起火啦!快救火呀!"朱海几个人跟随毕建华他们也赶到火灾现场。

毕建华、张有千向火头喷射泡沫;刘长利扬沙子,滕少发、王克难就用铁锹、钩子击落燃烧的木板；庄美娟、茹小娟一边干一边指挥群众用桶和脸盆向火中洒水。火越烧越旺。由于七钩八叉地救火，火头四溅，加之风势，一团火飘向附近另一户民宅，火蹿上屋顶，立刻燃烧起来。民房盖着芦苇，见火就着，火很快烧塌了西屋。庄美娟、茹小娟只顾往上泼水，没发现一根带火的房梁即将掉下，她俩发现时为时已晚，房梁倒下，一头先是砸在庄美娟左肩上，然后倒地时蹦了个高，又砸在茹小娟左腿上。砸在庄美娟肩上时，房梁的火刹那间燎焦了她后脑一大绺头发，刺啦声后发出焦煳味，弥漫在黑烟中；房梁砸在茹小娟腿上时，火将她穿的毛裤烧了个大窟窿。她俩觉得一阵疼，就倒在地上。房梁倒地滚向一边，但火眼瞅就要烧到庄美娟和茹小娟，这时正好被毕建华、张有千赶上，他们把她俩架到安全处。几筒泡沫灭火器，几箱沙子不管用，毕建华、张有千就让庄美娟、茹小娟往他们身上泼水，又冲进民户家救出一个老人和一个孩子。

民宅的火被压住了。毕建华、张有千返回供销社仓库，和滕少发、王克难、刘长利一起冒着烟火冲进仓库，抢救小型农具和化肥、种子等。庄美娟、茹小娟忘了疼，也要往里冲，被毕建华拦住。朱海他们几个人从库房里往外搬运农用物品和化肥。北风一刮，火借势又大了起来。这时附近村庄上千号群众也出动了。派出所组织群众保护邻近的商店、税务所、信用社、餐饮单位和群众住宅，同时维护治安。

冬天干燥，加之北风刮得很猛，火头被推向粮库。因毕建华他们平时在公社群众消防队训练过，懂得救火要先压住火头，于是他把突击队的人集中起来拉到粮库。在粮库围墙外，设立一道人墙。火头，乘风之势，在空中曼舞，打了一阵旋后向毕建华他们扑来。他们挥舞着扫帚、用浇湿的衣服扑打火头，又从粮库弄些泡沫撒向火苗。这时又有一团火飞来，落在地上点燃了远处干燥的芦苇塘苇叶，他们就踩、扑打，就躺在地上滚压，压住火头的蔓延。经过战斗，火被扑灭。毕建华他们泥人一样、冰人一样。他们露出洁白的牙齿，互相拥抱着、欢呼着。

在公社群众消防队、县消防队、千名群众共同奋战下，大火终于被扑灭。除供销社和两户居民房屋被烧毁外，百户群众的住房保住了，镇机关及所属单位保住了，更重要的是存放几万吨粮食的粮库保住了。当他们想找朱海时，朱海已返回圈背山渔业队。

庄美娟、茹小娟倒在粮库围墙下。毕建华等人把庄美娟、茹小娟送到卫生院。经检查，庄美娟肩胛骨脱臼、骨折，茹小娟左下肢多处骨折。

庄美娟、茹小娟成了英雄。住院后，公社领导、社直单位负责人、派出所干警、群众代表，分别到医院探望慰问。

市、县报社记者纷纷前来采访。

庄美娟、茹小娟受伤处打上石膏，疼痛难忍，急需亲人在身边安慰、照料。但几天来的慰问、采访，使她们难见亲人的悉心照料，心里总觉得空落落的。毕建华、张有千本想借此机会好好表现自己的关爱之情，但苦于庄、茹同住一室，又有络绎不绝的人来慰问，他俩只好忍痛放弃。但有一天是个好日子，他俩见无人打搅，就来到病房。一番慰问、寒暄后，庄美娟故意说："有千，看来我只有一只肩膀了。"张有千就势贴了一下庄美娟的脸颊说："咱俩有三只肩膀就足够撑起一个家，一个幸福的家。"茹小娟受到了启发、感染，也撒娇说："建华，我只有一条腿咋办哪？"毕建华俯身握住她的手温情而坚定地说："我背你翻山越岭、跨江过海，一辈子不变心。"他们四人相视，哈哈大笑起来。

毕建华、张有千想起了朱海，就与王克难、刘长利、滕少发一同来到圈背山。朱海十分感动，并设盛宴款待他们。听说庄美娟、茹小娟救火受重伤，朱海当即拿出500元钱，表示慰问。

毕建华、张有千把朱海在黄长北救火的事迹，向圈背山公社领导做了汇报。调查核实后，县人民政府给朱海他们每人记三等功一次，并号召全公社向朱海他们学习。

庄美娟、茹小娟转到县中医院治疗。

在毕建华、张有千精心的照料下，庄美娟、茹小娟很快痊愈出院。

毕建华、张有千他们这种一心为公，不怕牺牲，奋不顾身地带头灭火，抢救物资，为国家、集体挽回重大损失的英雄群体形象，受到了公社、县政府的通报嘉奖。与此同时，他们的事迹也在边城的报纸和电台上广为宣传。一时间，他们的事迹成为城乡家喻户晓的佳话。

此时，正值市水产局机关、下属海上打鱼渔船、各大冷冻库和水产门市部，都需要一批有知识、有文化、有觉悟的青年充实岗位。为此，毕建华、张有千、滕少发、刘长利、王克难、庄美娟、茹小娟等陆续被调回城里，等待水产局统一分配工作。

张有千、庄美娟，毕建华、茹小娟紧锣密鼓地筹备婚事。他们等壮壮从朝鲜回来，立刻送上一份结婚大礼。

五

几天来的海上营救和为壮壮提心吊胆，使顺姬筋疲力尽，她紧紧握住壮壮的手，趴在壮壮的胸前睡着了。

经过一天多的昏迷和5个多小时的手术麻醉，壮壮终于睁开眼睛。他一睁开眼睛就影影绰绰看见趴在自己身上的是一个女人的影像。他以为是自己的母亲，因为只有母亲才能在孩儿痛苦时抚慰孩子；他又以为是陈雪梅，她此时出现简直就像一块厚厚的冰压在心头，冰冷而可怕！此时壮壮下意识地又叫了两声娘就闭上了眼睛。顺姬真真切切地听到了壮壮在说话，她惊喜若狂地贴近壮壮的脸，小声喊："哥，我是顺姬呀！你醒醒，你醒醒！"一阵剧疼过后，壮壮闻声睁大了眼睛，揉了揉浑浊而干涩的眼。他定睛一看，顺姬那美丽俊秀的脸呈现在自己面前。壮壮惊呆、怔然，死死地盯着顺姬。一切都不敢相信。他想：一个掉进大海的人，一个被冰淹没的人，只能是到冰冷的世界，与海洋动物为伍，或被吞噬，怎么会重生？又怎么会见到顺姬？是回光返照吗？不对，是顺姬的面容出现在眼前，是顺姬的声音萦绕于耳！顺姬紧紧握住壮壮的手，激动万分地说：“哥，我是徐霞，我是顺姬呀！你……”壮壮倏地松开顺姬的手，摸摸自己的脸，揉揉自己的眼，掐了一下自己的左手，疼！这才断定自己没死。这时，顺姬又紧握壮壮的手，连连地叫哥哥，壮壮才惊呼：“顺姬，真的是你！真的是你！……”

顺姬：“哥，你终于醒了，哥！”

壮壮：“我这是在哪儿？我怎么啦？”

顺姬：“哥，你在我身边，这儿是新义州。”

壮壮：“啊！我怎么会……”

顺姬安慰道：“哥，你的腿刚动完手术，不要动，过几天就会好的。”

壮壮一听手术了，下意识地摸了一下大腿，才发觉硬邦邦的东西裹在上面。一阵剧痛后，壮壮这才回忆起当时在水中昏过去的过程。壮壮满含热泪地说：“顺姬，是你救了我？”顺姬说：“是朝鲜的拖船把你救上岸的。”壮壮拉着顺姬的手，激动地说：“谢谢朝鲜同志。”

顺姬为壮壮揩泪。

金医生走了进来。

顺姬说：“哥，这是金医生，是金医生手术救了你。”

壮壮激动地说：“谢谢金医生，谢谢！”

金医生看壮壮一切都正常，微笑道：“你很坚强。有顺姬护理，很快就会痊愈，祝贺你！”金医生再三嘱咐顺姬要精心照料，不得马虎。说完就离开了病房。

壮壮突然想起了侯乃寿,问:"瘦猴呢?他……"

顺姬吃惊地问:"瘦猴?瘦猴在哪儿,在哪儿?!"

壮壮不解地问:"瘦猴他,他没和我在一起?"

顺姬更加吃惊,"瘦猴,他怎么啦?"

壮壮恐惧地说:"瘦猴被冰排拖走了,淹死了,瘦猴,瘦猴,哥对不起你!"说着大声地哭起来。

顺姬吃惊地说:"侯乃寿也在船上,他死啦?"

壮壮:"就我一个人来这儿吗?"

顺姬:"不,是两个人。"

壮壮:"两个人?那是瘦猴。他在哪儿,在哪儿?快带我去看看。"

顺姬:"你说那个人是瘦猴?"

顺姬万万没有想到住在隔壁病房的是瘦猴,是她从小生死相伴的战友、最好的朋友。她吃惊又高兴地说:"哥,你别急,你不能动,我去看看。"说着就风一样地出了门,进了侯乃寿的病房。侯乃寿头部还是包扎着,仍处于昏迷状态。顺姬一看瘦猴的一对小虎牙,惊喜地喊着:"侯乃寿,瘦猴!侯乃寿,瘦猴!"瘦猴似乎听见有人在叫自己,他咿咿呀呀地说着什么。

顺姬听出是瘦猴的声音,控制不住自己,一下扑在瘦猴的床上,叫了一声瘦猴,就哭了起来。她忏悔,她忏悔自己怎么就没意识到是侯乃寿呢?虽然金医生安排专人护理瘦猴,但她为什么就没过问一下呢?她擦去脸上的泪,调理一下输液管,给瘦猴盖好了被,就急忙回到了壮壮的病房。

壮壮急切地问:"顺姬,是不是瘦猴?"

顺姬擦了一把泪说:"哥,是瘦猴。你要不说,打死我也想不到是他。"

壮壮:"他怎么样?怎么样?"

顺姬:"经仪器检查和临床观察,他是严重脑震荡,现仍处在半昏迷状态，不过没大事。"

壮壮执意要下床去看瘦猴，被顺姬按在床上。

顺姬："瘦猴没事，吃药、打针，休息几天就会恢复的。"

壮壮放心了。他拉住顺姬的手说："顺姬，谢谢你，我替瘦猴谢谢你。"

顺姬："哥，你说什么呀，老是谢谢的，瘦猴也是我哥，是我在中国生死与共的战友、朋友。"

壮壮自责地说："对，对，哥说错了，说错了……"

顺姬欣慰而兴奋地说："哥，瘦猴和小时候没多大差别，就是大小、胖瘦有变化而已。那张长脸和那两颗小虎牙，还能透出小时候那机灵、聪明和调皮的样子。"

壮壮："你还记得？"

顺姬为缓解壮壮的疼痛，说："记得，特别有四件事我一辈子也忘不了：第一就是他把他爹用绳子绊个跟头差点摔死；第二就是在猪圈耳房把红缨枪顶在他爹脖子上；第三就是在水里抓鱼的时候光着屁股打水仗，那东西被蟹子钳着时，疼得在水里直打滚，要不是你解围，还不知那东西会不会掉呢。"

壮壮插话说："可不是，这小子，比我还浑！"

顺姬又说："那时，你叫他穿裤子，他死活不穿，还光溜溜的要拖我下水游泳，真气人，弄得我怪不好意思的。"

壮壮："有这事。"

顺姬："第四就是火烧美国蟋蟀时，他就当着我的面脱裤子尿尿灭火。现在想起来真好笑。"

壮壮："了不起，你真的还记得。是呀，儿童团时，我们无忧无虑，天真无邪，疾恶如仇。过去了，一切都像风一样刮过去了。"

顺姬感叹后说："上初中就不见他了。"

壮壮："他高二时，母亲改嫁，在渔业队干了一段，后调到港务局。"少顷，又说："顺姬，你还记得那个'汉奸、特务'吗?"

顺姬说："你说的是那个何坤科长吧？"

壮壮："是，他现在是我的局长啦，是他把瘦猴和我要到港务局的。"

顺姬："只有人世间的巧事，才能让人们幸福而有趣地生活着。今年夏天在江边游泳，真巧还见到了张有千他们。如果没有这次大营救，我不知道什么时候能看见你和瘦猴呢。"

壮壮一听游泳的事就来气，骂道："有千他们真不是个东西，来看你的好事也不叫我一声。"

顺姬说："老天爷是不是就安排我们今天见面？"

壮壮笑着说："是天意。"

壮壮问渔民的情况，顺姬告诉他中国不少渔民被营救，他们没有生命危险，不少已经返回去了。朝鲜渔民也有不少在中国救治的，这两天听说也陆续返回来不少。壮壮欣慰地看了一眼顺姬。顺姬又补充说："哥，你可不知道哇，为救人两国都出动大型船只不说，还出动大批直升机呢！百分之三十遇险渔民是被直升机救的。"其实顺姬知道双方渔民中也有死了的，她不告诉壮壮是怕壮壮难受，对病不好。但是壮壮心里明白，这么多渔民都处在极其危险之中，营救又是那么艰难，而且海上冰情变化无常，哪有不死人的？壮壮对顺姬说，他和瘦猴就是该死之人而没死。

顺姬嗔怪而哽咽地说道："哥，你说什么呀，多不吉利！"

壮壮立即改口说："活着见到你，真幸运，真幸福！"

顺姬偷偷抹泪。

看着眼前多年不见的顺姬，壮壮感慨万千：小时的温馨、呵护的惬意、离别的辛酸、不见的思念、婚姻的痛苦、眼前的喜悦，一下涌上了心头。能在异国他乡与顺姬相见，天意，天意呀！壮壮再也无法控制自己，他紧紧抓住顺姬的双手，两个人抱头痛哭起来。

顺姬在洗壮壮、侯乃寿剪碎的工作服。洗侯乃寿的衣服时没发现什么，只有一串钥匙；在洗壮壮工作服时，发现一个钱包，打开后除有十几元现金外，就是壮壮、陈雪梅和辰生的全家福。照片虽然被海水浸过，但还十分清楚。顺姬觉得照片上的女人很清秀、很慈祥，孩子长得更可爱。顺姬想，怎么壮壮在信上说"结婚生子，但很不幸福"呢？怎么回事呢？是因为这个女人是农村的，还是有别的什么问题？不然的话，壮壮不会那么伤心，居然还写信告诉她。顺姬摇摇头沉思着，她又发现她和壮壮全家的照片：爹、娘被壮壮用纸遮住了，只有她和壮壮两个人的照片。顺姬不由得甜甜地微笑。她觉得壮壮的创意和自己的创意异曲同工，她深信壮壮的心和自己的心始终是相通的。顺姬看着看着，这才想起了壮壮为什么在给她的信中只提崔护《题都城南庄》的诗名，而不明引"人面不知何处去，桃花依旧笑春风"这两句诗。

顺姬知道这首诗是写重寻故人而不见的场面。诗意是：还是春光烂漫、百花吐艳的季节，还是花木扶疏、桃柯掩映的门户，然而，使这一切都增光添彩的"人面"却不知何处去，只剩下门前一树桃花仍旧在春风中凝情含笑。去年今日，伫立在桃树下的那位不期而遇的少女，想必是凝睇含笑、脉脉含情的；而今，人面杳然，依旧含笑的桃花除了引动对往事的美好回忆和好景不长的感慨外，还能有什么呢？"依旧"二字，还含有无限怅惘。正是因为有"人面桃花相映红"的美好记忆，才特别感到失去美好事物的惆怅，因而才有"人面不知何去处，桃花依旧笑春风"的感慨。

顺姬深知壮壮的不明引，留下删节号，是壮壮的性格使然，是内心世界的表述。男人的表达方式更趋于含蓄，就像"我爱你"三个字，真正爱你的男人不会把三个字总挂在嘴上，一句不说比喊一千句一万句都重要。顺姬深知壮壮想她，知道怕羞而不明引，知道她深知其用意。此时，顺姬又不能当面说破诗的含义，只好默默背吟这首诗后说:"引就引嘛,又不是你写的,干吗那么害羞?"说完后,顺姬的脸泛起红来。

壮壮只是嘿嘿一笑。

此时,一张照片,一首诗,使顺姬激动不已,然而那句"很不幸福",又令顺姬百思不得其解,不由得又为壮壮忧伤起来。

顺姬洗完了衣服,回到壮壮身边。壮壮醒了,问顺姬:"姨妈好吗?还是自己过?"顺姬说好,和妈在一起很开心。壮壮说等病好了去看看姨妈。顺姬说:"回国这几年,妈妈整天给我找对象,烦死我了,我一个也不看。"壮壮说:"也该考虑了。"顺姬脸颊一红,说:"早呢,不急。"顺姬问:"咱爹、咱娘都还好吧?"壮壮说:"他们天天想你,特别我结婚后更想你。爹想你得了病,退休了,我才顶替父亲进了港务局工作。噢,对了,我给你的信……"顺姬亢奋地说:"收到了,未明录的诗,我也看懂了。只是你说'很不幸福'不知何意。"壮壮叹口气说:"你嫂子是农村姑娘,人很热情,长得像你,但在情感上是锋芒外露,很不专一,我们之间……"顺姬明白了,说:"女人嘛只要有三分姿色,除自信外,男人们总打她的主意。但嫂子不一定像你想象的那样。"壮壮说:"是呀,是我想多了。但她自己已经感到感情危机了。"顺姬一怔。壮壮接着说:"都怪我,悔不该当初……"顺姬一看不好,岔开话题道:"我想孩子一定像你,浓眉大眼的,虎头虎脑的,一定很好玩。"壮壮"嗯"了一声。正说着,壮壮觉得腿又是一阵酸痛,问顺姬:"我的腿能保住吗?"顺姬忙解释:"这不是保住了吗?你是股骨(比画了自己的股骨处)粉碎性骨折,金医生医术高明,给用钢板固定了。骨头愈合后,把钢板取出来,好人一样。"壮壮听后惊叫了一声:"还有二次手术?我的妈呀,这……"

顺姬一天24小时在医院守护壮壮。侯乃寿虽有专人护理,顺姬还是每天都去探望和照料他。侯乃寿的病大有好转:他会说话了,会吃饭了，会笑了。顺姬每次去都戴着口罩，变着腔调，不暴露自己，她想在侯乃寿完全康复后给他一个惊喜。侯乃寿从清醒那刻起就问壮壮的事，顺姬不告诉他，他很急。顺姬怕他急出毛病，就说有个中国同志住在医院里。瘦猴几次提出要去看望那人，顺姬总是说那病房很严，不让探视，说等病好了再去不迟。侯乃寿揣测那人十有八九是壮壮，心想，没死就行，不急看。但侯乃寿总觉得这个不摘口罩的人很怪异，很神秘，不是他的专职护士，但天天都来照顾他，人很热情、很和蔼不说，还天天带些好吃的东西给他，这使侯乃寿越感动就越疑惑此人的身份。

这天终于来到了。侯乃寿痊愈要出院时，顺姬带他进了壮壮的病房。一进病房，壮壮蓦地半起身哭着抱住瘦猴不放。瘦猴见壮壮腿缠着绷带，悲喜交集，泪就像断了线的珍珠一样滚了下来。他叫了一声哥，就又抱住了壮壮不放。瘦猴抬头看着顺姬，万分感激地握住顺姬的手说谢谢护士，谢谢护士救了俺哥。顺姬戴着口罩含着泪花一直在笑。壮壮感到奇怪，就问顺姬为何傻笑。顺姬这才猛地摘掉口罩，大叫："瘦猴！哥！"侯乃寿定睛一看，是顺姬，惊讶地喊："顺姬，是你！你为什么不早告诉我？"顺姬大笑，"只为惊喜。"瘦猴不顾一切地抱起顺姬，在地上转了三圈。

病房内兄妹三人紧紧地拥抱在一起，泪水又一次打湿了他们的衣服。在各自介绍完近况后，又共同回忆起童年时代的风风雨雨和顽强战斗的日子。壮壮说："咱哥儿俩大难不死，必有后福哇！"侯乃寿说："这要感谢顺姬，感谢金医生。"顺姬说："主要是好人命大，好人有好报。"侯乃寿说，再过两天他就要回国了。壮壮在向他表示祝贺的同时，又感到自己病情渺茫。侯乃寿嘱咐壮壮不要急，好好养伤，有顺姬在，很快就会好的。壮壮嘱咐侯乃寿回去一定向周船长汇报发生的事，并委托侯乃寿向周船长赔礼道歉并请求处分。他还一再强调千万不要告诉他父母，免得老人担心。少顷又说，要是老人家知道了，就说我在顺姬家。侯乃寿答应照办。

　　侯乃寿回国后，海上营救工作早已结束。

　　周船长、曲船长他们安全、胜利地返回港口。

　　在1008号报务室，侯乃寿的突然出现把肖影吓了一跳。肖影扑到侯乃寿身上捶打着他的胸脯，然后问："壮壮呢?"侯乃寿介绍完情况后就去见船长。侯乃寿向周船长汇报了他和壮壮商量好的事宜。侯乃寿特别强调壮壮请求处分的事。周船长听后，哈哈大笑道："这小子，耿耿于怀呀！犟，犟得像头驴，像他爹！"

六

　　由港务局何坤局长带队，有周船长、侯乃寿、肖影参加的慰问团一行四人来到了新义州市医院。何坤诚挚地向院方表示衷心的感谢，并将象征中朝友谊的鸭绿江大桥玉雕模型和一面绣有"友谊长存"的锦旗赠送给崔浩男院长。崔院长说："这是我们应该做的，能为中国同志服务是我们的光荣。"何局长说："为不麻烦朝鲜同志，我们还是将徐吉壮同志接回去好。"崔院长说："手术后，我去看过徐吉壮同志几次，他很坚强，精神很好，毅力超凡，是我们学习的榜样。"金医生补充说："徐吉壮同志刚动完手术不到一星期，病人绝对需要静养，不能走动，不然会影响愈合，愈合不好会严重影响二次手术。为了对徐吉壮同志负责，我们的意见还是留在我们医院治疗一段时间，必要时我会与你们联系的。团长，您看……"何局长一听朝方同志真诚而友好，就不好再坚持自己的意见，于是代表徐吉壮父母、代表全局职工，再一次向院方表示衷心的感谢！

　　何局长一行，在崔院长、金医生的陪同下来到了壮壮的病房。壮壮所在病房足有15平方米，清洁明亮，设备齐全，床头桌上摆放着金达莱花，顺姬面带微笑正在为壮壮输液。一切都是那么温馨和谐。何局长看了非常满意，一再指示壮壮一定要配合好医院的工作，把病治好。

壮壮对领导的来访、慰问，表示衷心感谢。何局长笑着说："感谢我们？不，我们应该感谢你，是你和侯乃寿同志为我们赢得了荣誉，为中朝人民之间的友谊贡献了力量。要说感谢，我们得好好地感谢你们哟。"壮壮说："我，我很鲁莽、很主观，我……"何局长说："什么鲁莽、主观，是勇敢、果断！是不怕牺牲的国际主义精神！你呀，越来越像徐师傅，像你爹支前时的样子。"壮壮一怔问道："何局长还记得我爹？"何局长对着崔院长大笑道："崔院长，我何止是记得他爹，他们全家我都太熟悉啦。抗美援朝，在爱沙浪村，他爹是第一个捐粮食，第一个赶大车往朝鲜前线送粮食、物资，第一个冲上去捉拿特务，第一个下水修浮桥；他娘捐了50万元，那是爱沙浪村捐款最多的；他哥哥为保护江桥这条钢铁运输线，光荣牺牲在大桥上；当时他是儿童团团长，带领儿童团做了不少少年英雄事，但也闹出不少笑话，这些我一辈子也忘不了。哈哈！"崔院长点头称赞。这时壮壮惊讶地说："局长，这些你都知道?!"何局长说："知道，写在历史上的东西怎么会忘啦？列宁不是说了嘛，'忘记过去，就意味着背叛'！"崔院长再次表示赞叹。何局长接着说："壮壮，别看你功劳大，至今我对你还是'深恶痛绝'哩。"壮壮一听大为吃惊，眼球都快滚落下来，他张着大嘴一时语塞："局长，我……"何坤笑道："当年，我不是叫你这个儿童团长逮住过一次吗？好家伙，真厉害。你很凶，指示侯乃寿把我从车上一把薅下来，让我跪下缴枪；又叫毕建华、顺姬，把我五花大绑，审查我，逼我承认是特务、汉奸。这刻骨铭心的事，我一辈子也忘不了！"说到这儿，在场的侯乃寿、顺姬，脸一红不好意思地笑了。

何局长接着说："当时我是故意那么演的，是想看看和考验你们儿童团的智慧和力量。其实我很后怕,当时你指示儿童团用红缨枪朝我喉咙刺一下,用大刀向我的脖子砍一下,我就是不死也落个残废。还有更可怕的,当时如果我的手枪里有子弹,那我这条小命就交待了。幸亏你们当时高抬贵手,幸亏你们还懂得'优待俘虏',才免我一死,我得感谢儿童团的不杀之恩哪!"壮壮听后,窘迫地说:"对不起,那时我太虎性了。"何局长说,不是虎性,是智慧、勇猛。何局长又说:"幸好半路上遇到了你们的栾村长才解了围,不然今天我就不能带队来看你喽,哈哈!"侯乃寿、顺姬对视后,不知如何答对,只管傻笑起来。壮壮有些胆大,他说:"何局长,那时你真像个汉奸、特务,就像当年小鬼子进村,鬼鬼祟祟的。"何局长不由得哈哈大笑起来,"看来我演得不错嘛。"崔院长听得入神。场面热诚,气氛融洽。壮壮借此说:"我从小就是个冒失鬼,不听邪,经常挨爹的打、娘的骂。这次执行抢险任务不听周船长的指挥,无组织、无纪律地乱来,给周船长造成了很大的麻烦,给局里造成很坏的影响,我请求局长给我处分。"周船长笑道:"给不给处分嘛,这要看何局长的喽。"何局长抚摸着壮壮的头说:"处分,什么处分?回去后我还得给你和侯乃寿记大功呢!"

　　侯乃寿见何局长一直没有理会顺姬,知道何局长不认识顺姬了。侯乃寿打断他们的对话,向何局长、周船长介绍了站在壮壮身边的护士就是顺姬。何局长惊讶地看了一眼顺姬,连连向顺姬道歉。何局长对崔院长说,他官不大,牛起来了,连当年的小女英雄都不认识了,该当何罪?崔院长笑道:"我也有这个毛病。"一阵哈哈大笑后,何局长高兴地上前拉住顺姬的手说:"你就是顺姬呀,就是和壮壮、侯乃寿他们一起绑我的那个小姑娘顺姬呀!你太厉害啦,小绳勒得我都喘不上气,当时我真的想叫你一声姑奶奶呢。"顺姬不好意思地说:"不记得了。对不起。"何局长说:"后来听说你回国了,应该送送你才是。噢,不说了,几年不见都长成大姑娘了，又这么精神、漂亮，我上哪儿去认识？听说你在这次抢险营救中立了大功？"崔院长说："从海上营救到手术，直到护理徐吉壮同志，她立了功，我们准备给李顺姬同志颁发勋章。"人们都向顺姬投去祝贺的目光。肖影拉住顺姬的手，高兴地说："我该叫你顺姬姐姐吧？"两位美女被金医生摄入镜头中。

何局长问顺姬："你妈妈还好吗？"顺姬说："好，谢谢何叔叔。"何局长说："给你妈妈带个好。"周船长说："何局长，徐师傅的病一半就是想顺姬想的。"何局长说："这我知道。"然后他深情地看着顺姬，说："顺姬，要不要跟叔叔过去看看你养父、养母？"顺姬噙着泪花说："等哥好了，我们一起回去。"

七

壮壮的病稍有好转，就经常偷着下地在病房里走动。顺姬发现后就赶快扶他上床，并嗔怪地说："哥，你是屡教不改呀。再这样，我就用绳子把你绑在床上了。"壮壮只是嘿嘿一笑。

外面下着小雪，没有风，很暖和。在壮壮的一再恳求下，顺姬才同意壮壮走出病房。壮壮坐在轮椅上，由顺姬推着在院内散步。

壮壮从小就喜欢雪，喜欢漫天飞舞的雪，喜欢雪轻轻拍打着自己；他喜欢雪向他扑来，扑到他的睫毛上，然后融化；他喜欢雪像少女纤细柔软的手，擦拭、抚慰他宽大的脸颊和额头，使他产生无限的梦幻、憧憬和遐想。但壮壮最喜欢的还是踏雪。一觉醒来，纷纷暮雪下辕门，他都第一个走到院子里，几步走出个"人"字，然后加上一横走出个"大"字，再加一横走出个"天"字。他的意思是人长大了，要闯天下。顺姬到他家后，壮壮更加疯狂地拥抱着雪，尽情呼吸雪后新鲜的空气，与顺姬观赏"雪粉华，舞梨花，再不见烟村四五家"的景致。他踏着吱吱作响的厚雪，与顺姬穿山越岭套野兔，走街串巷放鞭炮，好不快活。

壮壮就是这样迎着雪走到现在。而今在医院看雪，壮壮就有些许悲戚，觉得过去都是大男子立于天地之间，傲立雪中去感悟人生，而今却要坐在轮椅上，并且由人推着去踏雪，甚感是一种懦夫行为。感叹之余，壮壮抒发情怀："顺姬，雪，洁白的雪，无瑕的雪，那是她的光华；雪，温柔的雪，和善的雪，那是她的心灵。它给人以企望，给人以智慧，给人以力量……"

顺姬听后，知道壮壮的心意，脸有些发红，道："哥！什么时候会作诗啦？"

壮壮回头笑道："我哪会作什么诗呀，你才是大诗人哩。"少顷，又说："雪后景致甚好，妹妹何不来一首？"顺姬在壮壮的脑后轻轻地弹了一下，"什么诗呀，是顺口溜。硬叫我作，那就把你给我来信要录而未录的崔护的《题都城南庄》念给你听吧：

"去年今日此门中，人面桃花相映红。人面不知何处去，桃花依旧笑春风。"

壮壮听后笑道："不敢明录，是怕我自己理解歪了。"

顺姬笑道："那是崔护的诗，又不是你的，差什么？"

壮壮说，要这么说我给你来一首："昔去雪如花，今来花似雪。椅下霁皎莹，枝头落喜鹊。"

顺姬听罢，赞叹道："好诗，好诗！这诗的前两句是南北朝范雪《别诗》中的，好！这后两句是你自己的，更好，现实而真切！"说着又重复了"椅下霁皎莹，枝头落喜鹊"两句。顺姬暗想：这"椅下霁皎莹"，不正是说我在洁白无瑕的雪地上推着心爱的人也那么晶莹纯粹吗？这"枝头落喜鹊"，不正是表达我们相逢在这儿，更有心中那份美好和企冀吗？顺姬陶醉在诗情画意之中。

两个人正在吟诗、对诗时，被眼前的一幕惊呆了：只见三名体魄健壮、黑里泛红的人手持鲜花、拿着锦旗、捧着精致的木匣，向他俩径直走来。三人站在壮壮面前，先是郑重地向壮壮鞠躬，接着一人向壮壮献花，然后三人一起跪在地上向壮壮磕头。壮壮被弄得丈二和尚摸不着头脑，刚想翻身下轮椅相迎，被顺姬按住。顺姬上前把三人扶起来，问是咋回事，他们三人用朝鲜语说了一番。听完他们的话，顺姬才知道原因。她给壮壮翻译：他们是平新86号渔船的渔民，这位手持锦旗者是船长，他叫文骏根，他说他们船上共有8个人，其中5个人被你救到1008号船上，他们三人被扣在渔船里。说那时船里黑暗一片，呼吸困难，海水刺骨，没有一点生还的希望，正等待死神来临时，你和侯乃寿劈船救了他们，他们才获得了第二次生命，今天是来感谢你的。壮壮听罢，为他们这种知恩图报之举感动，心想：渔民的心是最纯洁质朴的，因为他们像大海一样光明磊落。壮壮说："这没什么，如果我被扣在船里，你们也会这样救我的。我方的渔民你们不是也救了不少吗？我也是被朝鲜同志救的，是金医生和顺姬给了我第二次生命。"少顷，又说："要说我们今天都能活下来，一是天意，二是命大，三是有好兄弟相助，命才不该绝。"

顺姬翻译给船长他们听，船长说："不！不！不是天意，不是命大，是心，是您的心产生的智慧和勇敢救了我们。我们三人一致决定了：每年你救我们的那一天，就是我们庆生的日子。"说完将绣有"兄弟友谊长存"的锦旗赠送给壮壮，并说："这是我们8个渔民，特别是我们三人永远铭刻在心的一面锦旗，请您收下。"那个捧着木匣的人把匣子打开，说："这是珍珠、水晶，虽不值钱，但它能代表我们的心。"说着塞到壮壮的怀里。壮壮不要，交由顺姬还给船长。船长生气地说："瞧不起我们，就是瞧不起兄弟！"为不伤他们的心，壮壮小声地对顺姬说："那就先收下，然后再还给他们。"船长他们见壮壮收下了礼品，高兴得一再表示壮壮够哥儿们、是兄弟。接着船长又说："徐吉壮同志，今天我想请您去喝酒。"还未等壮壮说话,顺姬说:"徐吉壮同志刚动完手术,酒对刀口不好,所以就不能去赴宴了,谢谢你们。"船长说:"就是因为有病才应该大补一下。"顺姬说:"我是护士长,没有我的同意,他不会去喝酒的。这是金医生的命令,也是医院的规定。谢谢你们的诚意。"正在这时,金医生来到壮壮身边,提醒壮壮该输液和吃药了。顺姬推着壮壮回了病房。

三个渔民用祝福的目光送壮壮进屋。

八

朴真实从广播里知道大批中朝渔民在海上遇险;从医院方又得知顺姬也参加了这次营救工作。从知道那刻起,朴真实无时不为顺姬的安全担忧,心想:冰天雪地,北风呼啸,上哪儿去遮风避雪?这不冻死孩子了吗?再说,上冰船营救渔民,能不能掉进海里?就算天老爷不让顺姬走,作为一个护士,她既要亲自营救,又要亲自护理,这些都是顺姬从未干过的活,她受得了吗?想着想着就去灵堂给李昌浩烧纸、上香、磕头,祈求昌浩保佑顺姬。

后来听说营救工作结束了,大批渔民都返回了自己的国家,朴真实想:顺姬该回来了。她天天想、夜夜盼,仍不见顺姬的影子,于是又焦虑不安,夜不能寐。朴真实打电话询问医院,医院说顺姬正在护理一个中国的重病号。朴真实想:重病号能重到哪里?再说偌大一个医院也不只有顺姬一个人,是不是顺姬出了什么问题了?想到这儿,朴真实快速穿上了外套,系好了头巾,刚要出门,金基男走了进来。

金基男是旅日朝鲜侨民,战后随父母回国,现在在市文化局当科长,人长得精神,工作上进,具有爱国心。朴真实看中了这未来女婿。

金基男的到来更增加了朴真实对顺姬的担心。朴真实连连向金基男表示歉意。金基男说:"校长,这没什么,可能她很忙。"朴真实说:"海上营救已经结束了,顺姬也该回来了。这不,我刚想去医院找她,你就来了,要不咱俩一块儿去医院?"正说着,顺姬风风火火地进了屋。朴真实见女儿回来,高兴地上前拥抱着顺姬,眼角盈满了泪水。顺姬一抬头看见了金基男,刚要问妈妈,朴真实抢先说:"这是金基男同志,是……"还未等母亲说完,顺姬已经明白了,就大发雷霆:"你走!你走!"金基男木然呆愣在那儿。顺姬看金基男一动不动,就怒吼道:"你出去!你不走,我走!"说着就往外走。金基男回过神,拽住了顺姬,说了句:"你别走,我走。"就离开了。

　　金基男走后,顺姬埋怨起母亲来。朴真实忧心地解释:"妈不是担心你这么大了还……再说这个同志也不错,他来过几次,头次见面咋也不给人家一个面子?"顺姬不听、不理,她进屋倒头就睡了。朴真实给顺姬盖好了被子,轻轻抚摸了一下顺姬有些灰白的脸,顿时难受起来,心想:怎么把孩子累成这样?

　　朴真实去灶台做饭。饭做好之后,朴真实进屋想叫醒顺姬起来吃饭,看顺姬睡得正香,又不忍心,就坐在顺姬身边,看着顺姬那张渐渐红润起来的脸,露出了慈祥的笑容。她又出神地看着顺姬那秀美的长发,明亮润泽的额头,柳叶含情的眉毛,以及睡梦中含笑的嘴唇。看着看着,朴真实不禁为顺姬的婚姻大事发起愁来:这么好的姑娘咋就不知道找对象呢?咋就嫁不出去呢?看样子金基男她没看中,那么在学校、在舞蹈团、在医院,有那么多人追她、爱她,她怎么就无动于衷呢?是没有意中人呢,还是情窦未开?这些都让朴真实莫名其妙,并为此默默落过泪。

　　正在唉声叹气时,顺姬醒了,发现妈妈坐在自己身边,撒娇说:"妈,想女儿了吧?"朴真实深情地望了一眼顺姬,说:"饿了吧?"说着下地为顺姬安排吃的。顺姬睡了一觉,脸色也好看了,精神也振奋了，觉得肚子是有点饿了。她爬起来，见妈妈为她准备了一桌好菜，也顾不得洗脸洗手了，坐在桌前就狼吞虎咽起来。朴真实看着女儿久违的笑，看着女儿大口大口地吃得那么香，释然道："这些天累坏了吧？"顺姬笑着说："不累。"接着又说，任务来得急，没来得及告诉妈妈。朴真实说："安全回来就好，就是瘦了一点，黑了一点。"顺姬说："这是妈疼我，你看我还真是胖了不少呢。"朴真实说："胡说。"少顷又说："任务完成了在家多住几天，妈要好好和你谈谈。"顺姬一听十有八九又是对象的事，就说："我吃完饭就得赶回医院。"朴真实问咋就那么忙，顺姬没告诉是壮壮的事，只是说有一个中国重病号需要格外精心护理。朴真实说："方才这个男的你没相中，那就再……"顺姬说："妈，我都这么大了，你还在为我操心。我自己的事会自己处理的。"朴真实说："咋不操心哪！顺姬，你都快25岁了，转眼工夫都往30岁上走了，咋不让妈妈心急呀？"

顺姬吃晚饭后，边洗脸梳头说："妈，医院也有不少向我求婚的。"

朴真实知道这是顺姬在打岔，便说："胡说。"接着说："一提对象你就烦，烦到啥时是头哇？姑娘家的还能守妈一辈子不成？"

顺姬笑着搂着朴真实说："妈，我真的出嫁了，谁和你做伴？"少顷，又说："可真的，你和张英杰叔叔的事……"

朴真实说："哪有把20多岁的大姑娘留在家里，妈妈先结婚的？"

顺姬抬头看见了墙上挂着她和壮壮一家人的合影，娇柔而坚定地说："妈，你不结我就不结。只有妈妈结婚了，我才有父母双双送我出嫁，我才幸福。"

朴真实拗不过顺姬，说了句："你这死丫头，鬼心眼子倒不少！"

朴真实知道顺姬为什么老盯着照片，故意说："顺姬，你在看什么呢?"

顺姬说:"没看什么。"

朴真实抚摸着顺姬的头,说:"壮壮这孩子英俊潇洒,厚道老实,性格刚毅,又不乏温情,而且是你的救命恩人,照理说你们俩该是天造地设的一对,就如同中国人讲的'青梅竹马''比翼鸟''连理枝'。但现在是可能的事吗?两个国家,又天各一方。再说人家壮壮都有了幸福家庭。顺姬呀,你这不是傻想彪等吗?"

顺姬听出妈妈对壮壮赞美有加,就怼道:"是你棒打鸳鸯各一方,真没想到你心这么狠!"

朴真实说:"你这孩子,说谁呢?是我棒打鸳鸯各一方?"

顺姬说:"你说说谁?说你呗!"

朴真实说:"那说明你俩没那个缘分!"

顺姬说:"你又在狡辩。行的时候你给变成了不行,现在不行了又在说风凉话,一切都怪你!"

"怪我?!"

"不怪你怪谁?"少顷,又说:"我要是不回朝鲜,壮壮也不能下乡,下乡也不会跟那种女人结婚。"

"顺姬,你要现实点,壮壮毕竟还有了孩子。"

"孩子是无辜的。壮壮去山东青岛前就已经起诉到法院,要与那个女人离婚,法院可能已经判离了。"

"法院已判离了?!"

"是呀,他俩感情不和。"

"你咋知道?"

"哥亲口对我说的嘛!"

"壮壮怎么会亲口对你说的,我不信!"

"妈,壮壮现在就在我们医院。"

朴真实一听差点晕倒,她惊讶地说道:"壮壮就在医院?原来你护理的重病号就是壮壮？壮壮怎么啦？啊，壮壮怎么啦?!"顺姬简单地把壮壮的情况告诉了妈妈，朴真实一听穿上外衣就催顺姬赶快去医院。

在医院里，顺姬推开壮壮的门，蹑手蹑脚地来到床前，见壮壮闭着眼睛不知在想什么，就用手轻轻地刮了一下壮壮的鼻子。壮壮睁开眼见是顺姬，手里还拿着一束鲜花，不解地问："这？"顺姬莞尔一笑说："哥，你看谁来了！"这时朴真实已经进了门槛，壮壮定睛一看，惊叫道："是阿姨！"说着一骨碌爬起来，因为正在输液被顺姬按下。壮壮半卧着身子，亲昵地说："姨，您坐。"长时间没见到自己的母亲，此刻在病中在异国见到了朴阿姨，壮壮激动不已，他一下抱住了朴真实的腰，一个劲地叫"妈妈"，眼泪流了下来。朴真实抚摸着壮壮的头，仔细端详了半天，爱抚地问："是不是救人受了重伤啊？"还未等壮壮回答，顺姬抢先道："哥哥是为了救咱们的渔民，才大腿骨折的，而且是粉碎性的。"朴真实一听，"哎呀"了一声，掀开被子要看。壮壮说："妈，没事。"顺姬说："没事了，手术了，打上了钢板，过两天就会好的。"朴真实心疼地说："我的好孩子，怎么伤成这样，还打上了钢板。"壮壮为了表示不疼和满不在乎，拔下了针头，下地走了几步。朴真实一看壮壮这孩子虎到这地步，赶快上前阻止。顺姬叫了一声"哥"，就将他扶到床上，把输液接上。壮壮笑道："妈，您坐呀！"顺姬把放在桌上的鲜花插到花瓶里，说："哥，看妈妈给你买的花多美，多漂亮！"壮壮表示深深的谢意。顺姬又把妈妈为壮壮带来的好吃的摆在壮壮面前，说："哥，这是妈妈为你买的打糕，这是泡菜，这是鸡蛋，这是海参。"壮壮很激动，连叫了几声妈妈。朴真实说："壮壮，多吃，多吃病好得快。"壮壮一点不客气，动起筷子就吃。朴真实高兴地说："愿意吃什么和妈说一声。"壮壮对顺姬说："不要让妈为我操心。"顺姬笑着说："妈妈愿意。"

朴真实坐在床边，看壮壮、顺姬他们那种亲昵的样子，心想：该是天生的一对。唉，都怪我当初接回了顺姬……

九

从医院回来，朴真实就想一件事，那就是要不要先于顺姬结婚的问题。这个问题对于她来说很沉重、很痛苦。她不仅感到十分可笑，还感到羞耻，丢人不说，违背常理。一横心想不结了。不结了，一切烦恼就释然了。可是又一想，不结吧自己似乎又说了不算。为什么？顺姬那句"你不结，我也不结""非华人不嫁"，使她不打白旗，不在顺姬面前投降也不中。她深深理解这不是一句玩笑和搪塞的话，就顺姬那脾气、性格，完全做得到。当真这样，多么可怕！再说她已经看得很清楚，当初顺姬不愿意回国，和回国后在处理对象这件事上的种种表现，以及现在对壮壮的态度，完全证明了她从骨子里喜欢壮壮、依恋壮壮、深爱壮壮、等待壮壮。她忏悔自己不该私心作怪叫孩子走到今天。想到这儿，为了顺姬的幸福，她蓦地下决心要马上结婚。现实是壮壮住在医院，二次手术后就要回国。顺姬肯定死活要跟壮壮走。我要不把顺姬还给壮壮，顺姬一辈子也不会原谅我。

新义州的春天来了。

新义州的春天是绚丽多彩的，是美丽动人的。鸭绿江碧波荡漾，威化岛、柳潮岛绿茸初露，远山也绿意盎然。新义州这座被战火洗礼的城市，如今经过十多年的建设，街道整齐，绿树成荫。改造后的平房业已粉刷一新。朴真实的住处，格外显得清新淡雅。门前两棵柳树已绿意欲滴，鸟雀已落上了枝头。朴真实的婚礼正在这里举行。

朴真实身着鲜艳的民族服饰，张英杰穿着制服，出现在众人面前。前来祝贺的人不乏朴真实、张英杰双方单位的领导和同志,周围的邻居,战火中的伙伴金顺子、金骏善。最后一位特殊嘉宾,便是顺姬推着轮椅上的壮壮登场。此时,屋里屋外,院里院外,一派喜庆景象。

朝鲜同志乘兴跳起了民族舞蹈,高唱《金达莱》《桔梗谣》《阿里郎》。壮壮在顺姬的陪护下,向朴真实献上了一束鲜花。在婚礼上最高兴的当属顺姬,她翩翩起舞,把在平壤歌舞团学的舞蹈尽兴表演了一番,获得阵阵掌声,使婚宴气氛达到了高潮。

顺姬高兴。顺姬高兴的是,过了多年孤独生活的母亲终于有了新家,有了疼她、爱她的人。同时她又有了一个华侨父亲。这预示着自己将来也是自由、美满、幸福的。

婚礼在继续,歌舞在继续。

十

徐大天有病在家休息,虽然提前享受退休生活,但病情却在一天天恶化。为此,他住了好长一段时间医院,但肝硬化腹水老是没控制住,有时还出现肝昏迷。

周船长得知后就与侯乃寿、肖影,带着礼品去看望病中的徐大天。彼此寒暄后,在徐大天的追问下,周船长不得不将壮壮受命抢救遇险渔民的感人场面和壮壮受伤现住在新义州医院的情况,一一向徐大天做了汇报,全家人都屏住呼吸在听。

徐大天听着听着眉头就皱起来,刹那又惊恐起来,一时说不出话来。壮壮娘悲怆不已。由于悲痛,徐大天肝处剧烈疼痛,汗从他额头上滚落下来。他嘴唇抖动着向周船长发了火:"腿断了,你怎么没断?!住医院了,你怎么没住?!你,你还是个船长吗?!"见周船长脸红到脖子,徐大天停顿了一下,说:"老周哇,你,你也太不负责了！壮壮不是你儿子是吧？但他是我儿子！我的儿子！"说着手捂着肝处，倒在椅子上。壮壮娘一边扶着徐大天一边流着泪，说："周船长，你知道壮壮这孩子虎了吧唧的没心眼，还不怕死，你怎么让他下水去救人？壮壮要是有个三长两短，我可不能饶你！"

周船长事先早有挨训的思想准备，但未承想会来得这么快且如此暴风骤雨。他一再检讨，壮壮娘还是不依不饶。徐大天一看周船长的窘态，缓过了神，骂道："臭老娘们儿，哭什么？你这个丧门星！壮壮不就断了一条腿嘛，人死了吗？"壮壮娘仍抽泣着说："要不是替你干这份工作，壮壮哪会有这大难？你赔我儿子，赔我儿子！……"徐大天说："臭老娘们儿，你有完没完？！"见这种情况，周船长又连连赔礼道："老哥、老嫂，别生气，壮壮的事都怪我，都怪我。都是我一时糊涂，不负责任，自私自利才造成这样严重的后果。今天我向大哥、大嫂赔不是来了，请你们原谅。"

这时，陈雪梅从外面进来一听壮壮腿断了，吓得脸都白了，半天像傻子一样愣在那里。缓过神后，就连珠炮似的向周船长轰来："你是船长？你是船长吗？天下哪有船长自己先逃命，叫俺壮壮替你去死，替你去活受罪的？你包俺壮壮的腿，赔我的丈夫！"徐大天看周船长尴尬至极，无地自容，眼泪都要流出来了，便大声咳嗽一声，瞅了一眼陈雪梅，示意她不要再往下说。

陈雪梅没有看懂老公公的眼神，就是看懂了也不会停止。她说："周船长，你不仅是不负责任的问题，你是在犯罪！我要到法院告你！"徐大天怕周船长吃不消，严肃地叫了一声"雪梅"。陈雪梅看了一眼老公公，说："现在辰生他爸在朝鲜死活也不知道，遭那么大的罪，身边也没亲人照顾，这……"在一旁的侯乃寿说："嫂子，这不完全怪船长，我也有责任，我……"陈雪梅斥道："不怪船长，怪你？你算老几？"侯乃寿说："我是壮壮从小的朋友，那天是我没有把救生艇开好才……"周船长解释说,这不能怪小侯,他也落水了。肖影抢着说:"对,这不能怪侯乃寿,他也落水了,险些淹死,脑袋差点开瓢,也住了朝鲜医院。"周船长接过话茬说:"小侯落水被碎冰击在头上当时就昏在冰排上,要不是朝鲜拖船及时营救,他和壮壮就……在朝鲜抢救半个月才回来。这起事故谁都不怪,都怪我这个船长没当好。孩子他妈说到法院告我,我领了,我有罪。"徐大天说,没那么严重。侯乃寿又说:"壮哥在朝鲜很好,有医生精心治疗,有顺姬天天照顾,不会有事的。"徐大天一听是顺姬在照顾壮壮,高兴地问:"是顺姬在照顾壮壮?"侯乃寿说:"是呀。"壮壮娘握住侯乃寿的手,激动地说:"是顺姬?太好了,顺姬她怎么样?"侯乃寿说:"好!她还让我给你们带好!还说要一起回来。"

徐大天和壮壮娘感到欣慰,开始对周船长他们说些过年的话。

走前,周船长又一再向徐大天表示他愿承担一切责任,并嘱咐徐大天要安心养病。

陈雪梅一听壮壮在顺姬那儿,又要和壮壮一起回国,感到问题严重。她陷入惶恐之中。

在周船长走后的第五天,徐大天终因肝病去世。在何局长主持下,港务局为徐大天举行了隆重的葬礼。

葬礼上,陈雪梅似乎比壮壮娘还伤心,跪地叩头,眼泪夺眶而出。她想,公公死了,壮壮回来肯定拿她是问:一是她给壮壮丢下一封信就回农村和孙一福鬼混;二是没处理好与婆婆之间的矛盾;三是公公病重期间没尽到孝心。最令陈雪梅胆战心惊的还有两件事:一是壮壮在顺姬那儿,定会旧情重温,弃她而去;二是壮壮和顺姬一起回来,对她而言真是大祸临头。陈雪梅不是为公公落泪,而是为自己的未来恐惧得落泪。

葬礼后,壮壮娘托人写信告诉了朴真实。

十一

自从母亲和张英杰老师结婚后,顺姬就住在医院很少回家。有时回家看到张叔叔为母亲洗衣做饭、收拾家务等,心里特别高兴。她的心踏实了。于是,精明的顺姬着手准备自己的大事。

顺姬这一段时间插空在进一步核实自己的身份。得知亲生父亲李昌浩确系华侨后,向母亲要了户口,要了父亲生前的护照,到医院汇报和公示了自己具备华侨身份,并委托医院向有关部门反映她的真实情况。安全机关外事部门很重视,经反复调查核实,李顺姬确系华侨李昌浩之女,其名挂在李昌浩的护照上。经安全机关与中国驻朝使馆磋商,给李顺姬签发了长期旅居中国护照。

那天,顺姬从崔院长办公室冲出来,越过院内凉亭、假山,一直奔向壮壮的病房。一进门,顺姬气喘吁吁地倚在门上,眼睛炯炯有神地盯着壮壮。壮壮不知发生了什么事,胆怯地问:"怎么了,有什么事儿吗?"顺姬一脸的严肃,不回答,让壮壮猜。壮壮左猜猜不到右猜猜不到。

顺姬笑容灿烂地说:"哥,我有……"

壮壮:"有对象了,不然你不会这样。"

顺姬说:"哥,你说什么呀?"

壮壮说:"看你高兴的样子,就准知道你有心爱的人了,来了没有,让哥看看。"

顺姬噘着嘴拍了一下壮壮的肩头说:"哥,你也这么说,烦人!"

壮壮第一次见顺姬这么严肃,赔笑道:"对不起,哥说错了,说错了。"

这时顺姬突然搂住壮壮的脖颈,闪着激动的泪花,直视壮壮说:"哥,哥!我可以去中国啦!我可以去中国啦!"

壮壮刹那怔在那儿。顺姬将手中的护照交给了壮壮，壮壮仔细一看说："这是朝鲜护照，不是中华人民共和国护照。"

顺姬嗔怪地说："朝鲜护照不假，有签证嘛，我可以长期在中国居住。"

壮壮高兴地说："好，真是太好了！"

这时顺姬一下扑到壮壮怀里，眼里闪动着晶莹的泪花。

壮壮在屋里高喊："爹、娘，我有中国妹妹啦！我有了真正的中国妹妹啦！爹……"

顺姬见金医生进来，像孩子似的拥抱金医生，兴奋地说："金医生，我要去中国啦！我要去中国啦！"

金医生事先知道顺姬的事，兴奋地说："祝贺你呀，顺姬，祝贺你，徐吉壮同志！"

金医生被顺姬一抱，感到十分惊异。看到顺姬和壮壮之间的真挚情感，如今又有了护照，金医生心里明白：顺姬永远不是属于他的。他说："徐吉壮同志，你要做好二次手术准备。"

朴真实突然来到医院。

在院内曲径通幽的甬道上，顺姬扶着壮壮在悠闲地散步，并不时发出朗朗的笑声。朴真实站在远处，迟疑了一下，心想：这封壮壮娘的来信交给壮壮，还是不交给壮壮呢？不交，父亲去世了，这是天大的事，天塌下来的大事；交给壮壮吧，壮壮肯定经受不了这般打击，顺姬自然也受不了。于是她想折回。这时一个护士经过这里问朴真实有什么事，朴真实没有马上回答，还一个劲地盯着远处的壮壮、顺姬，护士明白了，说："您是顺姬护士长的母亲朴阿姨吧？"朴真实这才点了点头。护士要喊顺姬过来，被朴真实制止。护士好生奇怪，就离开了。她走到前面恰好与顺姬相遇，就告诉顺姬说："你妈妈来了，就在假山旁。"顺姬扭头一看，果真是母亲，就搀扶着壮壮向妈妈走去。

顺姬高兴地说:"妈,您来了,有事吗?"

朴真实支吾道:"噢……有……没有。来……来……来看看你们。"

壮壮歉意地说:"妈,这么忙您还来看我,真不好意思。"

朴真实关切地问:"壮壮,好多啦?"

壮壮说:"托妈妈的福,好多了,谢谢妈妈的关心。"

朴真实有意点拨道:"壮壮从小就是一个不爱哭的孩子,是坚强勇敢的孩子,妈为你高兴。这要不是你有一颗钢铁般的心,这次是很难战胜死神的!"

壮壮很纳闷,说:"这都是金医生和妹妹的功劳。"

顺姬兴奋地说:"妈,金医生通知了,让哥哥做二次手术准备。这下可好了,取出钢板,壮壮就像老虎一样,可以下山了,哈哈!"

朴真实听壮壮马上要进行二次手术,就更不敢把信交给壮壮,于是要走。顺姬见妈妈今天的神色不对头,讲话又吞吞吐吐的,追问道:"妈妈一定有什么事情瞒着我们。"见妈妈不语,顺姬说:"是不是张叔叔欺负你了?"

朴真实说:"不是。"

顺姬又问:"是不是不当副校长了?"

朴真实说:"不是。"

顺姬急了,说:"妈妈今儿是咋的了?不说清楚,我和哥哥不能让您走!"

在顺姬的一再逼问下,朴真实感到实在到了山穷水尽的地步,这才把信偷偷交给了顺姬。顺姬接过信一看是娘给妈妈的信,还未打开信,见妈妈背过脸偷偷地抹泪,就预感事情不好,急忙打开信一看,是爹去世的消息。顺姬看完后,眼前一片漆黑,信掉在地上。壮壮哈腰捡起信一看,立刻潸然泪下,几乎昏倒在地。

朴真实转身搀起壮壮,三人抱头大哭。

壮壮本想利用在朝住院时候,忍着伤痛,静下心来,好好回忆一下自己走过的路。然而怎么也想不到，父亲竟然突然去世。他决定尽快回家。

在一个春光明媚的早晨，在和煦春风的吹拂下，壮壮穿着何局长慰问时带来的港务局工作服，胸前佩戴着朝鲜授予的二级英雄勋章，挂着单拐，在顺姬的搀扶下，在朴真实、张英杰、崔院长、金医生、金顺子和被救船长文骏根等人的陪同下，从江桥朝鲜一端的公路徒步向中方走去。

在快到江桥两国分界处时，正是太阳辉煌、大江汹涌、江鸥翱翔时。壮壮停下脚步，向眼前布满弹洞的桥梁望去，心在沉思。当他透过桥梁的缝隙，向断桥望去的时候，脑海里立刻浮现美国飞机疯狂轰炸江桥的情景；浮现李昌浩的船被炸翻又遭扫射的惨状；浮现顺姬在翻滚江水中的恐惧、挣扎。此时他深深地悟到：当那场战争烧焦异国的土地和血染边城时，一座英雄的桥就变成了东方钢铁铸就的维纳斯；从此，人们的泪就永恒地流向了远方。想到这儿，壮壮下意识地紧紧搂住了顺姬的右肩。

壮壮抬头远望中方桥头站满了黑压压一片人。他想，迎接他和顺姬的，必定有自己的娘，必定有何局长、周船长、侯乃寿、肖影，有他的朋友毕建华、张有千、滕少发、王克难、刘长利、茹小娟、庄美娟，有杨淑花、潘友阳、胡延军、朱海，还有他的儿子辰生。

实际上，陈雪梅也在欢迎他的人群中。

顺姬回头望了一眼，从衣兜里取出黑纱给壮壮戴在左臂上，壮壮也把黑纱给顺姬戴上。

顺姬伸出手，看着壮壮，低声说："咱们走吧。"

"走吧。"壮壮牵起顺姬的手，一股熟悉的温柔滑腻从掌心传到心头……

2010年至2017年第六稿